LILY
MARTIN

Sommer tage

IM
QUARTIER
LATIN

ROMAN

ROWOHLT TASCHENBUCH
VERLAG

2. Auflage August 2023
Originalausgabe
Veröffentlicht im Rowohlt Taschenbuch Verlag,
Hamburg, August 2023
Copyright © 2023 by Rowohlt Verlag GmbH, Hamburg
Covergestaltung FAVORITBUERO, München
Coverabbildungen Shutterstock; Roberta Murray / Arcangel
Karte © Imke Trostbach
Satz aus der Adriane Text
bei Pinkuin Satz und Datentechnik, Berlin
Druck und Bindung CPI books GmbH, Leck
ISBN 978-3-499-01137-5

Die Rowohlt Verlage haben sich zu einer nachhal-
tigen Buchproduktion verpflichtet. Gemeinsam mit
unseren Partnern und Lieferanten setzen wir uns für
eine klimaneutrale Buchproduktion ein, die den Er-
werb von Klimazertifikaten zur Kompensation des
CO_2-Ausstoßes einschließt.
www.klimaneutralerverlag.de

FSC
www.fsc.org

MIX
Papier | Fördert
gute Waldnutzung
FSC® C083411

«*Paris geht niemals zu Ende (...).*
Wir sind immer dorthin zurückgekehrt, egal,
wer wir waren oder wie es sich verändert hatte oder
unter welchen Schwierigkeiten oder mit welcher
Bequemlichkeit es zu erreichen war. Es hat sich immer
gelohnt, und wir bekamen immer etwas zurück für
das, was wir mitgebracht hatten.»

ERNEST HEMINGWAY, PARIS.
EIN FEST FÜRS LEBEN (1964)

PROLOG

In Paris, sagt man, ist alles möglich.

Stets finden wir uns dort wieder – in Wirklichkeit oder in unseren Träumen –, auch wenn wir längst andere geworden sind. Wenn wir ganz und gar nicht mehr die sind, die wir einmal waren oder zu sein glaubten.

Paris aber bleibt doch dieselbe.

Wenn ihr mich fragt, so glaube ich, alles kann hier in der Stadt der wahren Wunder geschehen, vor allem, wenn man nicht damit rechnet. Hier erlebt man so unglaublich magische Momente wie diese seltenen Sternschnuppennächte, wenn in einer Minute Hunderte Meteoriten der Perseiden in Schwärmen hinabstürzen und hastig in der Nacht verglühen.

Aber beginnen wir am Anfang.

Es geht ja in dieser Geschichte gar nicht um mich – auch wenn ich weiß, dass die Leute behaupten, ich würde mich immer nur um mich selbst drehen. Aber das stimmt nicht! Dies hier ist nicht meine Geschichte, sondern die von Lola, Lola Mercier. Nicht *nur* ihre Geschichte allerdings, nein, sie gehört auch Émile, dem schüchternen Portier des Hôtel Étoile in der Rue Rollin. Und es ist die von Rose, die hoch über den Dächern der Rue Mouffetard in einer *Chambre de bonne* lebt wie eine Einsiedlerin, bis … ja, bis diese Geschichte beginnt. Es ist auch die von Benoît Leroux, an den die Briefe nie abgeschickt wurden, die für ihn bestimmt waren. Und die von Pierre Leco und seinen treffenden Zeilen aus bunter Zuckerschrift auf den Lebkuchenherzen, die er anbietet. Und natürlich die von Fabien

Roudeaut und dem Café des Artisans. Es ist die Geschichte von Monsieur Slimani und seinem göttlichen *Houmous coriandre* in seinem Delikatessengeschäft Les Deux Paradis. Und die der jungen Marie Michel, die so vernarrt in die Kunst ist, dass sie alles andere darüber vergisst, sogar die wirkliche Welt ...

Es ist die Geschichte von all den Menschen, die das Quartier Latin an der Place de la Contrescarpe bevölkern – ich bin eine von ihnen – und dort so tun, als sei die Zeit stehen geblieben. Die ihre Baguettes wie Kleinode herumtragen und stets, sobald sie die Boulangerie von Madame Labelle verlassen haben, die knusprige Spitze abbrechen und noch im Gehen verspeisen, weil sie am besten schmeckt. Und die beim Pastis im Bistro Chez Patrice alle durcheinanderreden und mit den Händen fuchteln, als spielten sie eine Rolle in einer Tragödie im Odéon gleich hier um die Ecke.

Es ist die Geschichte vom linken Seineufer in Paris, wo die Uhren noch anders gehen. Wo Platz ist für schrullige Gewohnheiten, gescheiterte Existenzen, für die ein oder andere *Amour fou*, von der sich die Beteiligten nur schwerlich wieder erholen. Es ist eine Geschichte voller quirliger Markttage in der Rue Mouffetard, voller blühender kleiner Gärten mit späten Rosen, zerlesenen Büchern, winzigen Cafés und – natürlich – voller Liebe. Die Liebe im August in Paris.

Voilà, geben Sie es zu – ist das nicht eine Geschichte, die wir alle gern hören?

1

Lola balancierte das Tablett voller klirrender leerer Gläser wie eine Zirkuskünstlerin durch die herumstehenden, wippenden und tanzenden Menschen in der Bar Rouge und blies sich, da sie keine Hand frei hatte, eine widerspenstige Haarsträhne aus dem erhitzten Gesicht.

«Mademoiselle!», hörte sie schon wieder einen Gast im Rücken nach ihr rufen, und als sie sich umdrehte, sah sie einen jungen Mann mit geröteten Wangen, der ihr mit einer Geste bedeutete, ihm noch ein Bier zu bringen. Sie nickte ihm zu, obwohl sie ihm gern gesagt hätte, dass sie hier in Bordeaux waren, verflixt noch mal, der Stadt zwischen dem Médoc und den Graves, zwei weltberühmten Weinanbaugebieten, in denen Biertrinken eigentlich eine verdammte Sünde war. Doch sie unterdrückte den Impuls und quetschte sich weiter zwischen den vielen Leuten hindurch in Richtung Bar, wo sie das Tablett abstellte und sich einen Moment aufatmend gegen die spiegelnde Oberfläche des langen Tresens lehnte.

Auch hier stand eine Traube von Gästen, und alle versuchten, die Aufmerksamkeit von Robert zu erhaschen, der hinter dem Tresen mit seiner berühmten eisigen Miene in aller Seelenruhe Drinks mixte. Als er Lola sah, zwinkerte er ihr heimlich zu und fuhr dann fort, den silbernen Shaker durch die Luft zu wirbeln. Das kleine Bärtchen an seinem Kinn hatte dieselbe dunkel glänzende Farbe wie das eng anliegende Shirt, das seine Muskeln gerade richtig betonte.

Lola lächelte. Ohne Robert würde sie es keine Sekunde in diesem Laden in Bordeaux aushalten, in dem sie nun schon seit fast drei Jahren arbeitete. Robert war ihr Mitbewohner, ihr bester Freund in der Stadt – ihr einziger, wenn sie ehrlich war. Mit Robert war alles leicht, er hatte immer Zeit für sie, solange er nicht arbeitete oder sich mit einem seiner wechselnden Lover traf. Nächtelang saßen sie nach der Arbeit auf dem winzigen Balkon seiner Wohnung, in der Lola ein Zimmer gemietet hatte, und tranken Cabernet-Sauvignon, den sie aus dem Rouge hatten mitgehen lassen. Sie tratschten mit Blick über die Garonne, den mondsichelförmigen Fluss, bis die Morgensonne die Nacht vertrieb und sie beide ins Bett schickte. Während die Stadt erwachte, schliefen sie ins Tageslicht hinein, bis weit in den Mittag. Ihre Zimmer lagen Wand an Wand, und erst wenn die Sonne schon tief im Süden stand, frühstückten sie gemeinsam in der winzigen Küche. Wortkarg und mit viel schwarzem Kaffee, den Robert in der zerkratzten Bialetti kochte und der so dickflüssig war wie Teer, während Sonnenstrahlen über ihre bloßen Füße wanderten.

Das Leben hier war nicht schlecht, fand Lola. Doch manchmal fragte sie sich, wie lange sie noch so vor sich hintreiben konnte wie ein Stück Holz auf den Wellen. Und ob ein einziger Freund – liebenswürdig, aber stets zu übermüdet, um ein richtiges Gespräch zu führen – und ein Job in einer heruntergekommenen Bar wirklich ausreichten, um *ein gutes Leben* genannt zu werden.

In der Tasche ihrer schwarzen Schürze, die sie sich über den kurzen Rock gebunden hatte, summte es. Lola wimmelte die Gäste ab, die sie belagerten und weitere Bestellungen aufgeben wollten, und bedeutete Robert mit einer Geste, dass sie kurz verschwinden musste. Er verdrehte nur die Augen, nickte dann aber.

Die Bässe aus den Lautsprechern wummerten, und erst als Lola an der Bar abbog und die Tür der winzigen Personaltoilette hinter sich zuzog, konnte sie auch das Klingeln des Handys *hören*. Sie fischte es aus der Schürzentasche. Hoffentlich nicht dieser Student, mit dem sie vor Kurzem eine Nacht verbracht hatte – hieß er Philippe? Dann erst sah sie auf dem Display den Namen des Anrufers: Papa.

«*Merde*», murmelte sie, ließ sich auf den zugeklappten Klodeckel sinken und nahm das Gespräch an.

«*Oui?*», sagte sie und hielt sich mit der freien Hand das andere Ohr zu, weil die Musik aus der Bar bis hier herein schwappte.

«Lola!», hörte sie ihren Vater Émile mit seinem tiefen, leicht heiseren Bass sagen, den sie so gut kannte, und sofort meinte sie, den Duft seiner altmodischen Pfeife zu riechen. «Es ist etwas passiert.»

Sie lauschte seinen aufgeregten Worten, schüttelte ab und zu den Kopf und lachte dann ungläubig. «Was? Ich verstehe nicht ... Langsam, *Papa*, langsam. Wohin ist *Mamie* verschwunden? ... Du weißt es nicht? Was soll das heißen?»

Ungläubig hörte sie weiter zu.

«Und seit wann?», fragte sie schließlich.

«Seit letzter Woche», sagte ihr Vater. «Bei dir ist deine Großmutter nicht zufällig aufgetaucht, oder?»

«Nein.» Lola knabberte an ihrer Lippe, wie immer, wenn sie nachdachte. «Wo kann sie nur sein?»

«Ich dachte ...» Ihr Vater stockte und setzte neu an. «Es wäre vielleicht gut, wenn du herkommen könntest, *poussin*. Nach Paris, meine ich.»

Lola spürte einen Stich in der Brust. Es hatte mit diesem Kosenamen zu tun – *Hühnchen* –, den ihr Vater einfach nicht ablegte, selbst jetzt nicht, obwohl sie letzten Monat dreißig geworden war. Und überhaupt, sie, nach Paris? Jetzt? Wann war sie zuletzt in der Stadt ihrer Kindheit gewesen? An irgendeinem Weihnachtsfest wahrscheinlich, doch nicht im letzten Jahr – das hatte sie mit Robert und einer großen Flasche Tequila begangen.

Unwillen stieg in ihr auf. Sie hatte wenig Lust auf Paris, wenig Lust, das *Hühnchen* zu sein.

«Lola?», hörte sie Émile fragen. «Bist du noch dran?»

«*Écoute, Papa*», sagte sie schnell, «ich muss jetzt weiterarbeiten, hier brennt die Luft. Ich melde mich später, ja? Ich verspreche es.»

Ehe er etwas erwidern konnte, drückte sie den Button und ließ das Telefon wieder in ihre Schürzentasche gleiten. Einen Moment betrachtete sie ihre kräftigen bloßen Beine, die unter dem kurzen Rock hervorsahen. Sie holte tief Luft und wappnete sich für die dröhnende Musik und den überfüllten Laden, bevor sie wieder in die schummrige Bar eintauchte.

«Lola!?», hörte sie da auch schon Robert rufen.

Achselzuckend drängte sie zur Theke und knipste ihr Lächeln an. Durstig bleibende Gäste waren die schlimmste Sünde im Rouge, beinahe so unverzeihlich wie eine Kellnerin, die zur Stoßzeit auf der Toilette mit ihrem Vater telefonierte oder anstelle der Etiketten auf den Rotweinflaschen das Gesicht ihrer Großmutter Rose vor sich sah. Nein, eine verschwundene *Mamie* war nicht das, woran man während einer Samstagnachtschicht denken konnte. Das war etwas für die frühen Morgenstunden, wenn der letzte Gast aus der Bar getorkelt war und die bunten Lichter über der Bar gelöscht wurden, während die Morgendämmerung grauweiß über die Dächer von Bordeaux herankroch. Und genau auf diesen Moment, von dem sie wusste, dass er in wenigen Stunden käme, verschob Lola ihre Grübelei daher nun.

Sie griff nach dem Tablett, das wieder voller aufgefüllter Gläser dastand, und machte sich auf zu ihrer nächsten Runde durch die schwitzende Menge. Paris schien ihr so weit weg wie ein ferner Planet.

2

Fabien liebte den Morgen im Quartier Latin. Obwohl er oft bis spät in die Nacht hinein arbeitete, fiel es ihm nicht schwer, früh aufzustehen. Jedenfalls nicht jetzt in diesen ersten Tagen im August, wenn Paris in einer Art Dornröschenschlaf lag. Alle, die es sich leisten konnten, waren vor der Hitze in den Mauern der Stadt in den Urlaub geflohen, die breiten Boulevards und schattigen Parkwege waren bis auf ein paar orientierungslos herumlaufende Touristen wie ausgestorben. Doch die meisten Bewohner der Rue Mouffetard, jedenfalls die hier am oberen Ende an der Place de la Contrescarpe, gehörten nicht zu den Glücklichen, die genug Geld für wochenlange Ferien an der Côte d'Azur besaßen. Sie blieben den ganzen Sommer in der Stadt.

Fabien empfand das nicht als schweres Los. Der Duft nach Kaffee und der gestrigen Hitze auf den Pflastersteinen nahm ihn ganz gefangen, als er das Fenster seiner Wohnung über dem Platz aufstieß und drei Stockwerke hinabsah. Das Weiß der Häuser schimmerte in der Morgensonne noch heller als sonst. Ein paar schmutzige Tauben stolzierten am Brunnen vorbei, ein Reinigungsfahrzeug ratterte vorüber. Und das Bächlein, das jeden Tag aufs Neue die morgendlichen Straßen von Paris sauber wusch, gurgelte aus dem Gitter unter dem Bürgersteig, der *bouche de lavage*, hervor, floss emsig die Bordsteinkante entlang und riss Papierfetzen und Zigarettenkippen mit sich die Straße hinab.

«*Bonjour*, Fabien!», rief Madame Morel über den Platz zu

ihm hinauf. Sie hatte bereits die Blumenkübel vor Fleurs de Morel zurechtgeschoben und nahm nun einen Armvoll Flieder heraus, der seine besten Tage hinter sich hatte, um die Zweige mit den schlaffen blasslila Blüten in ihren Laden zu tragen.

«*Bonjour*, Liliane», rief Fabien hinunter. «*Ça va?*»

Die stämmige Floristin winkte ihm müde zu und strich sich eine kurze silberbraune Haarsträhne hinters Ohr. Dann machte sie eine Geste, die wohl so etwas heißen sollte wie *Es muss ja*, und verschwand in dem kleinen Blumengeschäft mit der taubenblau gestrichenen Fassade.

Liliane Morel war eine gute Freundin von Fabiens Mutter Jeanne gewesen, bevor diese entschieden hatte, dass sie nach der Scheidung von seinem Vater nichts mehr in Paris hielt, und in das Dorf ihrer Kindheit gezogen war: Le Conquet, ein Kaff in der Bretagne. Malerisch, aber eben nicht Paris, fand Fabien, doch er kannte seine Mutter gut genug, um zu wissen, dass seine Meinung in dieser Frage nichts zur Sache tat. Immerhin hatte Jeanne ihm ihre kleine Wohnung überlassen, in der sie seit der Trennung gelebt hatte. 7 Rue Mouffetard, zwei Zimmer und eine Küche zu einem bezahlbaren Preis, was keinesfalls selbstverständlich war in der Innenstadt dieser Metropole mit den wahnwitzigsten Mieten Europas.

Auf der anderen Seite des Platzes erspähte Fabien nun das Schild am Bistro von Patrice Laferrière, das seit Jahren schief hing. Ein Buchstabe war vor langer Zeit abgefallen, sodass die kleine Kneipe nun «Chez Patric» hieß. Und wenn sich ab und an Touristen in den Laden verirrten und es wagten, den Namen vor dem jähzornigen Besitzer falsch auszusprechen, womöglich noch mit einem amerikanischen Akzent, fürchtete Fabien manchmal um deren

Leben. Die naheliegende Lösung aber, nämlich den fehlenden letzten Buchstaben einfach zu ersetzen, kam Patrice offenbar nicht in den Sinn. Er und sein Sturkopf waren im Viertel legendär.

Um diese Zeit waren die Holzläden vor den Fenstern des Bistros noch geschlossen, der Alte öffnete erst zur Mittagszeit. Den Morgen überließ er großzügig Fabien und seinem Café des Artisans an der Stirnseite des Platzes. Wie der Name aus früheren Jahren vermuten ließ, kam auch heute noch der ein oder andere Handwerker und Bauarbeiter, um nach der ersten frühen Morgenschicht ein Croissant und einen doppelten Espresso zu bestellen. Nicht zum ersten Mal dachte Fabien, dass es dennoch vielleicht an der Zeit wäre, den Namen des Cafés zu ändern. Zwar hing er einerseits an den alten Dingen, andererseits könnte ein wenig Frische nicht schaden. Doch bisher war ihm nichts Passendes eingefallen.

Fabien sah, dass unten schon ein paar seiner rot-weißen, geflochtenen Korbstühle besetzt waren. Seine Mitarbeiterin Magali, die dichten dunklen Locken zerzaust, die Brille schief auf der Nase, watschelte mit ihrem hochschwangeren Bauch zwischen den Tischchen herum und hatte es bereits geschafft, sich das Kleid, das sich über einer beeindruckenden Kugel spannte, mit Ei zu bekleckern, wie Fabien von hier oben aus meinte erkennen zu können. Mochte sie auch noch so oft beteuern, sie könne ewig weiterarbeiten – jeder sah, dass es eine Frage von Tagen war, bis Fabien sie zu ihrem eigenen Schutz nach Hause schicken musste.

Er seufzte und stieß sich vom Fenster ab. Schnell suchte er nach einer Hose und fischte ein Hemd aus dem offen stehenden Schrank. Er leistete sich den Luxus, seine Hemden in die Reinigung bei Madame Mansouri in der Rue Monge zu geben, und hatte auf diese Weise stets frisch gebügelte Exemplare griffbereit. Geübt schloss er die Knöpfe, krempelte sich die Ärmel bis zu den Ellenbogen auf und fuhr sich durch die hellbraunen Haare.

Im Vorbeigehen warf er einen flüchtigen Blick in den Spiegel an der Schranktür. Hellblaue Augen sahen ihm entgegen. Dreitagebart, schwache Augenringe, aber sonst ganz passabel, fand er.

Fabien ging in die Küche, um einen Schluck Wasser zu trinken, bevor er ins Café eilen und Magali beistehen würde. Nicht zum ersten Mal erwischte er sich dabei, dass er ein wenig betrübt darüber war, sie vor ein paar Jahren nicht selbst verführt und für sich gewonnen zu haben. Sie war zwar eigentlich nicht ganz sein Typ, ein bisschen zu überdreht, aber doch ein sehr nettes, äußerst hübsches Mädchen mit ihrem kurzen Lockenschopf und den schwarzen Augen hinter den runden Brillengläsern. Er wusste, dass er eine Chance gehabt hätte – sie hatten sich stets gut verstanden und sogar ein wenig geflirtet. Im Viertel hatte die Gerüchteküche ihretwegen schon gekocht – das Quartier Latin war schlimmer als jeder Pausenhof.

Doch statt seine Chance zu nutzen, hatte sich Fabien an seinen Grundsatz gehalten und darauf verzichtet, etwas mit einer Angestellten anzufangen. Und so hatte er zusehen müssen, wie die hübsche Magali sich stattdessen in einen schlaksigen Yogalehrer namens Franc verliebte, der Abend für Abend in seinen Hanfsandalen um das Café herumschlich und traurige Hundeaugen machte. Magali hatte ihn schließlich erhört – und war im Handumdrehen schwanger geworden.

Das hatte er nun von seiner Grundehrlichkeit und seinen verflixten Prinzipien, dachte Fabien und schnaubte, während er im Brotkasten nach einem Eckchen Baguette suchte – ohne Erfolg. Andere Männer nahmen sich einfach, was ihnen gefiel, sie zögerten und zauderten nicht, sondern griffen zu. Die Magalis dieser Welt waren rar, das wusste er, und dem Glücklichen gehörte die Welt! Aber eben nicht ihm, Fabien Roudeaut, dem Zweifler und ewig Einsamen, der Tag für Tag in sein Café ging, sich dort abarbeitete und abends todmüde aufs Sofa fiel, mit etwas Glück noch ein paar Seiten las und dann mit dem Weinglas in der Hand einnickte. Allein, nur begleitet vom Rascheln der Vorhänge im geöffneten Fenster und dem Gurren der Tauben auf dem Dach des Hauses.

Nein, er war nicht gerade ein Meister auf dem Gebiet, Frauen für sich zu gewinnen – und schon gar nicht, sie zu halten. Seine letzte Freundin, Claire, war ihm abhandengekommen, als sie ein Jobangebot in Singapur angenommen hatte. Ob er nicht mitkommen wolle, hatte sie immerhin noch gefragt, doch als er sagte, er könne sein Café nicht im Stich lassen, hatte in ihren Augen neben Spott auch Erleichterung gestanden. Er hatte es genau gesehen!

«*Oui, naturellement*, das Café!», hatte sie gemurmelt und ihre wenigen Kleider, die bei ihm im Schrank hingen, in eine sehr kleine Tasche gepfeffert. «Das ist und bleibt eben deine einzige große Liebe, Fabi.»

Dann war sie gegangen, und Fabien hatte schon ein paar Tage später nicht gewusst, worüber er sich mehr wunderte – über ihre letzte Behauptung (die nicht der Wahrheit entsprach) oder aber über die Tatsache, dass er sie nicht einmal wirklich vermisste.

Er knallte den Brotkasten zu und beschloss, im Café

zu frühstücken, obwohl das eigentlich auch gegen seine Prinzipien verstieß. Doch er wusste, dass Magali heute, wie jeden Morgen, ganz früh eine Ladung Croissants in der Petite Boulangerie bei Mademoiselle Labelle abgeholt hatte. Beim Gedanken an die knusprigen, buttrigen Hörnchen lief ihm das Wasser im Mund zusammen. Besonders gut waren die Croissants halb warm und mit Erdbeerkonfitüre bestrichen, und er hatte noch zwei Gläser vom Frühsommer in der Küche im Café stehen, die er im Juni eingekocht hatte.

Als Fabien nach seinen Schlüsseln griff, hatte er einen großen Café au Lait vor Augen, den er in der Morgensonne trinken würde, bevor ringsum die Rue Mouffetard vollends erwachte und ein neuer Tag im August in Paris begann.

3

Draußen vor dem Zugfenster raste die Landschaft vorüber, von der Geschwindigkeit zusammengeschnürt zu einem schmalen Paket aus Feldern, Weinreben, Bachläufen und den Farben der Ebene – Braun, Grün und Gelb. Wie schon oft fand Lola es erstaunlich, dass der *TGV* nur zwei Stunden brauchte, um die Strecke von der südlichen Atlantikküste nach Paris zurückzulegen. Für sie lagen zwischen diesen beiden Orten Welten.

Sie lehnte sich in das Polster ihres Sitzes im oberen Deck des Zuges zurück und schloss die Augen. Noch etwas beschäftigte, ja, beunruhigte sie – das Wissen, dass der *TGV* nicht ein einziges Mal zwischendurch halten würden. Es war eine Direktverbindung. Keine Chance für eine Umkehr, einen Notausstieg oder wenigstens eine kleine Pause mit Gnadenfrist, in der man aussteigen und sich etwas Schokolade oder Karamell kaufen konnte, bevor der Zug weiterfuhr. Es war, als stiege man in eine Rakete, die einen unerbittlich bis zum Mond beförderte.

Ja, wenn Paris doch im unerforschten Weltall läge!, dachte Lola und knabberte an ihrer Unterlippe. Aber leider war es für sie das glatte Gegenteil. Sie kannte die Stadt in- und auswendig, ganz besonders das Quartier Latin südlich der Seine – *rive gauche*, wie die Pariser sagten. Diese linke Seite war ihr so vertraut wie ihr eigenes Spiegelbild. Sie kannte jeden Pflasterstein dort, jedes *Tabac*-Lädchen und jede der geschwungenen Brücken über die Seine, diesen breiten, majestätischen Fluss, aus dem die schönsten Geschichten der Stadt gemacht waren. Doch für Lola lagen unter all dieser Schönheit ihre eigenen Erfahrungen und all die Gesichter aus ihrer Vergangenheit. Und auch wenn die Stadt eine riesige Metropole war mit gewaltigen Auswüchsen an den Rändern, den Banlieues, wo ganze Trabantenstädte entstanden waren, um die Massen zu beherbergen, die in Paris leben wollten. Aber für Lola war es ein Dorf. Ein Dorf, für das sie sehr zwiespältige Gefühle hegte.

Gewiss, sie liebte die Stadt trotz allem, hatte sie tief in ihrem Herzen nie losgelassen. Doch sobald sie erwachsen geworden war, hatte sie Paris den Rücken zukehren müssen. Direkt nach ihrem *Baccalauréat*, das sie mit Ach und Krach geschafft hatte, war sie gegangen. Hatte sich treiben lassen, hatte ein Studium abgebrochen – Archäologie –, hatte Jobs angenommen und wieder sausen lassen, hatte Männer kennengelernt und wieder verlassen, war rastlos gewesen. Sie fragte sich, ob es allen Menschen so ging, wenn sie erwachsen wurden – dass sie aus den Straßen der Kindheit fliehen mussten? Dass sie lieber nicht zurückblicken wollten?

Beinahe überall war Lola schon gewesen, sie hatte in Hängematten auf Bali geschlafen, den Hotelpool in einem Beach Resort auf Sansibar gereinigt, in unzähligen Bars in Marseille und Nizza und schließlich in Bordeaux gekellnert. Lola war stolz darauf, dass sie weit gereist war, dass sie sich auskannte. Doch in manch stiller Stunde, wenn sie allein war und das Tosen um sie herum sich legte, wenn das letzte Glas gespült und der letzte Aschenbecher geleert waren, wenn Robert mit einem Date unterwegs war und sie in der kleinen Wohnung allein zurückblieb – dann gab es da neuerdings ein kleines, nervtötendes Stimmchen. Es stellte Fragen, unbequeme Fragen, die Lola nicht beantworten konnte. Ob sie wirklich glücklich sei, fragte die

Stimme. Ob sie es sich so vorgestellt habe. Ob die lockende Weite der Welt nicht nur eine Ausrede sei, um der Enge in ihr selbst zu entkommen. Und ob sie nicht bemerkt habe, dass sie, egal, wohin sie gehe, doch immer eines mit sich nahm. Nämlich sich selbst – Lola Mercier.

Diesem Stimmchen zu entkommen, das in den vergangenen Monaten auf unerklärliche Weise immer lauter geworden war, stellte zunehmend ein Problem dar. Lola war erfinderisch, wenn es darum ging, unbequemen Wahrheiten zu entgehen, doch diesen Fragen konnte selbst sie sich nicht entziehen. Und der Merlot, den sie so liebte, half ihr dabei auch nicht mehr so zuverlässig wie einst. So trank sie manchmal ein Glas mehr, als ihr guttat – Lola hatte noch nie viel vertragen –, was es aber den Grübeleien merkwürdigerweise noch leichter zu machen schien, sich durch ihre Gehirnwindungen zu fressen und sie aufzuwühlen. Also ließ sie das Trinken lieber wieder. Es führte zu nichts und war überdies schlecht für die Haut. Und die Haut einer Frau – das war einer der wenigen Ratschläge, die Lolas Mutter Margot ihr hatte mitgeben können – war ihr wichtigstes Kapital.

«Zusammen mit ihren Augen, *mon poussin*», hatte *Maman* gesagt und Lola aus ihren ebenfalls grünen Augen angesehen. «Und da hast du wirklich Glück gehabt, es hätte auch anders kommen können.» Unter halb geschlossenen Lidern, zwischen ihren dichten Wimpern hindurch, hatte sie schelmisch zu Lolas Vater Émile hinübergesehen, dessen graue Äuglein mit den schweren Lidern Lola stets an eine traurige Dogge erinnerten. Woraufhin dieser spielerisch ein Kissen nach seiner Frau warf und damit alle zum Lachen brachte. Und Lola hatte bewundernd ihre schöne *Maman* angesehen und den schweren Duft ihrer Handcreme eingeatmet. «Aber das Wichtigste», hatte Margot am Ende immer gesagt und ihrer Tochter zuerst zärtlich an die Stirn und dann ans Herz getippt, «sitzt hier und hier.»

Ein halbes Jahr später war sie bei einem Unfall gestorben. Es hatte keinen Abschied gegeben. Lola war neun Jahre alt gewesen.

Lola öffnete die Augen. Sie dachte oft an *Maman*, auch heute noch. Nach all den Jahren war der Schmerz noch da, aber nicht mehr so scharf und schrill wie einst, sondern eher still, beinahe besänftigt. Wie eine Katze, die ihre Krallen eingezogen hatte und auf einem Kissen döste. Doch immer wenn Lola sich Paris näherte, schien es, als setzte sich das schlafende Tier langsam auf und blickte sie warnend mit seinen geschlitzten Pupillen an. Lola zog die Nase kraus und sah aus dem Fenster. Warum in aller Welt tat sie sich das an? Warum saß sie jetzt hier auf dem Polstersessel eines *TGV* und erwartete gleich die Ankunft an der Gare Montparnasse? Diese verflixte Impulsivität, die sie immer wieder dazu brachte, sekundenschnell Entscheidungen zu treffen, könnte sich, wenn es nach Lola ginge, endlich einmal auswachsen wie ein kindlicher Tick.

Und alles wegen *Mamie*, dachte sie und ächzte leise. Ihre Großmutter Rose, die Mutter ihrer Mutter, war immer ein wenig seltsam gewesen, schrullig, wie viele alte Damen, die den größten Teil ihres Lebens allein verbracht hatten. Lola war sie stets ein wenig unheimlich gewesen – Rose war eine gepflegte, beinahe *zu* gepflegte Dame, die ihre winzige Dachwohnung in der Rue Mouffetard hoch über dem Platz mit dem Springbrunnen mit so viel Grandezza bewohnte, als sei es einer der Stadtpaläste am Parc Monceau. Geld hatte sie, soweit Lola wusste, nie viel besessen, dafür aber, wie zum Ausgleich, jede Menge Hochmut. Und stets umwehte sie eine pikante Mischung aus dem Zitronenaroma ihrer Seife und einer Aura aus Traurigkeit.

Diese Traurigkeit war es, überlegte Lola, während sie mit halbem Ohr auf die körperlose Lautsprecherstimme des Zuges lauschte – *Mesdames et Messieurs, on arrivera à Paris Montparnasse dans quelques minutes* –, die ihre Großmutter stets ein wenig distanziert hatte wirken lassen. So, als umschließe sie eine Mauer, die niemand, nicht einmal ihre Enkelin, überwinden konnte. Als Kind hatte Lola geglaubt, das hinge mit der Trauer um den plötzlichen Tod ihre Tochter Margot, Lolas Mutter, zusammen. Eine Trauer, die für einige Jahre ja auch jede ihrer eigenen Poren durchdrungen und das Leben im Quartier Latin durchflochten hatte wie ein schwarzer Faden im bunten Gewebe. Doch je älter Lola wurde, desto mehr verstand sie, dass *Mamies* Melancholie bereits vor dem Unfall ihrer Tochter Teil ihres Charakters gewesen war. Ein ebenso selbstverständlicher Teil von ihr wie der roséfarbene Nagellack auf ihren Fußnägeln, der Duft nach ihrem Dior-Parfum und der Riesenpudel Charles, der schon in dritter Generation zu ihren Füßen schlief und den Namen seiner Vorgänger mit Stolz trug. Der amtierende Charles musste auch schon ziemlich in die Jahre gekommen sein. Hatte ihr Vater nicht neulich, bei einem ihrer seltenen Telefonate, erwähnt, dass das Tier nicht mehr gut fraß? Wo aber war der altersschwache Pudel nun, da *Mamie* offenbar verschwunden war?

Lola wurde klar, dass sie fast nichts über die Umstände wusste. Weder hatte sie ihren Vater gefragt, ob er die Polizei eingeschaltet hatte, noch, was er von ihrem Besuch eigentlich erwartete. Seine Bitte, nach Hause zu kommen, hatte trotz Lolas innerer Gegenwehr ihre Wirkung getan. Zwar hatte sie die Schicht im Rouge gestern Abend pflichtschuldig zu Ende gebracht, doch sie war trotz ihres Vorsatzes mit den Gedanken nicht bei der Sache gewesen, sodass sie mehrfach Bestellungen vertauscht hatte und über ihre eigenen Füße gestolpert war. Schließlich war sie nach Hause gegangen, hatte kurzerhand viel zu viele Kleider in eine Tasche gepackt und auf Robert gewartet. Als er im Morgengrauen nach Hause gekommen war, hatte sie ihm von Émiles Anruf erzählt. Und bevor sie auch nur fragen konnte, was er davon halte, wenn sie für ein paar Tage nach Paris fuhr, hatte er schon eine der Aushilfen angerufen. Er hatte Cathy aus dem Schlaf geklingelt und ihr das Versprechen abgenommen, bis auf Weiteres für Lola einzuspringen. Und erst da war Lola klar geworden, was das eigentlich bedeutete: Sie würde ihr altes Viertel wiedersehen und all die Menschen dort, die ihr vertraut und fremd zugleich waren.

Aber es war ja nur für ein paar Tage, sagte sie sich zum wiederholten Male und wunderte sich im selben Moment darüber, dass sie diesen Gedanken immer wieder herunterbetete wie ein Mantra. So, als sei es eine Versicherung, die sie bei sich selbst abgeschlossen hatte.

Vor den Fenstern zeigten sich jetzt bereits die ersten Hochhaussiedlungen, graue Betonhaufen in baumlosen Straßen, die den Beginn der Banlieues ankündigten. Lola rutschte auf ihrem Sitz hin und her und betrachtete die Mitreisenden, wie es ihr schien, zum ersten Mal: ein mittelaltes Pärchen ihr gegenüber, von denen beide mit gespitzten Zeigefingern auf ihren Telefonen herumwischten, und eine sehr elegant gekleidete junge Frau in dunklem Blazer, Designerjeans und mit Pumps, deren Höhe Lola schon beim Ansehen schwindeln ließ.

Ja, sie näherten sich unverkennbar Paris. Und neben dem nagenden Unmut, dass sie das Schicksal zu diesem unfreiwilligen Trip gezwungen hatte, und der Müdigkeit wegen der kaum vorhandenen Nacht, spürte Lola, wie nervös sie war, weil sie ihre Heimatstadt wiedersehen würde. Fast so, als wartete dort eine Prüfung auf sie.

4

Der Zug hielt. Lola sprang aufs Gleis, stellte ihre Tasche ab, blickte sich einen Augenblick lang um – gurrende Tauben, Graffiti im Sonnenlicht, ein Gewirr hastender Menschen, Tabakgeruch – und hatte in diesem Moment schon vergessen, was sie eigentlich je dort unten am Atlantik in Bordeaux zu suchen gehabt hatte. Drei Jahre in der südlichen Stadt, in der Palmen wuchsen und die Sommer brütend heiß waren. Drei Jahre im Rouge. Drei Jahre in dem winzigen Appartement mit ihrem lieben, aber aus Überzeugung ziellosen Mitbewohner, der nun wahrscheinlich in diesem Augenblick allein seinen morgendlichen Höllenkaffee trank. Ob er sie überhaupt vermisste?

Suchend blickte sie sich um – doch von ihrem Vater war keine Spur. Als sie ihn heute früh, schon auf dem Weg zum Bahnhof, angerufen hatte, war nur Ninette ans Telefon gegangen. Sie hatte Lola begeistert versichert, wie sehr sie sich freuen würden, sie zu sehen – sie beide! Lola sah sie geradezu vor sich, dieses ungleiche Paar in der Wohnung in der Rue Monge: ihr behäbiger Vater, bei dem das Alter inzwischen merkliche Spuren hinterlassen hatte, und die quirlige, immer plappernde Ninette mit den wilden blond gefärbten Locken und dem Duft nach Minestrone, die sie andauernd kochte.

Bei ihren kurzen Besuchen in Paris hatte Lola, auf dem alten Sofa in der Rue Monge sitzend, stets den Blick ihres Vaters gespürt und seine Sorge. Hatte die Angst in seiner Stimme gehört, wenn er sie fragte, ob sie denn auch wirklich genug Geld habe, ob sie ausreichend schlafe und esse. Ob sie glücklich sei. Sie konnte alle Fragen zu seiner Zufriedenheit beantworten, nur die letzte nicht. Auf diese letzte Frage folgte stets nur ein unangenehmes Schweigen, und mit den Jahren hörte Émile auf, sie zu stellen.

Schnell griff Lola wieder nach ihrer Tasche und hob sie auf einen dieser Gepäckwagen, deren Räder stets eierten. Sie bugsierte das quietschende Wägelchen im Slalom durch die vielen Menschenleiber in der Bahnhofshalle aus Glas und Beton. Der Duft frischer Buttercroissants zog in ihre Nase. Ein paar Bauarbeiter werkelten in einem abgesperrten Bereich zwischen flatternden Plastikbändern vorne beim Eingang zur Métro. Einer der Männer sah auf, als sie vorbeiging, und seine Lippen formten bei Lolas Anblick das unweigerliche *Oh, là, là.*

Sie lächelte und eilte weiter, wobei sie sich für einen Moment in der spiegelnden Scheibe eines Obstladens sah – eine kräftige, mittelgroße Frau um die dreißig, in einem blau-weiß gepunkteten, knielangen Seidenkleid, darüber der offene Trenchcoat, den sie nur trug, weil er nicht mehr in die Tasche gepasst hatte. Die kastanienbraunen, leicht lockigen Haare fielen ihr nach der Fahrt strähnig in die Stirn, direkt über dem Kinn hatte Lola sie abgeschnitten. Seit dem großen Kinoerfolg von *Amélie* trug jede zweite Französin so einen *French Bob.* Das war schon viele Jahre her, und der Trend hielt hartnäckig an. Doch Lola hatte die Haare schon vorher, schon als Kind, auf diese Art getragen und würde ganz sicher nicht damit brechen, nur um sich von der Heldin in einem alten Kinofilm abzuheben. Mit einer eigensinnigen Geste strich sie sich die Spitzen hinters Ohr.

Um sie herum redeten die Leute wild durcheinander,

viele sprachen das typische Französisch der Hauptstadt, mit scharfen Konsonanten und starken Nasalen. Es klang ganz anders als im Süden, wo die Menschen die Vokale verschluckten und doppelt so schnell redeten wie im Norden. Hier in Paris zelebrierte man die Sprache, und Lola fühlte sich sofort wieder heimisch.

Sie ließ den Gepäckwagen stehen und griff nach ihrer Tasche. Vor der Bahnhofshalle erspähte sie endlich Ninette, die auf einem Mäuerchen zwischen wartenden Taxis, Reisenden und kläffenden Hunden saß, als sei sie dort verwurzelt. Unablässig hupende Autos fuhren auf dem Boulevard vorüber, ein nimmer endendes Konzert der Großstadt.

Das Kleid um Ninettes breite Hüften spannte, und die Rosen auf dem Stoff wurden hellrot in die Breite gezogen. Niemals hatte die Freundin ihres Vaters einen Anspruch auf die Mutterrolle erhoben, doch als Lola jetzt von hinten auf sie zuging und den vertrauten runden Nacken sah, das weiche Profil von Ninettes Kinn, da wusste sie plötzlich, dass niemand dieser Rolle je näher gekommen war als sie.

Vorsichtig legte sie ihr eine Hand auf die rundliche Schulter unter den verzerrten Stoffrosen, woraufhin Ninette sich umdrehte, aufsprang und Lola in die Arme nahm. Sie roch nach Brathähnchen und Knoblauch, und Lola holte tief Luft und ließ sich kurz den Rücken tätscheln.

«Wie schön, dass du da bist, *ma petite*», sagte Ninette, die einen unerschöpflichen Schatz an Kosenamen für alle Menschen in ihrer Umgebung hatte, und die meisten für Lola. «Dein Vater wird sich so freuen, dich zu sehen. Er ist in letzter Zeit manchmal etwas …» Sie sprach nicht weiter, machte nur eine unbestimmte Geste in der Luft, sodass Lola nur raten konnte, was ihr Vater war. Dann musterte Ninette sie plötzlich genauer und kniff die Augen zusammen.

«Wie schmal du bist, Engelchen», sagte sie und schnalzte missbilligend mit der Zunge. «Damit ist nun Schluss! Ich päppele dich schon auf, wirst sehen.»

Lola unterdrückte ein Lächeln. Sie und schmal? Nun, Ninette hatte andere Maßstäbe als sie und verwöhnte alle um sich herum, die sich nicht schnell genug entzogen – und am liebsten mästete sie die Tochter ihres Lebensgefährten. Lola ahnte, dass der Brathähnchenduft ein Hinweis darauf war, dass die Vorbereitungen dafür bereits in vollem Gange waren. Ninette brauchte immer ein Projekt, etwas oder jemanden, um den sie sich kümmern konnte – streunende Katzen, die sie im Hof auflas und zu Hause durchfütterte, die Rosen auf dem winzigen Balkon der gemeinsamen Wohnung mit Lolas Vater, die sie liebevoll wässerte und beschnitt, oder hungrige Nachbarskinder. Das wichtigste und größte Projekt ihrer zweiten Lebenshälfte aber war Émile, der sich in den Jahren mit ihr einen rundlichen, gemütlichen Bauch angefuttert hatte. Doch Lola hatte ihren Vater nie zufriedener gesehen.

Was nur, dachte sie in einem kindischen Moment des Erschreckens, würde Ninette ohne ihn tun, wenn er einmal nicht mehr da wäre?

Und was würde sie selbst tun?

Sie verbot sich den Gedanken rasch, es gab dafür ja auch keinen Grund. Sicher saß ihr Vater zu Hause auf dem Balkon, rauchte zufrieden und endlich einmal ungestört sein Pfeifchen und sorgte sich höchstens um seine Schwiegermutter Rose. Ja, natürlich alterte auch er, aber das war der Lauf der Welt. Trotzdem flüsterte ein vorwurfsvolles Stimmchen in Lolas Kopf, angestachelt von Ninettes unausgesprochener Bemerkung zu Émiles Zustand, dass es wirklich höchste Zeit war, einmal wieder nach Hause zu kommen und nach dem Rechten zu sehen.

Sie warf ihre Tasche in den Kofferraum von Ninettes kleinem blauem Citroën, der wie immer im Halteverbot stand, und gesellte sich zu einem beeindruckenden Sammelsurium aus leeren Flaschen, offenen Kekspackungen und zerdrückten Kaffeebechern auf dem Beifahrersitz. Ninette quetschte ihre Rundungen auf der Fahrerseite hinein und startete den Wagen. Mit bemerkenswerter Nonchalance fädelte sie sich in den chaotischen Verkehr ein und brauste durch die vollgestopften Straßen. Es ging durch die Rue de Rennes, die Rue Vaugirard – Lola sah links das Grün des Jardin du Luxembourg leuchten und darin den majestätisch daliegenden Palast – und dann weiter hinein ins Gewirr der Sträßchen des Quartier Latin rund um die Sorbonne. Ein-, zweimal winkte ihr das Panthéon mit seiner schönen Kuppel zwischen den Häusern zu, wenn sie eine Kreuzung passierten.

Bald darauf hielten sie in der Rue Monge vor dem Haus, das Lola so gut kannte. Seit ihrem letzten Besuch war die weiße Farbe an deutlich mehr Stellen der Fassade abgeplatzt, als häutete sich das alte Haus mit den Jahren immer schneller.

«*Viens, canard*, mein Entchen», sagte Ninette und würgte den Motor ab. «Es gibt gleich Café und eine *Tarte au citron*, ja? Und abends geschmortes Hühnchen, dann können wir uns unterhalten. Auch über Rose.»

Lola nickte und schulterte die schwere Tasche, als sie aus dem Wagen stiegen. Im Gebäude hob sie scheu die Hand zum Gruß, als sie das Gesicht der alten *Concierge*,

Madame Monnier, an der Scheibe ihrer Loge im Eingang sah. Dann stieg sie hinter Ninette her in den dritten Stock, wo sie in die Wohnung traten.

Ihre ganze Jugend hatte Lola in diesem Haus verbracht. Seit dem Tod der Mutter bewohnten ihr Vater und sie zwei Zimmer, von denen eines ihr allein gehörte, während Émile auf dem Sofa im Wohnzimmer schlief. Zur Wohnung gehörte auch noch ein winziges Bad und daneben die noch winzigere Toilette, vom engen Flur nur abgetrennt durch eine Falttür, die sich anfühlte wie Pappe. Und nicht zu vergessen die Küche, die Ninette erobert hatte, nachdem sie Émile vor vielen Jahren bei einem Bingoabend in einer Brasserie an der Place Monge kennengelernt hatte.

Lola trat in den kleinen Raum, der gleich links vom Flur abging. Hier in der Küche roch es herrlich nach Hühnchen und Basilikum, der sich auf der schmalen Fensterbank beim Spülbecken aus fleckigem Emaille beinahe geschwisterlich einen Blumenkasten mit den Rosen teilte – eine duftende Allianz aus Grün und Pink. Und endlich, beim Anblick der vertrauten hellblauen Küchenmöbel mit den abgestoßenen Ecken, bekam Lola Appetit.

Doch der Gedanke, dass sie in der Enge dieser Wohnung übernachten sollte, behagte ihr nicht sonderlich. Wie immer, wenn sie kam, würde Ninette die ausklappbare Gästematratze im Wohnzimmer ausbreiten, zwei aneinandergenähte Schaumstoffwürfel, die, wenn man sich auf sie legte, auf geheimnisvolle Weise sofort auseinanderstrebten, sodass man am Morgen mit dem Hintern in einem Spalt lag, der bis zum Boden reichte. Die beengte Wohnsituation von ihrem Vater und seiner Freundin war einer der Gründe, weshalb es Lola nicht allzu oft hierherzog. Doch für ein Hotel reichte ihr Kellnerinnengeld hinten und vorne nicht.

«Wir rücken wieder ein bisschen zusammen, Herzchen, habe ich recht?», sagte Ninette aus dem Flur, als habe sie ihre Gedanken gelesen, und zog schnaufend die Wohnungstür ins Schloss.

Lola nickte und versuchte, ein Lächeln aufzusetzen, als die Stimme ihres Vaters aus dem Wohnzimmer herüberschallte.

«*Poussin?* Bist du das?»

«Papa», sagte Lola und ging durch den Flur in den Salon, wie sie und Émile das Zimmerchen immer halb spöttisch, halb liebevoll nannten. Sie trat auf den winzigen Balkon. Eigentlich trat sie nicht wirklich hinaus, denn dafür war nicht genug Platz, vielmehr blieb sie in der Balkontür auf der Schwelle stehen und sah auf ihren Vater herunter, der es sich in einem Klappstuhl gemütlich gemacht hatte. Der Stuhl nahm die winzige Außenfläche ganz ein, die von einem schwarz lackierten Gitter umschlossen wurde. Lola beugte sich hinab und küsste Émile auf beide Wangen. Dabei versuchte sie, nicht allzu erschrocken zu wirken. Ihr Vater war viel dünner als beim letzten Mal. Sein kleines Bäuchlein war wieder verschwunden, er wirkte müde. Doch die Hundeaugen blickten sie treuherzig an wie immer, und der süßliche Pfeifenduft beruhigte sie, weil er so vertraut war.

«*Bonjour*, meine Kleine», sagte Émile und nahm ihre Hand, «ich hoffe, du nimmst es deinem alten Vater nicht übel, dass ich Ninette allein zum Bahnhof vorgeschickt habe. Sie fährt so furchtbar Auto, *comme une folle* – wie eine Wahnsinnige! Und wenn wir zusammen fahren, streiten wir immer.»

«Jedes Mal!», tönte Ninettes Stimme in Lolas Rücken.

«Émile behauptet, ich wolle uns umbringen. Was natürlich Blödsinn ist.» Sie streckte den Kopf kurz über Lolas Schulter, wozu sie sich auf die Zehenspitzen stellen musste, und alle blonden Löckchen flogen empört um ihre weichen Wangen. «Man muss in Paris eben ein bisschen energisch sein, sonst denkt jeder *Crétin* in seinem Mercedes, er hätte die Oberhand.»

Mit diesen Worten verschwand sie wieder.

«*Energisch ...*», brummte Émile und klopfte seine Pfeife aus, «was für eine Untertreibung!» Er zwinkerte Lola zu, aber es lag ein Schatten auf seiner Fröhlichkeit. Und Lola dachte kurz an den Tag, als ihre Mutter in ihrem dunkelroten Peugeot verunglückt war. Und sie ahnte, dass ihr Vater ebenfalls daran dachte, doch in vertrauter Einigkeit schwiegen sie. Unten klapperte ein Fahrrad über das Pflaster, und von fern hörte Lola das An- und Abschwellen einer Sirene. Sie blickte über die Häuser – fünfstöckig, blendendes Weiß, verzierte Balkongitter, grau gedeckte Dächer, Schornsteine. Darüber wölbte sich ein makelloser hellblauer Augusthimmel.

«Schön, dass du es geschafft hast, ein paar Tage freizunehmen», sagte ihr Vater schließlich. Er erhob sich ächzend und legte kurz die Hand an ihren Arm. «Ich weiß, du hast dein eigenes Leben, und es gibt für dich nichts Schlimmeres, als herkommen zu müssen ...»

Lola wollte protestieren, doch er hob beide Hände.

«Schon gut», sagte er, «ich fange nicht wieder davon an. Lass uns lieber über deine Großmutter reden, da weiß ich mir nämlich keinen Rat mehr.»

Sie traten ins Innere der Wohnung. Ninette schien in der Küche zu sein, sie hörten sie drüben mit Besteck hantieren, und etwas zischte laut.

«Was ist denn nun eigentlich genau passiert?», fragte Lola und ließ sich auf das abgewetzte Sofa fallen. «Und wo ist Charles? Hat *Mamie* ihn mitgenommen?»

Émile schüttelte betrübt den Kopf und setzte sich in seinen Lieblingssessel mit den geblümten Kissen. «Charles ist vor drei Wochen gestorben», sagte er leise. «Rose war außer sich. Sie schwor, sie wolle keinen neuen Hund, sie könne es nicht noch einmal ertragen, ein Tier zu verlieren. Sie sei zu alt und ihr Herz zu brüchig.»

Lola blickte ihren Vater betroffen an.

«Arme *Mamie*», sagte sie. «Seltsam, so kenne ich sie gar nicht. So verstört ... ich kann es mir nicht vorstellen.»

«Ja, sie war ganz verändert.» Émile seufzte. «Schminkte sich kaum noch, trug die Haare zerzaust, verließ die Wohnung nicht mehr.»

«Du hättest mich anrufen sollen», sagte Lola und wusste im selben Moment, dass ihr Vater sich wohl nicht getraut hatte. Es war unfair, dass sie ihm jetzt Vorwürfe machte, wo sie doch diejenige war, die sich viel zu selten meldete. Sie hob die Achseln. «Und was geschah dann?»

«Das war merkwürdig», sagte Émile, «nach etwa zwei Wochen in diesem Zustand traf ich sie vergangenen Samstag auf dem Markt. Im ersten Moment erkannte ich sie gar nicht – sie hatte sich die Haare abschneiden lassen, richtig *chic* sah sie aus und um Jahre jünger. Sie kaufte gerade Muscheln, genug, um drei satt zu kriegen. Als sie mich sah, strahlte sie. ‹Émile›, sagte sie, ‹ist heute nicht ein herrlicher Tag?›»

«Und dann?»

«Dann küsste sie mich auf die Wange und ging hinüber zu Pierre, du weißt doch, dieser Lebkuchenmann aus der Rue Mouffetard. Sie kaufte ihm ein Herz ab, aber als ich neben sie trat, wollte sie mir den Spruch nicht zeigen, der darauf stand.»

Lola kicherte ungläubig. Ihre strenge, reservierte Großmutter kaufte ein kitschiges Lebkuchenherz? Sie kannte den Straßenverkäufer vom Sehen. Mit seinen schwermütigen Augen und der langen Nase wirkte er stets wie ein trauriger Clown, wie er so über und über behängt mit seinen Köstlichkeiten an bunten Bändern versuchte, den Leuten, die vorüberkamen, seine orakelnden Lebkuchenherzen anzudrehen. Was aber hatte Rose damit angefangen?

«Das war das letzte Mal, dass ich deine Großmutter gesehen habe», sagte Émile und schüttelte erneut den Kopf. «Als ich am nächsten Tag bei ihr in der Wohnung nach dem Rechten sehen wollte, war die Tür verschlossen. Niemand hatte sie gesehen. Nur ein kleiner Zettel lag drinnen auf dem Tisch.»

Er stand auf und trat an ein Schränkchen, öffnete eine Klappe und nahm ein Stück Papier heraus, das er Lola hinhielt. In blauer Tinte waren wenige Worte daraufgeschrieben.

Macht euch keine Sorgen. Ich bin auf Reisen.
Eure Rose

Lola starrte auf die gestochene Schrift ihrer Großmutter.

«Auf Reisen?», fragte sie ungläubig. «Was soll das heißen? Die Frau ist fast achtzig!»

Émile hob die Schultern und ließ sie wieder fallen. «Ich wusste nicht, was ich tun sollte», sagte er. «Sie ist ein erwachsener Mensch und kann verreisen, wann immer sie das will.»

«Ich weiß nicht», sagte Lola zweifelnd, «ich kann mich nicht erinnern, dass *Mamie* jemals verreist ist, so ganz allein. Und jetzt, in ihrem Alter ...» Sie biss sich auf die Lippen. «Warum hat sie denn niemandem Bescheid gesagt?»

«Wenn ihr mich fragt», hörte sie plötzlich Ninettes Stimme hinter sich und drehte sich um, «dann sollten wir endlich die Polizei rufen.»

Ninette stand in der Tür, in der Hand ein kariertes Küchenhandtuch, die Wangen gerötet von der Wärme der Küche, aus der sie kam.

«Wir hatten das doch besprochen, Ninette», begann Émile, doch sie unterbrach ihn sofort.

«*Du* hattest es besprochen, *chouchou*», wiegelte sie ab, «und ich habe zugehört und dir dann sofort gesagt, dass ich nicht der gleichen Meinung bin wie du. Eine alte, zerbrechliche Dame wie Rose gehört nach Hause.» Sie stemmte die Arme in die Hüften. Der geblümte Stoff ihres Kleids war halb verdeckt von einer weißen Rüschenschürze. «Und wenn sie nicht einmal eine Adresse hinterlassen hat, an der sie nun ist, sollte es unsere Pflicht sein, auf anderem Weg herauszufinden, wo sie ist und ob es ihr gut geht.»

Lola betrachtete Ninette liebevoll und war der Freundin ihres Vaters dankbar für ihre Anwesenheit. Wo Émile zaudernd wirkte, war Ninette ein Ausbund an Entschlusskraft. Während er ihr jetzt schon wieder schwankend und müde vorkam, schien sie das pure Leben zu sein. Doch als Lola das gequälte Gesicht ihres Vaters sah, bekam sie Mitleid mit ihm. Es musste erschöpfend sein, mit einer Frau wie Ninette zusammenzuleben – beglückend, aber eben auch anstrengend.

«Habt ihr euch bei ihr in der Wohnung mal in Ruhe

umgesehen?», fragte sie, um Ninettes Aufmerksamkeit von Émile abzulenken, aber schon im nächsten Moment erkannte sie, dass sie in ein neues Wespennest gestochen hatte. Ninettes kullerrunde Augen funkelten triumphierend.

«Siehst du?», wandte sie sich an Émile. «Deine Tochter denkt mit! Ich sage schon seit Tagen, dass wir das tun sollten, aber *Monsieur* wagt es nicht!»

«Welches Recht habe ich, in die Wohnung meiner Schwiegermutter einzubrechen und dort herumzuschnüffeln?», fragte er und runzelte die Brauen. «Ich habe ihren Zettel gefunden und bin wieder gegangen.»

«*Einbrechen?*» Ninette sah noch entrüsteter aus als zuvor. «Ich bitte dich, *chéri* ... du hast einen Schlüssel! Das kann man wohl kaum einen Einbruch nennen.» Hilfe suchend sah sie Lola an. «*Mon lapin* ... bring ihn zur Vernunft, ja? Ich muss nach der *Tarte* sehen.» Und schon rauschte sie aus dem kleinen Wohnzimmer. Lola hörte sie im Flur empört murmeln, dann rumpelte ein Backblech im Küchenofen.

«Was denkst du?», fragte Émile. «Hat sie recht?»

«Nun, vielleicht könnte es nicht schaden, sich einmal genauer bei *Mamie* umzusehen», sagte Lola zögernd. «Sie ist ja schon beinahe eine Woche fort. Soll ich es tun? Immerhin ist es ja auch die Wohnung von *Maman*, irgendwie, oder?»

Ihr Vater sah zweifelnd aus, nickte aber dennoch. Mutter und Tochter hatten dort oben über den Dächern der Stadt zusammengelebt, bis Margot mit siebzehn ausgezogen war, um eine Ausbildung als Zimmermädchen im Hôtel Étoile zu beginnen. Kurz darauf hatte sie sich in den schüchternen, freundlichen Pagen Émile verliebt, und der Rest war Geschichte.

«Also gut», sagte er, griff noch einmal in das Schränkchen, in dem Roses Zettel gelegen hatte, und händigte Lola einen Schlüssel aus. «Den Code für die Haustür unten kennst du ja. Aber rühr nichts an, *d'accord*? Sieh dich einfach nur um.»

«Wird gemacht», sagte Lola und steckte den Schlüssel ein. «Gleich nach dem Essen gehe ich hin. Apropos Essen ...» Sie spürte, wie ihr der Magen knurrte. «Hat Ninette wirklich eine *Tarte au citron* gebacken?»

«Du kennst sie ja», sagte ihr Vater und führte sie am Arm durch den Flur zur Küche, aus der jetzt ein betörender Duft kam. «Ehe wir nicht alle hundert Kilo wiegen, ist sie nicht glücklich.»

5

*J*acobine Simenon liebte nichts so sehr wie ihr Glas Portwein am frühen Abend. Und der heutige klopfte zart an und versprach, ein besonders schönes Exemplar dieses letzten Sommermonats zu werden. Sie fand es furchtbar, wie viel die Menschen in dieser Stadt tranken, und hielt nichts davon, wenn die Gesichter gerötet, die Augen glasig wurden und den Leuten nur noch allerlei Unfug über die Lippen kam, weil ihre Zunge vom Wein gelockert war. In ihrer Zeit an der Oper hatte sie genug Menschen gesehen, die ihr Lampenfieber, ihre Angst, auf der Bühne zu versagen, und den Schmerz, den schlechte Kritiken verursachen, mit Alkohol zu betäuben suchten. Irgendwann hingen sie dann an der Flasche, die zu ihrem letzten Freund geworden war. Nein, das war der falsche Weg!

Aber dieses eine kleine Glas, dachte Jacobine, und jener glückliche Moment, wenn die süße, rötliche Flüssigkeit ihre Lippen benetzte und sich an ihren Gaumen schmiegte, wenn das geschliffene Glas danach leise auf dem Metalltisch des Bistros klingelte und sang – das war ihre kleine Freude am Tag. Immer öfter war es leider auch die einzige Freude, die ihr blieb, denn das Altern war kein Zuckerschlecken, besonders nicht für eine Frau wie Jacobine. Doch sie würde sich nicht unterkriegen lassen von den Falten, die ihr Gesicht nach und nach welken ließen, von der schwindenden Schönheit, die sich immer mehr verabschiedete, Jahr für Jahr. Von den ausbleibenden Engagements und den Motten, die ihre herrlichen Abendroben im Schrank ihrer Wohnung zu Staub zerfraßen. Sie passte ohnehin in die meisten von ihnen nicht mehr hinein.

Doch der Portwein, der blieb ihr. Ebenso das Schimmern der tief stehenden Sonne im Wasser des Springbrunnens inmitten des runden Platzes vor ihr. Und die herrlich hingetupften Schäfchenwolken vor dem Himmelblau über ihr, das langsam schwand und zu einem warmen Abendlicht wurde. Auch ihr Quartier und ab und an ein Schwätzchen mit den anderen Bewohnern, die hier schon seit Jahren, Jahrzehnten lebten und arbeiteten – auch das liebte sie. Mochte an der Oper schon lange kein Hahn mehr nach ihr krähen, hier war sie die unangefochtene Königin, Herrscherin über die Place de la Contrescarpe, und man huldigte ihr noch immer bereitwillig und lauschte ihren Schilderungen der goldenen Zeiten. Sogar jetzt, da sie älter wurde. Ja, selbst sie konnte sich dem Alter nicht entwinden, wer hätte das geglaubt? Wen sie alles gekannt, getroffen und ja, auch geküsst hatte, *mon dieu!*

«Werde niemals alt, *ma belle*.» Hatte Serge Lafontaine, der größte Intendant aller Zeiten, sie nicht einst so angefleht, als er die Arme um ihre Taille geschlungen hatte? Damals, bei dem großen Opernball. Keine dreißig war sie da gewesen, heute war sie mehr als doppelt so alt. Himmel, wie die Zeit verrann! Wie sie galoppierte und alle Menschen vor sich hertrieb wie eine Herde aufgescheuchter Rehe.

Aber das hier, ihr angestammter Platz mitten in Paris, ihr geliebter Sommerhimmel und der rote *Colheita* – all das war ihr geblieben. Und Jacobine war wild entschlossen, sich auch jetzt nicht vom Leben ins Bockshorn jagen zu lassen, sondern jeden Tag, der ihr blieb, auszukosten. Wie den Wein, von dem sie jeden Schluck so langsam und genüsslich trank, ehe sie endgültig von den Brettern der Welt abtreten musste. Aber nicht heute!

«*Bonsoir, Madame*», sagte Monsieur Terrier, als er in seinem dunklen, tadellos sitzenden Anzug an ihr vorbeiging, die Aktentasche mit eleganter Nonchalance unter dem Arm.

Sie nickte dem jungen Mann, der in der Etage über ihr wohnte, huldvoll zu – ja, auch die Jüngeren wussten hier im Quartier noch, was sich gehörte, sie ahnten wohl, wen sie vor sich hatten.

Jetzt lächelte er sogar, rief ihr über die Schulter zu: «Einen schönen Abend für Sie, *Madame*.» Und Jacobine entschied, dass diese Höflichkeit ein Lächeln als Antwort verdiente, und hob gnädig die Mundwinkel ihrer bemalten Lippen.

Monsieur Terrier bog um die Ecke, um wahrscheinlich Richtung Métro zu eilen, zu irgendeinem abendlichen Treffen oder, wie man heute wohl sagte, *Meeting*. Jacobine runzelte schon bei dem Gedanken an die furchtbare Übermacht der fremden Sprache gegenüber dem herrlichen Französisch die Stirn, erinnerte sich dann aber daran, dass dies zu mehr Falten führte, und hielt schnell inne. Stattdessen nippte sie erneut an ihrem Glas, schmeckte der feinherben Süße nach und summte eine kleine Melodie aus einer Operette, in der sie einmal eine Rolle gesungen hatte.

«Kann ich noch etwas für dich tun, Jacobine?», fragte Patrice, der aus dem Bistro getreten war.

Dankbar sah sie zu ihm auf. Sie und der alte Bistrobesitzer waren nicht immer einer Meinung, vielmehr stritten sie sogar dauernd miteinander – und doch wusste Jacobine, dass sie hier an diesem Tischchen einen Platz hatte, der ihr für immer und ewig gehören würde. Patrice war ein alter Kauz, bärbeißig, stur wie ein Maultier, aber auch treu wie ein Hund. Und er verstand wie kaum ein anderer die Bedürfnisse einer Dame.

«*Un autre*», sagte sie und hob das leere Glas, da sie entschieden hatte, dass heute auch ein zweites Weinchen keinen Schaden anrichten würde. «Und eine *Noisette*, sehr stark, wenn es keine Umstände macht.»

«Kommt sofort, *Madame*», sagte Patrice und deutete mit dem Kopf unter der karierten Stoffmütze ein Nicken an, das Jacobine großzügig als Verbeugung interpretierte. «Was dagegen, wenn ich mich mit einem Kaffee dazugeselle? Der Abend wird noch lang.»

«Natürlich nicht, Patrice», sagte Jacobine erfreut und klopfte mit der Hand auf den leeren Stuhl neben sich, auf den bisher nur ein Spatz Anspruch erhoben hatte, der nun davonflatterte. «Bei diesem herrlichen Wetter hast du eine Pause verdient.»

«*En deux secondes*», sagte Patrice und ging – ein Bein nachziehend, denn er litt an Arthrose – ins Innere des kleinen Bistros.

Jacobine sah durch die verschmutzten Scheiben, wie er an der Kaffeemaschine herumhantierte und dann kurz darauf mit einem kleinen Tablett wieder herauskam. Darauf standen zwei dampfende Espressotassen mit einer herrlichen Creme als Haube sowie eine Portweinflasche nebst einem weiteren Glas. Er stellte alles auf dem Tischchen ab und setzte sich ächzend, schenkte ihr großzügig das Glas voll, genehmigte sich selbst auch eines und schlürfte geräuschvoll seinen Espresso.

«Hast du schon gehört», sagte er dann, «die kleine Madame Zoltan aus der Nummer 47 ...»

Jacobine nickte eifrig und verbrannte sich die Zunge am Kaffee. «Sie verlässt ihren Mann», sagte sie und senkte dramatisch die Stimme. «Ich habe gehört, es gibt einen anderen ...»

Patrice hob seine buschigen Augenbrauen. «Das wundert mich nicht», erwiderte er, «sie ist ja eine Augenweide, wohingegen *Monsieur* ... nun, du weißt, *en faite* ...» Er schnalzte vielsagend.

Jacobine nickte wieder. «*Oui!*» Sie wedelte mit der Hand. «Ein furchtbarer Mensch. Madame Zoltan sollte froh sein, dass sie keine Kinder haben, so etwas vererbt sich.» Sie kniff die Augen zusammen und betrachtete bedauernd den schon wieder gesunkenen Pegel in ihrem Portweinglas. «Was, denkst du, wird geschehen, wenn er erfährt, dass der Neue zwanzig Jahre jünger ist als sie?»

«*Incroyable*, ist das so?», flüsterte Patrice und fügte beeindruckt hinzu: «Sehr modern!» Erneut hoben sich die Augenbrauen unter der Mütze.

Sie blickten sich an, Komplizen in ihrem Tratsch, und schmunzelten. Jacobine nestelte eine Zigarette aus einem silbernen Etui, und Patrice gab ihr wortlos Feuer. Sie zog zweimal und wurde dann ernst.

«Und was hältst du von Rose, Rose Caron?»

«Ebenfalls unglaublich, die Geschichte!» Er goss wie nebenbei ihre beiden Gläser wieder voll. «Niemand hat sie gesehen, einfach verschwunden! Der arme Schwiegersohn ist ganz aufgescheucht zu mir in den Laden gekommen und hat mich gefragt, ob ich etwas weiß, aber leider ... *rien*. Wer kannte sie denn schon, ich meine, wirklich?»

«*Ich* sicher nicht!» Jacobine fuhr sich durch ihre toupierte Mähne, wobei sie darauf achtete, die falschen Strähnen, die sie unauffällig unter den echten befestigt hatte, nicht zu lockern. «Sie redete ja mit keinem von uns. War sich zu schade dafür, hockte lieber dort oben und blies Trübsal.» Sie deutete hinauf zum Dachgeschoss ihres eigenen Hauses auf der anderen Straßenseite, wo Rose Caron in einem winzigen Appartement wohnte. Gewohnt *hatte*, musste es wohl heißen, denn wie man hörte, hatte sie die Stadt verlassen, und niemand, nicht einmal ihre Familie, wusste, wohin.

Jacobine lehnte sich auf ihrem Stuhl zurück und nahm den letzten Zug aus der Gauloises. Die rote Sonne brach sich jetzt in den Fenstern der Häuser ringsum, es war wirklich ein außergewöhnlich schöner Sommerabend. Ein paar Tauben gurrten, und drüben am Brunnen stand ein Kleinkind in einem rot-weiß gestreiften Kleidchen und warf eine Münze ins Wasser. Der Vater hielt es an der Hand und starrte zusammen mit seiner Tochter dem Geldstück hinterher, als erwarteten sie, dass der Wunsch, den sie vielleicht gemeinsam gesagt hatten, sich sofort und auf der Stelle erfüllte. Das Licht war beinahe golden, es stand genau auf dem schmalen Grat zwischen Abend und beginnender Nacht. Über der Szene hing ein Zauber wie auf einer der alten Postkarten, die man bei den *Bouquinistes* an der Seine kaufen konnte.

Plötzlich fühlte Jacobine, wie Patrice nach ihrer Hand griff. Halb empört, halb gerührt drehte sie sich zu ihm um. Hatte ihn auch, wie sie soeben, das eigentümliche Flair des Augenblicks hier auf dem Platz überwältigt? Doch dann sah sie, dass er in eine ganz andere Richtung starrte und sie nur auf etwas aufmerksam machen wollte. Sie folgte seinem Blick und kniff die Augen zusammen, um besser sehen zu können. Eine Jacobine Simenon trug nun einmal keine Brille, auch wenn das dazu führte, dass sie oft genug die Dinge, die zu nah waren, nur durch einen Schleier wahrnahm, aber in die Ferne sah sie scharf wie eh und je.

Sie musterte die Person, die aus der Rue du Cardinal Lemoine durch die Dämmerung auf den Platz zukam. Ein blaues Kleid mit weißen Tupfen, ähnlich dem Himmel über Paris, rotbraune Haare, kinnlang – warum die jungen Frauen von heute nur glaubten, das sei besser als langes Haar?, dachte Jacobine kopfschüttelnd. Eine kräftige, aber dennoch zauberhafte Figur, das musste man ihr lassen, mit einem federnden Gang, als sei sie in Eile – und dann erkannte sie die junge Mademoiselle endlich.

«Margots Tochter!», sagte sie erstaunt. «Was macht denn Lola hier?»

«Vermutlich hat sie die gleichen Fragen wie wir», knurrte Patrice. Er hatte ihre Hand losgelassen, und Jacobine bedauerte es einen Moment. Wann war sie zum letzten Mal berührt worden? Noch dazu von einem Mann – selbst wenn es nur der alte Bistrobesitzer war, der ihr schon seit vierzig Jahren ihren Portwein servierte? Nun, es hatte Zeiten gegeben, da hatte sie sich nach seiner Berührung gesehnt, damals, als ihr erster Mann sie verlassen hatte …

Jacobine verbannte diese unrühmliche Erinnerung schnell wieder in den hintersten Winkel ihres Hirns. Das war eine andere Zeit gewesen, eine ganz und gar verrückte Zeit, und sie und Patrice waren schließlich Erwachsene, die es nicht nötig hatten, über diese kurze Verwirrung nachzudenken, die sie einmal, vor einem halben Leben, befallen hatte. Vorbei, zu Ende, *fini*!

Ach, was sie alles für Geschichten erzählen könnte – doch Moment, dachte Jacobine, sie wollte ja sehen, wie es jetzt mit Lola weiterging, der Kleinen von Margot, die sich schließlich nicht oft bei ihnen blicken ließ. Himmel, das Kind musste inzwischen auch schon an die dreißig sein, älter als Jacobine gewesen war, als sie und Patrice … Wieder wurde ihr das eigene Alter bewusst, und es war ein Schock. Margots Tod war jetzt also auch schon über zwanzig Jahre her, ein sinnloser Unfall im Auto, was für eine gottverdammte Verschwendung – denn schön war sie gewesen, schön und freundlich, ganz anders als ihre kratzbürstige alte Mutter oben unterm Dach. Und die Tochter? *Bon*, was Lola Mercier für eine war, würde sich noch herausstellen müssen, immerhin floss zur Hälfte Émile Merciers Blut durch ihre Adern, und einen gutmütigeren Mann gab es in Paris kein zweites Mal. Doch im Gesicht dieser jungen Frau dort drüben sah Jacobine einen entschlossenen, ja beinahe harten Zug. Eigensinnig schien sie, für derlei Dinge hatte Jacobine ein Gespür. Hatte Lola also den Hochmut ihrer Großmutter Rose geerbt? Jacobine wollte es herausfinden!

«*Chef!*», rief da gerade der kleine Jean aus der halb geöffneten Bistrotür zu ihnen heraus. «Telefon!»

Patrice erhob sich, etwas widerstrebend, wie es Jacobine schien, und ging hinein, um den Anruf entgegenzunehmen.

Sie selbst richtete sich auf und drückte ihre Zigarette aus. Dann winkte sie Lola energisch zu. «*Ma fille*», rief sie über den Platz. «Kindchen, kommen Sie mal her.»

Lola trat zu ihr und blieb neben dem Tischchen mit dem Sammelsurium aus halb leeren Tässchen und Gläsern stehen.

«*Bonjour*, Madame Simenon», sagte sie, und Jacobine war zufrieden, dass die junge Frau immerhin ihren Namen kannte und sich offenbar zu benehmen wusste.

Entzückend sah sie aus, fand Jacobine, von Nahem noch hübscher, mit sanft geröteten Wangen und diesem entschlossenen und doch weichen Mund, die etwas zu starken Brauen über den Augen ein wenig zusammengezogen und ein paar tanzende Sommersprossen auf der Nase. Alles an Lola Mercier schien zu glühen, wie sie da so in den letzten Sonnenstrahlen des Tages stand. Hätte eine ganz passable Schauspielerin abgegeben, überlegte Jacobine und spürte den altbekannten Neid, aber nur ganz schwach – irgendwann musste man sich geschlagen geben und den jungen Leuten das Feld überlassen, dachte sie wehmütig.

«Besuchen Sie Ihre Familie, *ma chère?*», fragte sie liebenswürdig.

Lola nickte, ihr Blick schweifte über den Brunnen, die Ahornbäume bis hinauf zu den kleinen Dachfenstern, zu denen auch Jacobine heute schon so oft hinaufgesehen hatte. «Meine *Mamie* ...», sagte sie zögernd. «Sie wissen es sicher schon, sie ist ... ähm, spontan verreist.»

«*Verreist?*», wiederholte Jacobine. «Wohl eher verschwunden, wie man so hört. Ist es wahr, dass Ihr Vater keine Ahnung hat, wo sie steckt?»

«Leider ja», sagte Lola, und ihre Brauen trafen sich nun fast über der Nase. «Sie haben nicht zufällig eine Ahnung, *Madame?* Schließlich wohnen Sie ja im selben Haus.»

Jacobine lachte spöttisch auf, es klang schneidender, als sie beabsichtigt hatte. «Ihre *Grandmère* hat ihre Pläne nicht mit uns Nachbarn geteilt», sagte sie, «sie war eine Geheimniskrämerin. Das wissen Sie doch. Oder? Andererseits ...» Sie musterte Lola. «Sie haben sie länger nicht gesehen. Waren weit weg, *n'est-ce pas?*»

«Ich habe gearbeitet», sagte Lola abwehrend, «ich hatte wenig Zeit.»

Doch Jacobine sah, dass sie bei der jungen Mademoiselle einen wunden Punkt getroffen hatte.

«Aber nun konnten Sie sich freimachen», stellte sie spitz fest, und Lola nickte nur.

«Ich werde mal nachsehen, ob sie schon zurück ist», sagte sie schnell und deutete mit dem Kinn zum Haus gegenüber. «Entschuldigen Sie mich, *Madame*.»

Sie ging weiter, die Schultern eine Winzigkeit hochgezogen, und umrundete den Platz – vorbei an Fleurs de Morel, wo Liliane gerade draußen an einem schmalen Klapptisch in ihrer grünen Gärtnerschürze Rosen schnitt und neugierig aufblickte. Dann passierte Lola den Feinkostladen Les Deux Paradis, aus dessen offen stehender Tür, wie Jacobine wusste, stets ein Duft nach wohlgereiftem *Ami du Chambertin* zog, und lief, rascher jetzt, als habe sie es eilig, an der Petite Boulangerie vorbei, deren Tür in dieser Sekunde aufgestoßen wurde. Jacobine sah, wie Lola gerade noch rechtzeitig bremste, um nicht mit dem Mann zusammenzustoßen, der, ebenfalls im Eilschritt, aus der Bäckerei kam. Es war Fabien Roudeaut, mit aufgekrempelten Hemdsärmeln und vom Augustwind zerzaustem Haar, eine Tüte im Arm, aus der oben mehrere Baguettes ragten, die Reste des Tages, die ihm Sylvie Labelle sicher zum halben Preis für sein Café eingepackt hatte. Auch er blieb ruckartig stehen, und als Jacobine sein Gesicht sah, wunderte sie sich – er schien maßlos erschrocken.

«*Merde!*», sagte Lola, Jacobine hörte es über den kleinen Platz hinweg deutlich, und starrte ihn an. Jetzt erst schien sie ihn zu erkennen. «Oh, Fabien, bist du das?»

«Lola!», sagte er und hob die Hand in einer unbestimmten Geste. Abwehrend?, dachte Jacobine. So, als sei Lola ein Gespenst, und er schlage schnell ein Zauberzeichen in die Luft? Doch dann fuhr er sich nur hastig durch die Haare, verstrubbelte sie noch mehr als zuvor und rieb sich verlegen die Wange.

Lola lächelte freundlich und wollte schon weitergehen. Da rief sie im Weggehen über ihre blau-weiß gepunktete Schulter: «Schön, dich zu sehen.» Danach blickte sie sich nicht noch einmal nach ihm um.

Fabien hingegen stand wie angewurzelt auf einem Fleck. Er umklammerte die Tüte, als sei sie sein letzter Anker in der Welt, und sah aus, als hätte ihm jemand ein paar Ohrfeigen verpasst, dachte Jacobine mitleidig.

Irgendwann kam wieder Leben in seinen Körper, und er blickte zum Bistro hinüber, auf dessen Terrasse Jacobine saß. Mitfühlend hob sie die Schultern und lächelte. Da schüttelte sich Fabien eine Sekunde, kaum merklich, als sei er ein Hund, der in einen Schauer gekommen war, und lief weiter. Die große Brottüte eng an sich gepresst, trat er durch die Tür des Café des Artisans ins Innere seines Ladens.

Jacobine wiegte den Kopf und unterdrückte ein weiteres Lächeln. Dann nahm sie das Portweinglas und trank es bis auf den letzten Tropfen aus. Lola war im Wohnhaus Nummer 7 auf der anderen Seite des Platzes verschwunden. Das kleine Mädchen am Brunnen hatte einen Wutanfall und lag jetzt brüllend mit seinem hübschen Kleidchen auf den Steinen, während der Vater verzweifelt versuchte, das übermüdete Kind zu beruhigen. Und eine gurrende Taube stellte in einer Pfütze einem Weibchen nach, das mit den Flügeln schlug und schließlich empört in das schwindende Abendlicht davonflatterte.

Ah, die Qualen der Liebe, dachte Jacobine und spürte, wie der noch warme Sommerwind über ihr altes Gesicht hinwegstrich. Sie marterte sie alle. Und doch konnte man ohne die Liebe nicht leben, sie war der Puls, der sie alle vorantrieb, der ihnen das Blut durch den Körper pumpte und dafür sorgte, dass nichts so blieb, wie es war. Dass alles verging – und im nächsten Augenblick wiederauf-erstand, noch prächtiger und wunderbarer als zuvor.

Sie überlegte einen Moment. Dann winkte sie dem klei-nen Jean, der gerade am Nebentisch den Aschenbecher abräumte, und deutete auf ihr leeres Glas.

«Un autre», sagte Madame Simenon und leckte sich die Lippen.

6

ola? Was machst du denn hier?»

Ehe Lola wusste, wie ihr geschah, hatte sie der junge
Mann im Hausflur schon in die Arme gezogen und küsste sie links und rechts auf die Wange. Glatt rasiert, mit
langen, schmalen Koteletten bis zum Kinn stand ihr alter
Schulfreund Samir vor ihr, die pechschwarzen Haare mit
verschwenderisch viel Gel zu einer beeindruckenden Frisur nach oben getürmt. Er strahlte und ließ die Brustmus-
keln unter dem engen Shirt spielen, als er sie ein Stück
von sich weghielt.

Lola lachte. «Ich werd verrückt», sagte sie, «bist du etwa
der neue *Concierge* hier?» Sie deutete auf die Loge, aus der
er gestürmt war, als sie sich endlich an den richtigen Tür-
code erinnert und die Haustür aufbekommen hatte. Samir
Cherif war der Hausmeister im Haus ihrer Großmutter?

«Allerdings, *chérie*!», rief er, ließ ihre Handgelenke los
und machte ein paar Tanzschritte. «Stets zu Diensten.»
Dann musterte er sie aus seinen dunklen Augen und stieß
einen Pfiff aus. «Du siehst umwerfend aus! Wenn ich nicht
gerade fürchterlich frisch verliebt wäre, würde ich es bei
dir versuchen.»

Lola lachte erneut und schlug spielerisch mit der flachen Hand nach ihm, doch er wich geschickt aus. Samir
war schon der zweite Bekannte aus Schulzeiten, dem sie
heute hier über den Weg lief – war denn außer ihr niemand aus Paris weggegangen?

«Du spinnst, Samir», sagte sie, denn sie wusste erstens,
dass er *immer* frisch verliebt war – nicht allzu schwer,

wenn man aussah wie er und nichts anbrennen ließ –, und zweitens, dass die Objekte seiner Begierde auf jeden Fall immer Männer waren. Dennoch fühlte sie sich von seinem Kompliment geschmeichelt, denn sie kannte ihn gut genug, um zu wissen, dass es trotz seiner Aufschneiderei ehrlich gemeint war.

«Du und ich, da müsste erst die Hölle gefrieren», sagte sie amüsiert, und er machte ein spitzbübisches Gesicht.

«Man hört in den Nachrichten, dass wir davon nicht weit entfernt sind», erwiderte er. «Also gib die Hoffnung nicht auf, *Sweetheart*!»

Dann deutete er auf den Schlüssel in ihrer Hand.

«Zu *Mamie* Caron?», fragte er und wurde ernst. «Immer noch nicht wieder aufgetaucht, was?» Sein Gesicht wurde lang. «Ach, *darum* bist du überhaupt hier», sagte er leise und klang besorgt. «Gibt es Neuigkeiten? Ist sie etwa ...» Er unterbrach sich, und Lola schüttelte schnell den Kopf.

«Nein, keine Sorge», sagte sie, «wir haben aber immer noch nichts gehört. Ich wollte nur oben mal kurz nachsehen, ob ich einen Hinweis finde, wo sie stecken könnte.» Plötzlich kam sie sich wie genau die Einbrecherin vor, von der Émile vorhin gesprochen hatte, und sie schwieg betreten.

Doch Samir ließ sie nicht lange zappeln. «Gute Idee», sagte er und stupste sie mit dem Zeigefinger an. «Geh ruhig hoch. Ich habe ein paarmal geklopft, aber nichts gehört. Und dann kam dein Vater mit dem Schlüssel und fand drinnen den Zettel. Ich wollte ja schon vorher die Polizei rufen, aber Monsieur Mercier wollte davon nichts wissen. Und da auch nichts seltsam stank ...» Jetzt schlug er sich erschrocken die Hand auf den Mund. «Pardon, *minou*, ich rede schon wieder zu viel, das ist bei mir wie Diarrhö.»

«Ich weiß, Samir», sagte Lola und lächelte. «Ich verstehe schon. Wie gut, dass du dich so gewissenhaft um das Haus kümmerst.»

«Die Stelle hat mir Monsieur Terrier, der Anwalt aus der Zwei, vermittelt.» Mit schwärmerischem Ausdruck deutete er nach oben. «Er kannte mich aus der Kanzlei und fand wohl, ich sei vertrauenswürdig – trotz allem.» Er seufzte theatralisch. «Leider nichts für mich, dieser Leckerbissen, von Kopf bis Fuß in Yves Saint Laurent gehüllt – ihr Frauen habt einfach manchmal die besseren Karten.»

Lola kannte den Mann nicht, von dem Samir sprach, doch sie musste wieder einmal innerlich schmunzeln. Wie schaffte ihr alter Kumpel es nur, alle derart um den Finger zu wickeln? Sie wollte auch lieber gar nicht wissen, weshalb Samir mit einer Anwaltskanzlei zu tun gehabt hatte, aber sie ahnte, dass er eher auf der falschen Seite im Gerichtssaal gesessen hatte – dennoch war er nun als *Concierge* eingestellt worden. Die Stelle hatte vor ihm eine ältere Dame innegehabt, deren Strenge und Humorlosigkeit sprichwörtlich gewesen waren. Eine größere Veränderung hätte es für das kleine Haus in der Rue Mouffetard nicht geben können.

«Wir sehen uns», sagte sie, warf Samir noch eine Kusshand zu, die er mit dramatischer Geste auffing und an sein Muscleshirt drückte, dann begann sie mit dem Aufstieg, denn es gab keinen Aufzug. Erster Stock – ein glänzendes Messingschild an der Wohnungstür verriet, dass hier Jacobine Simenon lebte. Auf einer bemalten Porzellanscheibe, die daneben hing, stand *Bonjour*, und neben dem Eingang klebte ein handgeschriebener, recht angegilbter Zettel – *Blumenlieferanten bitte zweimal klingeln*. Lola musste lächeln und fragte sich, wann hier wohl zum letzten Mal das üppige Bouquet eines Bewunderers abgegeben worden war. Es dürfte schon eine Weile her sein, vermutete sie und sah das stark geschminkte Gesicht der älteren Frau vor sich, wie sie da am Bistrotisch bei Patrice gesessen hatte – wie eine Spinne im Netz, die auf Beute wartete.

Sie ging weiter, kam in den zweiten Stock, wo nur ein kleines silbernes Schild angebracht war: *Terrier*. Das also war der Anwalt im Designeranzug, von dem Samir gesprochen hatte.

Noch weiter, dritter Stock. Lola stieg hastig die letzten Stufen hoch, passierte die Toilette auf halber Treppe zum Dachgeschoss und stand schließlich vor *Mamies* Tür. Ein getöpfertes Schild in der Form eines Pudels hing an der Wand, darauf der Name Caron. Lolas Mutter Margot hatte bei ihrer Heirat den Namen Mercier angenommen, war aber eine geborene Caron gewesen. Allerdings hatte es niemals einen Monsieur Caron gegeben, da waren immer nur sie und Rose gewesen. Lola hatte schon als Kind aufgehört, danach zu fragen, wer ihr Großvater gewesen war, denn weder aus *Mamie* noch aus *Maman* war jemals etwas dazu herauszubekommen.

Sie schnupperte. Sogar hier vor der Wohnung, im Zwielicht, das durch das schmale Dachfenster auf den Treppenabsatz fiel, meinte sie, einen Hauch Zitronenaroma wahrzunehmen. Wie einen letzten, langsam verblassenden Gruß ihrer Großmutter. Immerhin musste sie Samir recht geben, es gab nichts, was darauf hindeutete, dass sich in der Wohnung ein lebender Mensch befand, geschweige denn ein toter Körper. Erleichtert atmete sie auf und sog noch einmal den trockenen, staubigen Geruch des alten Hauses ein. Dann zückte sie den Schlüssel, die Tür sprang auf, und Lola trat ein.

Drinnen herrschte dasselbe schummrige Licht wie schon im Hausflur, denn die weißen Vorhänge aus Baumwolle waren vor die Dachfenster gezogen und ließen das Dämmerlicht des beginnenden Abends nur zögerlich in die Dachkammer. Lola zog die Tür hinter sich zu. Die Wohnung war eine sogenannte *Chambre de bonne*, jedoch etwas größer als manch andere ehemalige Dienstmädchenkammer. Sie bestand typischerweise nur aus einem einzigen Raum. Jemand hatte vor langer Zeit mit einer dünnen Wand eine kleine Küche abgetrennt, in der sich, wie Lola wusste, auch eine Duschkabine befand. Ein eigenes Badezimmer gab es nicht. Wenn ihre Großmutter zur Toilette wollte, musste sie die Wohnung verlassen und eine halbe Treppe hinabsteigen. Dort war sie dann immerhin ungestört – alle anderen Mieter im Haus hatten ein eigenes Badezimmer. Trotzdem hatte Lola schon öfter gedacht, dass ein solcher Zustand für eine Dame im Alter ihrer Großmutter eigentlich eine Zumutung war. Doch alle Versuche von ihr oder ihrem Vater, Rose zu einem Umzug zu bewegen, waren an deren stählernem Widerstand sofort gescheitert. Hier habe sie immer gelebt, ihr ganzes Leben, und hier werde man sie auch mit den Füßen zuerst hinaustragen, hatte sie gewettert und sich das Thema verbeten. Sie sei schließlich noch gut zu Fuß und rüstig genug, die Treppen zu bewältigen, das halte sie sogar jung! Und Émile und Lola, die die Mieten und die Wohnungsnot in der Stadt zur Genüge kannten, hatten aufgegeben. Wohin hätte *Mamie* auch ziehen sollen – wenn nicht in eine *Maison de retraite*, ein Altersheim? Lola verstand nur zu gut, dass Rose diesen Schritt so lange wie möglich hinauszögern wollte, denn hier oben besaß sie zwar keinen großen Komfort, aber doch das höchste Gut auf Erden – Freiheit.

Langsam ging Lola durch den fast quadratischen Raum. Alles war tadellos aufgeräumt. An der Fensterseite stand ein weiß lackierter Holztisch mit einem akkurat drapierten Tischtuch aus cremefarbener Spitze, darauf eine Vase mit einer einzelnen, verwelkten Teerose. Ein blassgelbes Blütenblatt war herabgefallen und schmiegte sich an die geklöppelte Spitze. Die beiden Stühle mit den hohen, geschnitzten Lehnen, die hier standen, seit Lola denken konnte, waren ordentlich an die Tischplatte herangerückt. Daneben befand sich auf einem kleinen *Midcentury*-Regal ein Plattenspieler. Hohe Bücherregale säumten die restlichen Wände, und ein Schaukelstuhl lud zum Platznehmen ein. Auf der anderen Seite des Raumes befand sich das Bett – ein Doppelbett, obwohl *Mamie* seit dem Auszug ihrer Tochter Margot stets allein gewohnt hatte. Dennoch waren zwei Kissen und eine breite Decke bezogen, das Bettzeug schimmerte blütenweiß, am Fußende lag eine rosafarbene Wolldecke. Das ganze Zimmer wirkte wie das Zuhause eines jungen Mädchens aus längst vergangenen Tagen – etwas altmodisch, doch zart und seltsam zeitlos.

Lola schlüpfte durch den Durchgang in die enge Küche, die immerhin auch ein kleines Fensterchen hatte. Sie öffnete die Luke und streckte den Kopf hinaus in den Hinterhof. Lolas Blick fiel auf graue Mauern und Schornsteine, weiter unten sah sie die grünen Mülltonnen und daneben einige Pfützen von einem nicht lang vergangenen Regenschauer. Die Luft roch nach klebrigen Linden, Rauch und Sommerabend.

In der Küche war alles ebenso makellos aufgeräumt wie im Zimmer. In dem zerschrammten, rechteckigen Becken aus weißem Porzellan standen umgedreht zwei gespülte Weingläser. Eine irdene, tiefblau bemalte Schüssel lag auf dem Abtropfgitter. Zaghaft öffnete Lola den Kühlschrank, doch bis auf eine halb volle Flasche Chablis und eine kleine, ungeöffnete Dose *Paté de canard* befand sich nichts darin.

Es war, als habe hier schon lange niemand mehr gewohnt, dachte Lola unbehaglich und ging zurück ins Zimmer. Rose hatte eine Ecke mit einem Vorhang abgetrennt, dahinter, so wusste Lola, hingen ihre Kleider. Als sie den schweren Stoff jetzt ein Stück lüftete, sah sie, dass viele der Bügel auf der Kleiderstange leer waren. Und auch der große Koffer, in dem Lola als Kind immer Piratenschiff gespielt hatte, war nicht zu sehen. Also stimmte es, *Mamie* war wirklich zu einer Reise aufgebrochen. Aber wohin?, fragte sich Lola. Und warum hatte sie niemandem Bescheid gesagt?

Rastlos strich sie weiter durch den Raum, in der vagen Hoffnung, irgendetwas zu entdecken, das ihr mehr Aufschluss über den Aufenthaltsort ihrer Großmutter geben könnte. Doch ihr fiel nichts Ungewöhnliches ins Auge. Sie trat zum Plattenspieler und sah jetzt, dass die Lieblingsplatte ihrer Großmutter darauf lag. Lola schaltete das Gerät ein, beobachtete, wie sich der Arm automatisch auf die schwarzen Rillen herabsenkte – und erschrak, als die Streicher laut zu spielen begannen und kurz darauf die unsterbliche Stimme der Piaf das Zimmer erfüllte. Schnell drehte sie die Lautstärke etwas herunter und blickte sich irritiert um, als fühlte sie sich ertappt. Aber dann lauschte sie gerührt der Musik und erinnerte sich, wie oft sie hier auf dem dichten, hellblauen Teppich vor dem Regal gesessen und *Mamie* und Édith Piaf zugehört hatte, wie sie ihr Duett sangen – denn laut mitsingen war für Rose Caron Pflicht bei der *Hymne à l'amour*.

Lola schluckte. Was für eine ärgerliche Rührung ergriff sie heute eigentlich dauernd?

Sie ließ die Platte leise weiterlaufen und strich wieder durchs Zimmer. Neben dem Bett stand ein Flakon des Dior-Parfüms auf dem Nachttisch, doch er war leer. Daneben zeugte ein sanfter Ring auf dem Holz davon, dass ein weiteres Fläschchen dort gestanden haben musste, aber es war nicht mehr da – wahrscheinlich im selben Koffer fortgetragen wie Roses Kleider.

Lola ging weiter über die knarrenden Dielen. Ihr Unbehagen, hier zu sein, ohne dass Rose sie eingeladen hatte, verstärkte sich. Gleichzeitig fühlte sie sich seltsam zu Hause. Im Zusammenhang mit ihrer Großmutter war eben alles ein einziger Widerspruch, dachte Lola, ebenso wie mit Paris. Ihr Blick fiel auf eine alte Fotografie an der Wand, und wieder zog sich ihr Herz kurz zusammen – Margot als Mädchen, mit dicken braunen Zöpfen und einer Zahnlücke in einem angelaufenen Silberrahmen. Das Bild musste aus den frühen Siebzigerjahren stammen, rechnete Lola nach und betrachtete kurz das junge, noch unbeschriebene Gesicht ihrer Mutter, ehe sie sich mit Gewalt losriss.

An den anderen Wänden standen hohe Regale, in denen sich unzählige zerlesene Bücher drängten, die Einbände dicht an dicht. Der Anblick beruhigte Lola, Bücher waren ihr vertraut. Wie oft Robert in Bordeaux unwillig gestöhnt hatte, wenn Lola wieder neue Beute aus den Buchläden der Stadt in sein Appartement geschleppt hatte! Er behauptete, sie habe ein Problem, sei regelrecht lesesüchtig – doch eigentlich hatte *er* eines, denn tatsächlich konnte man ihre gemeinsame Wohnung kaum betreten, ohne einen der Stapel umzuwerfen, die Lola überall aufgebaut hatte.

Auch hier in *Mamies* Wohnung lagen hohe Büchertürme auf dem Boden, besonders rund um den Schaukelstuhl mit dem großen, bunt bestickten Kissen, das Lola schon als Kind gerngehabt hatte. Aus einem Impuls heraus ließ sie sich in die breite Lehne hineinsinken und stieß sich mit den Füßen ab. Ein-, zweimal schaukelte sie vor und zurück und entzifferte den Titel des Buches, das aufgeschlagen auf einem kleinen Tischchen daneben lag. *L'Écume des jours*, las sie, *Die Gischt der Tage* von Boris Vian. Vor vielen Jahren hatte Lola diesen Roman in den Händen gehalten, und sie erinnerte sich jetzt sofort wieder an die merkwürdige, traumartige Geschichte von Colin und Chloé und an deren aussichtslosen Kampf um ihre Liebe. Seltsam, dass ihre Großmutter diesen betagten Schmöker las.

Lola griff nach dem Buch und begann zu lesen. Die Platte war zu Ende, und das Zimmer lag wieder still da. Schon nach wenigen Seiten war sie tief in die Geschichte hineingetaucht. Das Licht wurde schwächer, und Lola ahnte, dass Ninette und Émile in der Rue Monge auf sie warteten. Sie hatte mit ihnen zu Abend gegessen, bevor sie sich mit der Ausrede verdrückt hatte, sie wolle noch auf ein Glas Wein in die alte Nachbarschaft. Aber so langsam erwarteten sie Lola sicher zurück. Außerdem wusste sie, dass sie hier, in der *Chambre de bonne* ihrer Großmutter, eigentlich nichts verloren hatte. Doch beim Gedanken an die enge Wohnung ihres Vaters, an die plätschernden, sich stets im Kreis drehenden Gespräche mit Ninette und eine Nacht auf der verdammten Besuchermatratze fand es Lola beinahe unmöglich, sich loszureißen. Am liebsten hätte sie einfach *Mamie* um Erlaubnis gebeten, während ihrer Abwesenheit in ihrer Wohnung zu übernachten, aber das war nun einmal nicht möglich.

So rutschte sie tiefer in den Schaukelstuhl, stand nur noch einmal kurz auf, um sich die Weißweinflasche aus dem Kühlschrank zu holen, und las weiter, bis sie ein Leselämpchen anschalten musste, weil der dunkelblaue Abend vor den Dachfenstern der Kammer stand. Die Ruhe des Zimmers legte sich auf sie wie Balsam. Ab und zu lauschte Lola auf die gedämpften Geräusche aus der Wohnung unter ihr – jemand schien nach Hause gekommen zu sein, das Wasser einer Dusche rauschte. Und in allem spürte sie einen Frieden, wie sie ihn selten erlebt hatte. Draußen vor dem geöffneten Küchenfenster klangen ab und an Stimmen zu ihr hinauf, wahrscheinlich die spätabendlichen Gäste von Patrice. Gläser klirrten aneinander, und ein leiser Wind mit einem Hauch Knoblauch darin hatte sich erhoben und schmeichelte schüchtern um das Dach des Hauses in der Rue Mouffetard.

7

Aus der geöffneten Tür des Café des Artisans zog frischer Kaffeeduft auf die erwachende Straße. Fabien rückte auf dem Bürgersteig die rot-weißen Stühle zurecht und vergewisserte sich, dass die Zuckerstreuer allesamt aufgefüllt und an Ort und Stelle waren. Dann nahm er ein Stück Kreide und schrieb die zwei Tagesgerichte an, die es heute ab der Mittagszeit geben würde: *Croque Monsieur* – buttrige, in der Pfanne gebratene Brioche mit Schinken und geschmolzenem *Comté* – und *Coq au Vin*, der schon seit heute früh um sechs in der Küche vor sich hinschmurgelte. Seitdem Fabien in seinem Café auch mittags warmes Essen anbot, hatte er einen ganz ansehnlichen Kundenstamm dazugewonnen. Das Mittagessen war den Parisern heilig, und Fabien bemühte sich, stets *entrée, plat & dessert* bereitzuhalten, denn unter drei Gängen ging es nicht. Heute würde es ganz traditionell *Crème brûlée* zum Nachtisch geben, nach einem Rezept seiner Mutter Jeanne, das seinesgleichen suchte. Es war eines der wenigen Desserts, dessen Zubereitung ihm kein Kopfzerbrechen bereitete, und den Leuten schien es zu schmecken. In seinem dritten Jahr als Inhaber und Koch des Cafés schrieb Fabien nun endlich schwarze Zahlen. Er war zufrieden und hatte sogar ganz übermütig ein kleines Fest zu seinem dritten Jubiläum geplant, das in der kommenden Woche stattfinden sollte.

Auch jetzt, um halb acht, waren schon einige der Stühle draußen besetzt.

«*Bonjour!*» Fabien begrüßte seinen Nachbarn Jules Terrier, der in der Wohnung unter seiner lebte und jeden Morgen einen Espresso bei ihm trank. «Wie immer?»

«Morgen, Fabien», sagte Jules und nickte, «heute nehme ich aber noch ein Croissant mit Konfitüre dazu, bitte.»

«Langer Tag?», fragte Fabien. Normalerweise frühstückte Jules nichts.

«Ich muss zum Gericht.» Jules deutete auf die Aktentasche zu seinen Füßen. «Verhandlungsmarathon. Aber keine Sorge, ich haue sie schon raus – jedenfalls die, die es verdienen.» Er lächelte, und seine weißen Zähne glänzten.

Fabien spürte kurz, wie ihn ein wenig Neid beschlich, weil er selbst niemals so weltgewandt und selbstsicher sein würde wie der Anwalt aus dem zweiten Stock, der in seinem knapp sitzenden Anzug einfach gnadenlos gut aussah.

«Espresso und Frühstück – kommt beides sofort», sagte er, schob sich das Hemd unter der Schürze wieder in den Jeansbund und ging an den nächsten Tisch, wo sich eine Touristenfamilie drängte. Er machte den Eltern in wenigen freundlichen, aber bestimmten Worten klar, dass es in seinem Café keine *Pancakes* gab, auch keinen *Bacon*, und überredete sie schließlich zu Kaffee und Omelett. Die Kinder ließen sich auf Schokoladencroissants ein und schienen sogar ganz froh über die Abwechslung ihres Speiseplans.

Gerade wollte er ins Café gehen und Magali die Getränke-Bestellungen weitergeben – er hatte sie hinter den Tresen auf einen Hocker gesetzt und befohlen, dass sie nichts tun dürfe, als Espresso zu machen, was an seiner neuen Maschine schon eine echte Herausforderung bedeutete –, als Liliane Morel auf sein Café zusteuerte.

«*Bonjour*, Fabi», sagte sie und wischte sich müde eine

kurze Haarsträhne aus dem Gesicht. «Machst du mir einen großen Cappuccino?»

«*Bien sûr*», sagte er. «Hast du schlecht geschlafen?»

«Ach, weißt du ...» Sie zuckte mit den Achseln. «Manchmal ist das Leben einfach *un connard*!»

Fabien musste lachen, ihr betrübter Gesichtsausdruck und die deftige Ausdrucksweise passten einfach nicht zusammen.

«Und warum ist das Leben ein solches Arschloch?», fragte er. «Nur heute oder im Allgemeinen?»

«Heute ganz besonders», schnaufte sie und ließ sich auf einen Stuhl sinken. «Nun, eigentlich meine ich auch nicht das Leben, sondern die Liebe.»

«Ah!», machte Fabien und zog verstehend die Augen hoch. «*L'Amour* ist also das Problem. Sag mir, wen ich für dich umbringen soll?»

Liliane lachte, die Müdigkeit war für einen Moment aus ihrem Gesicht verschwunden, und Fabien konnte sich plötzlich vorstellen, wie sie wohl als Zwanzigjährige ausgesehen hatte. Jedenfalls erinnerte er sich daran, dass die Freundin seiner Mutter früher sehr hübsch gewesen war mit ihrem zarten Gesicht und der superkurzen Frisur. Wie gern er ihr Lachen gehabt hatte, wenn sie und Jeanne über irgendetwas kicherten, was er nicht verstand!

«Lass mal.» Sie grinste. «Du hast ja ganz eigene Probleme. Habe ich recht?»

Fabiens Herz sank. Woher wusste sie das?

«Ich bitte dich», sagte sie, als habe sie seine Gedanken gelesen, «mir kannst du nichts vormachen. Eine gewisse Mademoiselle Mercier ist wieder in der Stadt, oder? Ich habe sie gestern Abend gesehen. Und dich! Das hätte ja beinahe ein blaues Auge gegeben.»

«Keine Ahnung, was Lola hier will», sagte er betont gleichgültig und tat so, als müsste er auf der Tafel neben ihrem Tisch einen missglückten Buchstaben ausbessern. Beinahe wütend wischte er daran herum und machte alles nur noch schlimmer, bis er das Wort *Crème* mit dem Ärmel ganz löschen und neu schreiben musste.

«Man weiß ja nie genau, was Lola will», sagte Liliane, und Fabien hätte schwören können, dass eine kleine Boshaftigkeit in ihrer Stimme mitschwang. «Also, *mon petit*, nimm dich in Acht, ja? Ich habe das alles schließlich lange genug mitangesehen. Wir alle!»

Fabien lachte gequält. «Du klingst schon wie meine Mutter.»

«Na, solange sie nicht hier ist, muss ich ihre Rolle wohl übernehmen, nicht wahr?»

Bevor Fabien antworten und sich dagegen verwahren konnte, wie ein Kind behandelt zu werden, rief der Familienvater vom Nebentisch in gebrochenem Französisch: «He, *Garçon*! Bekommen wir bald unser Frühstück?»

«In welchem Reiseführer die das wohl lernen?», murmelte Fabien und erntete ein Lächeln von Liliane und ein mitfühlendes Schnaufen von Jules, der auf seinem Tablet die Zeitung las und geduldig auf seinen Espresso zu warten schien.

Fabien nickte dem ungeduldigen Gast zu. Dann trat er ins Café, rief der schwitzenden Magali die diversen Wünsche der Gäste zu und eilte nach hinten in die Küche, um sechs Eier in die Pfanne zu werfen und bei der Gelegenheit gleich noch einmal liebevoll den schmorenden Hahn in der kräftigen Burgundersoße umzurühren. Dabei überschlugen sich seine Gedanken. Ja, Lola war wieder in der Stadt – und Liliane hatte ganz recht, ihn zu warnen. Er dachte eigentlich immer an sie, nach all der Zeit noch beinahe jeden Tag. Doch normalerweise stieß er dann nicht direkt vor seinem Café mit ihr zusammen. Im Gegenteil, das letzte Mal hatte er sie vor vielleicht zwei Jahren gesehen, bei irgendeiner langweilen Geburtstagsfeier, bei der er krampfhaft versucht hatte, nicht allzu auffällig um sie herumzustreichen. Er war ohnehin mit Claire dort gewesen, erinnerte er sich, und bis auf wenige Worte hatte er kaum mit Lola sprechen können. Seit zehn Jahren kam sie nur alle nasenlang mal in die Stadt – und meldete sich dann auch nicht bei ihm. In der Schule waren sie nicht eng befreundet gewesen, Lola gehörte in eine andere Clique als er und hing auf den angesagten Partys herum, während er mit seinen besten Freunden Samir und Matthieu zum Sport ging oder auch mal ein Bier trank. Ansonsten war er eher schüchtern und viel zurückhaltender, als es in Lolas Kreis üblich gewesen war. Er hatte sie aus der Ferne betrachtet wie einen schönen, weit entrückten Stern und sich Träumereien hingegeben, ihr nahe zu sein – doch das war nie geschehen.

Bis auf dieses eine Mal, dachte er dann und warf abwesend noch ein paar Lorbeerblätter in den Topf mit der köchelnden Soße. Es war ein Sommertag gewesen, der 6. Juni – er hatte sich das Datum gemerkt, elf Jahre lang, und wahrscheinlich würde er es bis zu seinem Tod nicht vergessen. Sie hatten kurz vor den *Bac*-Prüfungen eine Exkursion gemacht, mit ihrer Geschichtslehrerin Madame Bonnard. Mit dem Bus waren sie nach Versailles gefahren, und dort, zwischen diesen riesigen Palästen mit ihren filigranen Arabesken, den Springbrunnen und beschnittenen Buchsbäumchen, hatte er auf den schnurgeraden Kieswegen den Anschluss zu den anderen verloren. Plötzlich waren all die Köpfe um ihn herum die von Fremden. So schlenderte er einfach allein weiter, er wusste ja, wann der Bus zurückging, und besonders wichtig war ihm die angekündigte zweistündige Führung durch das Schloss ohnehin nicht.

Da sah er sie. Lola saß auf dem Rand eines Springbrunnens, in einem blauen kurzen Kleid, aus dem ihre langen Beine herausschauten – sie hatte kräftige Oberschenkel und glatte Haut. Es gefiel ihm, dass sie nicht so dürr war wie viele andere Mädchen. Ihre kurz geschnittenen kastanienbraunen Haare fielen ihr lockig ins Gesicht, was besonders hübsch aussah.

Doch Lola weinte.

Fabiens Herz setzte kurz aus und stolperte dann in seiner Brust hastig weiter. Er ging rasch zu ihr, setzte sich neben sie und nahm ihre Hand. Bis heute wusste er nicht, woher er den Mut genommen hatte. Sie blickte ihn überrascht an, mit nassen Augen, in denen die Iris so grünlich wie eine Flasche leuchtete und von diesem seltsamen dunklen Ring umschlossen wurde, der ihn so faszinierte. Durch ihre Tränen leuchteten die Farben noch stärker. Ihre Finger waren eiskalt, und Fabien nahm nichts anderes mehr wahr als dieses wunderbare Geschöpf vor ihm – die Landschaft, der Palast, die vielen Besucher, die in Busladungen ausgespuckt wurden und aufgeregt umherliefen, versanken hinter Lolas Gesicht im Nichts. Stille schien sich über sie beide zu legen und hüllte sie in einen Kokon.

So saßen sie einige Minuten lang da und schwiegen. Schließlich wischte sich Lola mit dem schmalen Handrücken die Tränen von den Wangen, und Fabien zählte ihre Sommersprossen. Er wusste nicht, was er sonst tun sollte. Gerne hätte er sie gefragt, weshalb sie weinte, doch er wagte es nicht. Aus Verlegenheit griff er in seinen Rucksack. Darin war eine Tüte mit frischen, leicht zerdrückten Erdbeeren, die er morgens auf dem Marché Mouffetard gekauft hatte. Er nahm eine heraus und hielt sie ihr hin.

«Möchtest du?»

Und anstatt, wie er befürchtet hatte, aufzuspringen und fortzulaufen, lächelte sie. Es war, als entzündete sich ein Licht in ihrer Miene, erst in den Augen, die nun nicht mehr feucht glänzten, sondern fröhlich funkelten, dann breitete es sich über den weichen, energischen Mund aus und das kleine, etwas spitze Kinn.

«*Merci*», sagte sie und griff nach der leuchtend roten Frucht. Sie biss hinein, ihre weißen Zähne, von denen einer etwas schief stand, gruben sich tief ins Fruchtfleisch, und ein wenig Saft rann an ihrem Mundwinkel herab und sammelte sich in einem Grübchen am Kinn.

Fabien starrte sie an und hoffte, sie würde nicht bemerken, wie sehr er sich zusammenreißen musste, sie nicht an sich zu ziehen. Doch da – bei der Erinnerung schloss er kurz die Augen – geschah das Verrückte, das ganz und gar Unglaubliche. Lola schluckte die Erdbeere hinunter, rutschte ein Stück näher, legte dann beide Hände an seine Wangen – und küsste ihn. Küsste ihn lange und innig, und er ließ es geschehen. Sie schmeckte süß und warm, und die weiche Haut an ihren Unterarmen, die er nun zu streicheln begann, fühlte sich unter seinen Fingern an wie kühler Samt.

Doch dann war die Welt, die kurz wie hinter einem Wasserfall verschwunden gewesen war, wieder über sie beide hinweggestürzt. Die Geräusche, die Farben kehrten zurück. Mehrere Leute aus ihrem Geschichtskurs hatten plötzlich vor ihnen gestanden. Lola und Fabien waren auseinandergefahren und hatten sich einen letzten verlegenen Blick zugeworfen. Dann hatte Lolas Freundin Manon laut gekichert und den Arm ausgestreckt, und Lola war aufgestanden und mit ihr fortgegangen, ohne sich noch einmal nach ihm umzudrehen.

Fabien hatte in den nächsten Tagen ein paar Feixereien seiner Schulkameraden über sich ergehen lassen müssen, doch schon eine Woche später hatte niemand mehr über den Vorfall gesprochen. Ein Student mit Sportjacke und einem Moped hatte Lola plötzlich jeden Tag von der Schule abgeholt, und sie hatte nie wieder ein persönliches Wort mit Fabien gewechselt. Es war, als hätte es diese wenigen Minuten des Glücks in Versailles nie gegeben.

Wie er an Lolas Reaktion gestern gesehen hatte, hatte sie wohl seitdem nicht mehr an ihn gedacht, hatte offenbar völlig vergessen, dass da jemals etwas zwischen ihnen geschehen war.

Doch Fabien hatte es nicht vergessen. Zugegeben, auch für ihn hatte es bald andere Mädchen gegeben, er war älter geworden, hatte mehrere kurze Affären gehabt, vor allem während seiner Ausbildung zum Koch – in den Hotelküchen, in denen er gelernt hatte, herrschte ein rauer, aber herzlicher Ton, man trank viel und schlief wenig. Und es gab immer jemanden, mit dem man mit einer Flasche Wein im Gepäck nach Hause gehen konnte. Dann war da Claire gewesen, und vor ihr noch eine andere feste Freundin, an die er sich allerdings nur noch undeutlich erinnerte. Doch dieser 6. Juni vor zwölf Jahren, die Farben jenes Frühsommertages und der Geschmack von Lola Merciers Lippen – all das hatte Fabien nicht vergessen. So lange hatte er sich schon in den Schuljahren zuvor nach ihr gesehnt, die ganze Jugendzeit über, wenn er ehrlich war. Und nach diesem einen Kuss, den das Schicksal ihm zugeteilt hatte, war es noch viel schlimmer geworden. So, als habe sich die Schlinge um seinen Hals, deren Ende Lola in den Händen hielt, noch fester zugezogen durch ihre Berührung. Denn auch als sie fortgegangen war, blieb sie sein Ein und Alles.

Aber gab es das eigentlich wirklich?, dachte er jetzt, während er unschlüssig vor der Pfanne mit den Omeletts stand. Dass man nur diese eine Frau liebte, selbst wenn man sie nur ein Mal geküsst hatte? Konnte das sein, dass man einen Menschen liebte, jahrelang, ein Leben lang, für den man sich alles andere immer wieder ruinierte? Was, wenn seine Träumerei wie ein Kartenhaus in sich zusammenfiele? Wenn er irgendwann erkennen würde, dass sie nicht die Frau war, die er sich zusammenfantasierte? Wenn das alles nur ein Trugschluss blieb? Er kannte sie ja kaum, hatte niemals länger mit ihr geredet – und trotzdem ahnte er, dass sie sich richtig anfühlen würde in jedem einzelnen Moment des Zusammenseins. Fabien wusste es einfach – er liebte Lola. Und leider würde das niemals aufhören.

Halb frustriert, halb sehnsüchtig warf er noch eine Prise Salz übers Ei und richtete alles auf Tellern an. Als er einen kleinen Rest aus der Pfanne kostete, hätte er beinahe gelacht. Ein verliebter Koch – hoffentlich zogen die Gäste draußen nicht genau diesen Schluss.

«Fabien!», hörte er Magali rufen, und am Grad der Empörung in ihrer Stimme erkannte er, dass er schon viel zu lange hier hinten herumgestanden und alten Geschichten nachgehangen hatte. Es wurde Zeit, dass er sich zusammenriss und seiner Pflicht nachkam.

Doch trotz seines Ärgers ertappte er sich dabei, wie er,

die gefüllten Teller in der Hand balancierend, auf dem Weg nach draußen ein altes Lied vor sich hin pfiff. Mochte auch alles durcheinander sein, mochte er auch seine besten Jahre mit Luftschlössern verbracht haben – ein neues und gleichzeitig vertrautes Aroma hing in der Spätsommerluft, das ihn elektrisierte und ihm die Haut am Nacken prickeln ließ wie ein Versprechen.

Lola Mercier war wieder in Paris. Und mit ihr diese äußerst kleine, ja winzige und doch so leuchtende Chance aufs Glücklichsein.

8

Als Lola erwachte, war es hell im Zimmer. Einen Moment lang wusste sie nicht, wo sie war. Sie lag auf einem hellblauen, dicht gewebten Teppich, die Finger in die Fransen geflochten. Für einen Moment dehnte sie sich wie eine Katze. Dann erst fiel ihr Blick auf ihr Handy, das die Uhrzeit anzeigte, und sie schreckte hoch.

«*Merde alors*», rief sie und griff nach dem Telefon. Drei Anrufe von Papa, eine Nachricht von Robert. Der fragte nur, ob sie Paris schon satthabe und wann sie wiederkäme.

Lola sank auf den Teppich zurück und blickte sich um. Das Buch lag neben ihr, ein paar Seiten waren zerknickt. Mit den Füßen stupste sie die leere Weißweinflasche an. Hatte sie wirklich die ganze Nacht hier verbracht? Der Chablis musste sie umgehauen haben, doch merkwürdigerweise fühlte sie sich nicht verkatert, sondern ausgeschlafen. Sie hatte sogar geträumt, etwas vom Meer und von nass glänzenden Steinen, über die sie barfuß spazieren gegangen war. Tatsächlich fühlte sie sich herrlich. Aber was mussten Papa und Ninette denken, wo sie abgeblieben war?

Hastig rief sie Émile zurück, doch nur die Mailbox sprang an.

«*Papa?* Es tut mir leid! Ich bin in *Mamies* Wohnung eingeschlafen, ich war wohl sehr müde nach dem riesigen Brathühnchen von Ninette. Sag ihr bitte *pardon*, ja? Ich melde mich später! *Bisous!*»

Lola legte auf und stöhnte leise. Ihr erster Tag in Paris, und schon verärgerte sie ihre Familie. Sie tappte in die Küche und sah in den Kühlschrank, obwohl sie genau wusste, dass sie nichts zum Frühstück darin finden würde. Zwar liebte sie *Paté*, jedoch nicht um acht Uhr morgens, und schon gar nicht ohne Brot. Kurzerhand wusch sie sich notdürftig am Waschbecken, die Dusche anzuwerfen, würde zu lange dauern, denn Lola erinnerte sich, dass das Wasser im Boiler ewig brauchte, um sich zu erwärmen. Draußen vor dem kleinen Fenster gurrten die Tauben, eine Wespe brummte mit dem Kopf gegen die Scheibe, und das Töpfchen, in dem Rosmarin wuchs, duftete würzig und nach Sommer.

Ein Kaffee wäre jetzt herrlich, dachte Lola. Dieses kleine Bistro unten am Platz öffnete, wenn sie sich richtig erinnerte, erst nachmittags. Dann gab es da noch das Café an der Stirnseite vom Springbrunnen. Sie strich ihr gepunktetes Kleid glatt und fuhr sich mit feuchten Händen durch die Haare, um sie wenigstens etwas in Form zu bringen. Anschließend ging sie zurück ins Zimmer, öffnete die Vorhänge an dem Fenster, das zur Rue Mouffetard lag, und stellte sich auf Zehenspitzen, um hinauszusehen. Ja, das Café auf der anderen Straßenseite hatte bereits geöffnet. Es war sogar ziemlich gut besucht, beinahe alle der kleinen runden Tische waren besetzt. In ihrer Erinnerung hatte der Laden leer gestanden, als sie das letzte Mal hier gewesen war. Offenbar hatte er einen neuen Besitzer gefunden, der sein Handwerk verstand.

Lola liebte Kaffee! Und sie liebte es, ihre Zeit träumend und lesend in Cafés zu verbringen, eine *Noisette* nach der anderen zu bestellen und den ganzen Tag ohne Ziel zu vertrödeln. In Bordeaux gab es zwar jede Menge hippe Bars und wunderbare Weinlokale, doch diese typischen Pariser Cafés mit ihrem Duft nach frisch gemahlenen Bohnen,

Zeitungspapier und Großstadt hatte sie dort immer vermisst. Diese Orte mit den immer gleichen Markisen, den verglasten Wintergärten, die im Sommer offen standen, und den geflochtenen Stühlen, die stets zur Straße ausgerichtet waren. Man saß hier nicht einander gegenüber, sondern Seite an Seite, den Blick auf das Treiben gerichtet und in Philosophie und Klatsch vertieft – zwei Disziplinen, die in dieser Stadt stets mühelos miteinander verschmolzen.

Lola schaute sich ein letztes Mal im Zimmer ihrer Großmutter um. Wieder fiel ihr nur diese einladende Stille auf. Ansonsten gab die Wohnung nichts preis – am wenigsten, was Rose bewogen haben mochte, ihren Koffer zu packen und spurlos zu verschwinden. Dennoch spürte Lola ein leises Bedauern, als sie die Tür hinter sich zuzog und sorgfältig abschloss. Es war schön gewesen, an diesem sanften, ruhigen und irgendwie romantischen Ort ganz für sich zu sein. Allein mit ihren Gedanken und Erinnerungen, von der Welt ungestört. Und als sie begann, die Treppen hinabzusteigen, beschloss sie, dass sie wiederkommen würde, schließlich hatte sie den Schlüssel. Was sollte *Mamie* schon dagegen haben? Lola war immerhin ihre einzige Enkelin, und auch wenn sie in den letzten Jahren keinen allzu engen Kontakt gepflegt hatten, so würde es Rose sicher nicht stören, wenn sie in ihrer Dachkammer ein paar Tage Zuflucht suchte, solange sie nicht da war.

Unten im Foyer entdeckte Lola die alte Madame Simenon, die gerade in ihrem Briefkasten nach Post schaute. Sie wurde offenbar nicht fündig und knurrte enttäuscht, ehe sie die Klappe zunallte.

«*Bonjour, Madame*», sagte Lola vorsichtig, trotzdem zuckte die Frau zusammen und drehte sich hastig um, als

sei sie ertappt worden. Sie trug einen dunkelblauen, bestickten Seidenkimono, dazu lila Pumps, und sie hatte die
blondierten Haare inklusive der falschen Haarteile noch
stärker nach oben toupiert als gestern.

«Mademoiselle Mercier ...», sagte sie mit ihrer tiefen,
etwas rauchigen Stimme, wohl eine Folge von jahrelangen
Stimmbandentzündungen und zu vielen Gauloises. «Sie
sind ja schon wieder hier! Und so früh!»

«Ich habe in der Wohnung oben übernachtet», sagte
Lola.

Madame Simenon starrte sie an, in ihren Augen mit
den dicht getuschten Wimpern meinte Lola, ein aufgereg-
tes Glitzern zu sehen.

«*Tiens!*», sagte sie und spitzte die Lippen, die weit über
den Rand hinweg in einem dunklen Pink bemalt waren.
«Ihr jungen Leute seid keine Kinder von Traurigkeit, *oui*?»

Lola starrte zurück. Was meinte Madame Simenon damit? Dass es unangemessen war, in der Wohnung einer
verschollenen Verwandten zu übernachten? Oder allein
deren Weißwein auszutrinken? Verstohlen hauchte sie
sich in die hohle Hand und schnupperte daran, doch sie
konnte keinen Alkohol in ihrem Atem riechen.

«Ich verstehe nicht, aber ...» Sie wollte sich an der alten
Dame vorbeischieben, doch diese stellte sich ihr in den
Weg.

«Nun, ich habe ja gleich bemerkt, wie er Sie angesehen
hat, gestern Abend auf der Straße», fuhr sie mit unver-
hohlener Sensationslust fort, «aber es geht mich natürlich
nichts an.»

Ihre Miene sagte das Gegenteil, doch Lola stand immer
noch auf dem Schlauch. Von wem sprach Madame Simenon eigentlich?

Gemeinsam gingen sie zur Tür und traten auf die Straße. Der Asphalt glänzte nass in der Sonne, gereinigt wie jeden Morgen vom Rinnsteinwasser, und die hellen Häuser schimmerten im Sonnenlicht. Der Himmel war ein einziges weites blaues Zelt, das sich über das Quartier Latin und seine Bewohner spannte.

«Und trotzdem so zeitig wieder auf den Beinen», sagte Madame Simenon anerkennend, «der junge Mann hat wirklich Disziplin.»

Lola starrte in die Richtung, in die Jacobine Simenon mit ihrer beringten Hand jetzt wies. Zu ihrer Überraschung sah sie Fabien Roudeaut, der gerade mit säuerlicher Miene einen wahren Geschirrberg von einem Tisch abräumte und auf ein rundes Tablett stapelte. Als spürte er Lolas Blick, wandte er in dieser Sekunde den Kopf und schaute zu ihr herüber. Im nächsten Moment klirrte es, und ein paar Teller zerbrachen auf den Pflastersteinen zu hundert Scherben.

«Fabien?», fragte Lola und sah stirnrunzelnd Madame Simenon an, die ihre Freude an der kleinen Szene zu haben schien, denn ihre bleichen Wangen hatten sich rosa gefärbt. Da endlich verstand Lola die seltsamen Andeutungen der alten Dame.

«*Mais non!*», stieß sie hervor und schüttelte den Kopf. «Sie haben mich missverstanden!» In der Aufregung merkte sie, dass sie zu laut sprach, aber sie wollte unbedingt dieses Gerücht ausräumen. «Ich habe in der Wohnung meiner Großmutter übernachtet. Fabien und ich, da ist nichts!»

Madame lächelte wissend. «Sie sind mir wirklich keinerlei Erklärung schuldig», sagte sie und schnalzte zufrieden mit der Zunge. «Genießen Sie ruhig Ihre Jugend! Selbst in

Paris geht der Sommer irgendwann zu Ende, *n'est-ce pas?*»
Und mit diesen Worten winkte sie huldvoll und ging nach
rechts über den Platz, um kurz darauf mit wehendem Ki-
mono in der Petite Boulangerie zu verschwinden.

Lola schnaubte leicht verärgert. Dann ging sie zu Fabien
hinüber, der auf dem Boden kniete und mit der Hilfe eines
eleganten Mannes im Anzug die Scherben einsammelte.
Er sah auf, und sein Gesicht war ihr merkwürdig vertraut. Doch über seinen blauen Augen stand eine steile
Falte. Was hatte er von dem Gespräch zwischen Madame
Simenon und ihr mit angehört?

«*Bonjour*, Lola», sagte er und erwiderte ihr verlegenes
Lächeln nicht. «Man sieht dich ja in letzter Zeit ganz
schön oft hier.»

Lola hob eine gezackte Scherbe auf und legte sie vorsichtig auf das glänzende Aluminiumtischchen. «Arbeitest
du hier?», fragte sie und hörte sogleich, wie lahm ihre
Frage klang – trug er doch die unverkennbare Kochschürze umgebunden und räumte Tische ab.

«Das ist *mein* Laden», sagte er, und aus irgendeinem
Grund klang es scharf.

Sie sog die Luft ein. «Ich gratuliere», sagte sie. «Beein-
druckend. Und ich dachte, du hättest eigentlich irgendetwas studiert ... irgendwo im Westen. In Nantes?»

«Brest», gab Fabien zurück und erhob sich. «Und auch
nur zwei Semester, danach habe ich es geschmissen.» Er
nickte dem Gast im Anzug dankbar zu, der die letzten
Scherben eingesammelt hatte und sich mit einem Winken,
die Aktentasche unter den Arm geklemmt, davonmachte.

«Geografie, oder?» Lola wollte ihm gern beweisen, dass
sie keine Ignorantin war, doch ihre Erinnerung war mehr
als neblig.

«Geschichte», sagte er.

Lola fiel ein, dass sie beide damals im selben Geschichts-kurs gewesen waren. Normalerweise dachte sie selten an ihre Schulzeit, sie lag in ihrer Erinnerung in einem selt-samen Nebel. Alles andere war damals wichtiger gewe-sen – die Freundinnen, Anerkennung, Jungs mit Mopeds, all das hatte Lolas Aufmerksamkeit ganz gefangen genom-men. Der Unterricht war jahrelang an ihr vorbeigezogen wie ein Schemen, ein endloser Grundton, dessen Summen sie kaum hörte. Doch auch sie hatte sich für die Vergan-genheit und die Geschichte anderer Kulturen interessiert, und sie erinnerte sich an ihre eigene, ebenfalls sehr kurze Studienzeit. Alte, versunkene Paläste hatte sie ausgraben wollen und Scherben von jahrtausendealten Vasen zusam-mensetzen, bis alles wieder heil und schön war. Hatte das an dem Geschichtsunterricht in der Schule gelegen, dass sie sich dafür interessierte?

«Und warum hast du aufgehört?», fragte sie Fabien, der mit abwartender Miene vor ihr stand.

Da wirkte er auf einmal noch verschlossener, als sei ein Vorhang vor das Blau seiner Augen gezogen worden.

«Nicht jeder muss ein Professor werden, oder?»

Er hielt mit beiden Händen das Tablett mit den Scher-ben fest, und plötzlich wurde es Lola bewusst, dass die Leute ringsum ihr Gespräch verfolgten. Sie hob entschul-digend die Hände.

«Dein Café sieht wirklich sehr nett aus. Und es riecht herrlich nach Kaffee.»

«Kann ich dir was bringen?», fragte er geschäftsmäßig, und Lola begriff, dass die Plauderei beendet war. Wahr-scheinlich hatte er viel zu tun, das Café lief wirklich gut.

«Eine *Noisette* wäre schön.»

Fabien nickte und verschwand im Inneren seines Ladens. Lola setzte sich an den frei gewordenen Tisch, der jetzt von der Morgensonne beschienen wurde, und streckte die Beine von sich. Ein Blick auf das Handy sagte ihr, dass Émile noch nicht zurückgerufen hatte. Und auf einmal schien es ihr verlockend, dass der ganze Tag so unbeschrieben vor ihr lag und nur darauf wartete, von ihr in Besitz genommen zu werden. Was hatte sie früher alles an freien Tagen in Paris angestellt? Gedankenverloren streute sie sich etwas Zucker auf die Handfläche und leckte die süßen Körner ab. Eine Fahrradtour entlang des Canal Saint-Martin bis in den Norden der Stadt, zum Parc de la Villette? Ein Spaziergang durch die blühenden Rabatten des Jardin du Luxembourg? Ein Besuch im Musée de l'Orangerie, um sich dort in den unsterblichen Farben der *Seerosen* von Claude Monet zu verlieren, die niemals welkten? Oder einfach ein Espresso nach dem anderen in einem ihrer Lieblingscafés mit einem herrlichen Schmöker auf dem Schoß?

Sie könnte sich, dachte sie, oben aus der Dachwohnung *Mamies* alten Roman holen und in der Sonne weiterlesen. Doch war sie nicht eigentlich hergekommen, um Erkundigungen über ihre Großmutter einzuholen und ihrem Vater in seiner Sorge beizustehen? Das hier war schließlich nicht als Ferienaufenthalt geplant gewesen.

Vielleicht stimmte es aber, und sie war einfach eine Egoistin, so, wie ihr Vater es ihr vor langer Zeit mal im Streit vorgeworfen hatte – und später auch der ein oder andere Mann in ihrem Leben. Hatte sie stets nur ihr Vergnügen und höchstens die nächsten Stunden im Kopf? War aber nicht bereit, Verantwortung zu übernehmen, etwas durchzustehen, für andere da zu sein? Warum hatte sie gestern nur zwei Stunden in der Rue Monge verbracht und war dann schon wieder gegangen und bis jetzt nicht zurückgekehrt? Warum fiel es ihr so schwer, sich wirklich auf etwas einzulassen?

Wie so oft änderte sich ihre Laune bei solchen Überlegungen schlagartig. Das Schlimmste war, wenn sie spürte, wie die Erwartungen anderer sie zu erdrücken drohten. Dann konnte sie sich selbst noch so oft zur Vernunft rufen – sie machte am Ende genau das Gegenteil von dem, was andere Menschen von ihr wollten. Einfach nur, um nicht einem vorgefertigten Muster entsprechen zu müssen, und ohne Rücksicht darauf, ob sie jemanden enttäuschte.

Lolas Grübelei wurde von einem Schatten unterbrochen. Eine hochschwangere junge Frau mit dunklen Augen und wilden Locken, den riesigen Bauch vorgestreckt, trat an ihr Tischchen und verdeckte für einen Moment die Sonne.

«*Une Noisette?*», fragte sie und wischte sich einen Schweißfilm von der entzückenden Nase, auf der sie eine goldgeränderte Brille balancierte. Sie stellte das Tässchen Espresso mit einem Hauch Milch vor Lola hin. «Heiß heute, oder?» Sie pustete sich selbst ins Gesicht. «*Mademoiselle*, kann ich gleich abrechnen? Ich habe eigentlich die Ansage bekommen, drinnen zu bleiben, Fabis Fürsorglichkeit kennt keine Grenzen. Aber gegen den Frühstückswahnsinn ist selbst er machtlos.»

«Natürlich!» Verblüfft kramte Lola nach Geld und bezahlte. *Fabis Fürsorglichkeit?*, überlegte sie. War die Kellnerin etwa seine Freundin und das Kind von ihm? Sie sah der Schönheit mit dem kugelrunden Bauch eine Spur neidisch hinterher und ertappte sich bei dem Gedanken, dass sie selbst mit ihrer ohnehin rundlichen Figur anders als diese Elfe dort wohl eher zu der Fraktion Frauen gehören würde, die bei einer Schwangerschaft auseinandergingen wie ein Hefezopf. Doch natürlich war das vollkommen hypothetisch, denn nichts wollte Lola im Moment weniger, als ein Kind zu bekommen. Überhaupt hatte sie es bisher stets verstanden, sich dieser Frage zu entziehen. Nämlich, wann dafür der richtige Zeitpunkt wäre – wenn man es denn überhaupt wollte. Aber nicht jetzt, auf keinen Fall jetzt! Und später? Das würde sie dann sehen. Mit wem sollte sie auch ein Kind in die Welt setzen? Bisher hatte es in ihrem Leben nur einen einzigen Mann gegeben, dem sie – abgesehen vielleicht von Émile – blind vertraute, und das war ein schwuler Barkeeper in einer anderen Stadt, der ganz sicher keinen Kinderwunsch hegte, sondern – nach eigener Aussage – sein Leben genießen wollte.

Sie griff nach dem Handy und schrieb Robert eine Nachricht. Und da sie eigentlich nichts zu sagen hatte außer, dass es ihr gut ging und sie noch ein paar Tage bleiben würde, schickte sie eine große Menge küssender Smileys und Herzen hinterher. Dies war ohnehin die Sprache, in der sie beide am liebsten kommunizierten. Es ging zwischen Robert und ihr nicht in erster Linie um Inhalte, sondern eher darum, einander menschliche Wärme und Nähe zu geben, und meistens reichte ihr das auch.

Meistens.

Lola schlürfte ihren Espresso und entschied, dass sie gleich ein wenig die Rue Mouffetard entlangschlendern und in einem der kleinen Läden etwas zu essen einkaufen würde. Dann könnte sie hier zum Haus an der Place de la Contrescarpe zurückkehren, nach oben gehen und weiterlesen. Ihr Vater arbeitete sicher noch – er hatte, wie sie wusste, seinen Schichtplan in den letzten Jahren so verändert, dass er nicht mehr spätabends im Hotelfoyer stehen musste, sondern nur noch den Tagesportier abgab. Und Ninette hatte gestern erwähnt, dass sie heute in der Bibliothèque Sainte-Geneviève zum Vorlesedienst für Kinder eingeteilt sei – eines ihrer unzähligen Ehrenämter. Und so würde niemand Lola vor dem späten Nachmittag vermissen. Warum also nicht noch ein wenig in der Vergangenheit schwelgen, ein paar Stündchen lesen, durch die Straßen bummeln und vielleicht doch noch einen Hinweis darauf finden, was ihre Großmutter zuletzt umgetrieben hatte? Lola hatte ja noch nicht einmal angefangen, *Mamies* Papiere durchzusehen. Bei dem Gedanken sprang sie sogleich wieder das schlechte Gewissen an, weil sie eigentlich nicht in die Privatsphäre ihrer Großmutter eindringen wollte. Aber verdammt, etwas musste schließlich getan werden, da hatte Ninette ganz recht!

Der letzte Schluck aus dem Tässchen schmeckte bitter, und da Lola bereits bezahlt hatte, stand sie auf und schlenderte hinüber zur Petite Boulangerie. Sie meinte kurz, hinter der Scheibe des Cafés Fabiens Silhouette zu sehen, der ihr nachsah, ohne herauszukommen, doch sie zuckte nur mit den Achseln.

Was hatte sie schon mit der schlechten Laune eines früheren Mitschülers zu tun, an den zu denken sie sich in den vergangenen Jahren versagt hatte?

9

Pierre Leco war ein Mann, der an Wunder glaubte. Andernfalls hätte er nicht seit Jahren diesen Job machen können, immer in der Hoffnung, dass sein kleines Geschäft doch noch irgendwann explodieren und ihn unendlich reich machen würde. Wie ein Schriftsteller, der Jahr um Jahr, Nacht um Nacht an einem Roman schrieb und mit jedem Satz hoffte, es würde ihm endlich, nur dieses eine Mal, gelingen, einen Bestseller zu landen. Genauso klammerte sich Pierre mit jeder Faser seiner Seele an die unerschütterliche Begeisterung, die er für seine Lebkuchenherzen hegte.

Das Rezept hatte er von seinen korsischen Vorfahren mitgebracht, als er vor Jahrzehnten – noch als junger Mann – von der hübschen, wilden Insel im Mittelmeer in dieses steinerne Paris gekommen war. Ja, steinern und kühl, glatt und unnahbar wie eine hochmütige Frau war ihm die Stadt zuerst vorgekommen, an der sein feuriges Werben abprallte. Doch nach und nach hatte er sie lieben gelernt, hatte verstanden, dass das Herz von Paris nicht kalt war, sondern warm, pulsierend und voller Leidenschaft. Er mietete eine Wohnung im Süden, *rive gauche*, wo die Uhren noch ein wenig anders tickten als im geschäftigen Norden. Und er begann, in seiner winzigen Küche mit dem alten Gasofen zu experimentieren. Mischte Kardamom und Zimt, Pottasche und Nelken, Butter und Zucker und vervollkommnete das überlieferte Rezept zu einer duftenden, weichen Lebkuchensinfonie in Herzform.

Doch damit allein, das war selbst einem Optimisten wie

Pierre klar, konnte man in Paris nicht erfolgreich sein. So kam er auf die Idee mit den Gedichten. Er war stets ein poetischer Mensch gewesen, dem die schönen Worte zufielen, und nun saß er nächtelang im Zimtaroma neben dem Ofen, hörte Jacques Brel, bis die Nachbarn an die Decke klopften, und kritzelte seine Ideen auf Papier. Anschließend malte er mit seinen geschickten Händen die süßen Botschaften in perfekter Zuckerschrift auf die Herzen. Aber schon bald reichte es ihm nicht mehr, nur die üblichen Kosenamen und kitschigen Sinnsprüche zu verwenden, die man auch auf den herkömmlichen Backwaren der Pariser Jahrmärkte fand. Vielmehr strebte er nach Höherem. Für seine Kundschaft dachte er sich persönliche Botschaften aus. Für jeden Mann und jede Frau, die er in seiner Fantasie vor sich sah, fand er ganz individuelle Worte. Sie gerieten ihm immer tiefschürfender, und nicht jede Botschaft war nur schmeichlerisch. Es sprach immer öfter die Wahrheit daraus. Inzwischen waren Pierre und seine Lebkuchenherzen fester Bestandteil auf dem Markt am Ende der Rue Mouffetard, fast schon eine Legende! Jeden Tag konnte man ihn dort finden, und seine Umsätze blieben zwar zu seiner leisen Enttäuschung weiterhin eher bescheiden, reichten jedoch immerhin für Miete und Lebensmittel. Und schließlich war es ja immer noch möglich, dass eines Tages jemand vorbeikäme, der in Pierre und seinen Produkten den göttlichen Funken erkannte, von dem er selbst so überzeugt war. Deshalb war jeder Morgen, an dem er sich wieder die bunten Schnüre um den Hals hängte und seine Wanderung durchs Viertel antrat, für ihn so aufregend, als fülle er einen Lottoschein aus – und der Jackpot sei bis oben hin gefüllt.

Doch heute war alles anders. Die Wolken in seiner Seele hingen tief wie kurz vor einem Unwetter. Und das nur, weil er über seinen eigenen Optimismus, seinen unverbesserlichen Glauben an die Liebe gestolpert war.

Pierre Leco hatte sich nämlich verliebt.

Das geschah ihm zwar alle naselang, aber diesmal war es wirklich ernst. Seine Angebetete war eine der Verkäuferinnen in der Poissonnerie am unteren Ende der Rue Mouffetard, in deren Schaufenster Pierre jeden Tag die riesigen Austern bestaunte, die Körbe mit frischen Muscheln, die glänzend schwarzen Hummer auf ihrem Bett aus Eis und Zitronen, daneben ihre leuchtend orangefarbenen gekochten Brüder, die wunderbaren Langusten, und die Tintenfische. Vor drei Wochen hatte er hinter all diesen Herrlichkeiten eines der lieblichsten Gesichter entdeckt, das er je gesehen hatte – Marianne, eine neue Mitarbeiterin. Noch nie hatte Pierre so viel Fisch gegessen, täglich kaufte er jetzt eine Kleinigkeit bei Marianne, ein Stück Heilbutt, eine Tüte Krabben, zwei Scheiben Lachs – und schließlich brachte er ihr ein Lebkuchenherz.

Du wirst das Glück bei einem korsischen Mann finden, stand in leuchtend violetter Schrift darauf, in der gleichen Farbe wie der Schal, den Marianne immer trug. Sie hatte gelacht und ihn für den Abend zu sich eingeladen, in eine kleine enge Wohnung nahe der Seine. Doch als sie sich gerade zum dritten Mal in dieser Nacht liebten, hatten sie plötzlich einen Schlüssel im Schloss gehört. Marianne war aufgesprungen.

«Mein Mann, mein Gérard!», hatte sie verzweifelt geflüstert. «*Allez!* Du musst sofort verschwinden.»

«Wie denn?», hatte Pierre ungläubig gefragt. Er konnte gerade noch in seine Hose steigen, als ihn Marianne schon zum Fenster drängte und ihn anflehte hinauszusteigen.

85

Da sich die Schritte des offenbar zu früh heimge-
kehrten Ehemanns der Zimmertür näherten, war Pierre
nichts anderes übrig geblieben, als sich kurzerhand aufs
Fensterbrett zu schwingen und sich in den dunklen Hof
hinunterplumpsen zu lassen. Mariannes Wohnung lag
glücklicherweise im ersten Stock, doch Pierre kam unten so unglücklich auf, dass ein scharfer Schmerz durch
seinen Fuß fuhr. Humpelnd, fluchend und gedemütigt,
machte er sich halb nackt auf den Heimweg – sein Hemd
hatte er eingebüßt, es lag noch auf dem Fußboden bei
Marianne. Und er hoffte inständig, dass sie so geistesgegenwärtig gewesen war, es noch schnell unter das Bett
zu schieben.

Zu Hause stellte er fest, dass sein Knöchel stark geschwollen war und er kaum noch auftreten konnte. Er
hatte einen notdürftigen Verband angelegt und litt nun
doppelt – unter den körperlichen Schmerzen und mehr
noch unter der Enttäuschung. Marianne hatte ihn belogen,
hatte behauptet, sie lebe allein und sei unsterblich in ihn
verliebt. Doch nach dieser unglückseligen Nacht tauchte
sie nicht einmal mehr in der Poissonnerie auf. Und Pierre
hatte schnell festgestellt, dass sein Geschäftsmodell des
Straßenverkäufers mit einem dick umwickelten, noch immer pochenden Fuß kein Zuckerschlecken war.

So saß er an diesem zweiten Morgen nach der größten
Schmach seines Lebens auf einem Mäuerchen an der Kirche Saint-Médard und betrachtete grimmig die Passanten,
von denen die meisten ihn keines Blickes würdigten. Ein
alter Obdachloser schlurfte vorüber und sah so hungrig
aus, dass Pierre seufzend eines seiner Herzen – *Lebe leicht,
reise mit leichtem Gepäck* – abstreifte und dem Mann mit
dem verfilzten Bart hinhielt.

«Hast du nichts zu trinken, Bruder?», war die mürrische Antwort, und erst als Pierre verneinte, nahm der Alte ächzend das Herz und machte sich ohne Dank davon.

Pierre sah ihm kopfschüttelnd hinterher. Nicht einmal Notleidende wollten sein Gebäck haben, dachte er traurig, und nun, da er nicht wie gewohnt durch die Straßen streifen und seinen Charme spielen lassen konnte, würde er noch weniger verkaufen als sonst. Da hockte er hier wie ein Trauerkloß, leckte seine Wunden und grübelte über die düstere Zukunft, während die treulose Marianne wahrscheinlich nicht einmal mehr an ihn dachte.

«Kann ich eins haben?», fragte eine weibliche Stimme, und Pierre sah auf. Vor ihm stand eine junge Frau in einem zerknitterten, blau-weiß gepunkteten Kleid, das etwas um ihre Taille spannte. Die Haare waren zerzaust, aber ohne Frage war sie bildhübsch.

Pierre richtete sich zu seiner vollen Größe auf, soweit das im Sitzen ging, und räusperte sich.

«Natürlich, *Mademoiselle*, warten Sie!»

Er sortierte die Herzen auf seiner Brust, überlegte kurz und fädelte dann ein bestimmtes heraus, das er abnahm und ihr hinhielt.

«*Alles, worauf die Liebe wartet, ist die Gelegenheit*», las die junge Frau laut vor. Sie lachte, und Pierre sah ihre weißen Zähne. Ein Eckzahn stand eine Spur schief, was ihr Lachen noch reizender machte.

«Das ist aber nicht von Ihnen», sagte sie dann und schaute ihn beinahe tadelnd an.

«Cervantes», gab er aufseufzend zu. «Manchmal bediene ich mich der Worte noch größerer Dichter, als ich selbst einer bin.»

«Verstehe.» Ihr Blick war prüfend. Sie griff nach dem

Herzen und gab ihm einen Geldschein. «Stimmt so», sagte sie und lächelte so umwerfend, dass er schlucken musste.

«Sie sind Pierre, oder? Mein Name ist Lola.»

«*Enchanté*», sagte er und hob entschuldigend die Hände. «Leider kann ich keinen Diener machen, wie es sich gehören würde.»

Lola lächelte. «Was ist Ihnen denn passiert?», fragte sie und deutete auf seinen Verband am Fuß, aus dem die Zehen herausschauten.

«Ich bin über die Liebe gestolpert», sagte er dramatisch, «und das ist mir nicht bekommen.»

«Wäre doch auch ein guter Spruch», sagte Lola und hielt ihr Herz hoch. «So etwas wie: *Nimm dich in Acht vor der Liebe, sonst stolperst du und brichst dir den Hals.*»

«So weit ist es ja zum Glück nicht gekommen.» Er zog die Brauen zusammen. «Außerdem würde ich niemals vor der Liebe warnen. Wir brauchen sie wie die Luft zum Atmen. Und nichts im Leben kommt nun einmal ohne Risiko aus – der Einsatz erhöht den Gewinn, davon bin ich nach wie vor überzeugt.»

«Bewundernswert», sagte Lola, «das aus Ihrem Mund, obwohl Sie selbst gerade auf die Nase gefallen sind – oder eher auf den Fuß.» Sie lächelte mitfühlend. «Und wie kommen Sie jetzt zurecht? Wie gehen die Geschäfte heute?»

«Mies», sagte Pierre mit Grabesstimme, «so mies wie schon lange nicht mehr. Sonst mache ich hier den Harlekin für die Passanten, springe herum, halte ihnen meine Sprüche unter die Nase und bringe sie zum Lachen – und zum Kaufen. Aber heute ...» Er brach ab und betrachtete betrübt sein Bein. «Kein guter Tag für Pierre Leco.»

Lola schien zu überlegen. Mit gerunzelter Stirn unter

der Ponyfrisur betrachtete sie die vorübereilenden Menschen, die Touristen mit ihren Rucksäcken und Selfiesticks, die Geschäftsfrauen in ihren schwarzen Chanel-Kostümen, die Senioren mit Einkaufstaschen. Niemand nahm Notiz von ihnen beiden, wie sie da am Rand des kleinen Grünstreifens vor der Kirche standen.

«Geben Sie mal her», sagte sie dann. «Ich habe den Vormittag frei und keine weiteren Pläne, außer ein wenig in der Stadt umherzustreifen. Warum also nicht mit Lebkuchenherzen?»

Pierre musterte sie verblüfft. «Sind Sie sicher?»

«Kommen Sie schon», sagte sie und hielt die Hände auf.

Achselzuckend streifte er die vielen bunten Bänder von seinem Hals. Sie nahm die siebzehn Herzen und hängte sie sich um. Fast verschwand sie hinter der Last, doch die junge Frau hielt den Kopf hoch und lächelte.

«Wünschen Sie mir Glück», sagte sie und wandte sich zum Gehen.

«Warten Sie!», rief er. «Sie müssen darauf achten, dass die Sprüche passen. Sie haben doch gar keine Erfahrung damit, wie das geht! Woher wollen Sie denn wissen, welcher Spruch der richtige ist?»

Lola drehte sich noch einmal um. «Woher wissen *Sie* das denn immer?»

Pierre fehlten die Worte. Daher legte er nur eine Hand flach auf seine Brust und sah sie an.

«Sehen Sie?», sagte Lola. «So eins habe ich auch da drin.» Sie deutete auf die Stelle ihres eigenen Herzens. «*Alors*, bis später. Trinken Sie solange einen Kaffee, *Monsieur*!»

Damit ging sie los und mischte sich unter die Leute. Bald hatte Pierre sie aus den Augen verloren. Einen nervösen Augenblick lang fragte er sich, ob sie vielleicht eine Betrügerin war, die mit einem billigen Trick an seine Ware kommen wollte. Doch dann sagte er sich, dass eine echte Betrügerin sich wohl nicht ausgerechnet ihn und seine Lebkuchenherzen ausgesucht hätte, um sich zu bereichern. Aufatmend lehnte er sich zurück, drehte sein Gesicht in die Augustsonne und schloss die Augen.

Was hatte sie gesagt? Einen Kaffee? Das wäre nicht schlecht, doch dazu hätte er aufstehen müssen, und schon bei der leisesten Bewegung pochte der Schmerz in seinem Knöchel erneut, sodass er es vorzog, still auf dem Mäuerchen zu sitzen und die Wärme auf seinen Wangen zu genießen.

Mit einem schmerzlichen Lächeln dachte er an Marianne, ihre dunkelbraunen, warmen Augen, die füllige Weichheit ihres biegsamen Körpers, und er begann, zu träumen und sich langsam mit dem unrühmlichen Ende dieser herrlichen Nacht zu versöhnen. Was hatte er eben zu Lola gesagt? Der Einsatz erhöhte den Gewinn? Ja, am Ende musste er zugeben, dass selbst dieser scheußliche Verband es wert gewesen war, ein paar Stunden in Mariannes Armen zu liegen und im süßen Liebestaumel zu schwelgen, ehe die harte Realität ihn wieder herausgerissen hatte.

Als er die Augen wieder aufschlug, stand die Sonne schon sehr hoch, es musste Mittag sein. Eine schmale warme Hand legte sich auf seine Schulter, sie gehörte der jungen Frau, die mit seinen Herzen im Gewimmel des Quartier Latin untergetaucht war. Als er sah, dass um ihren Hals keine Bänder mehr hingen und ihre Hände leer waren, erschrak er so sehr, dass er beinahe von der Mauer gefallen wäre.

«Was ist passiert, Mademoiselle Lola?»

«Alles verkauft», sagte sie und lächelte stolz.

«Alles?», fragte er ungläubig. «Sogar das Herz mit *Schmore in der Hölle, Sünderin?*»

Sie lachte. «Eine Gruppe Nonnen drüben bei Saint Marcel», sagte sie und deutete mit dem Daumen in die Richtung der katholischen Kirche, «fand es ziemlich lustig.» Sie kramte in ihrer Tasche und hielt ihm dann mit beiden Händen Geldscheine und Münzen hin. «Das Trinkgeld spendiere ich Ihnen auch», sagte sie.

«Trinkgeld?» Pierre kratzte sich am Kopf. «Ich bekomme so gut wie nie Trinkgeld.»

«Nein», sagte Lola leichthin, «Sie sind ja auch der Besitzer des Geschäfts. Aber einer armen jungen Aushilfe wie mir geben die Leute alle etwas zusätzlich. Außerdem habe ich noch einen Vorteil.» Sie sah Pierre spitzbübisch an und setzte eine ganz besonders schmelzende Miene auf. Ihre Sommersprossen leuchteten. «Mein Kellnerinnenlächeln. Ich bin Profi.»

«Das sehe ich», murmelte er und steckte das Geld in die Taschen seiner ausgebeulten Jacke. Doch dann hielt er inne und gab Lola einen der kleineren Geldscheine zurück. «Für Ihre Mühe», sagte er. «Sie haben mir den Tag gerettet.»

«Hat Spaß gemacht», sagte sie. «Aber was ist mit Ihrem Kaffee?»

Achselzuckend deutete er wieder auf seinen Fuß. Zu seiner Überraschung seufzte sie kurz auf und ließ ihn dann wortlos sitzen. Wenige Minuten später kam sie jedoch zurück, in den Händen zwei dampfende Becher und unter den Arm eine Tüte vom Bäcker geklemmt. Sie gab ihm einen Kaffee, öffnete die Tüte und biss mit offensichtlich gutem Appetit in ein knuspriges *Pain au chocolat*, aus dem dunkle Creme quoll.

«Ich wollte Sie vorhin eigentlich etwas fragen», sagte sie dann und wischte sich die Krümel aus den Mundwinkeln. «Sie kennen doch meine Großmutter? Rose Caron?»

«*Sie* sind Roses Enkelin?» Pierre war überrascht. Dann fiel ihm ein, dass er Lola wohl früher schon mal in der Gegend gesehen haben musste, doch nun schon seit Jahren nicht mehr. Sie war erwachsen geworden. «Natürlich kenne ich Madame Caron», sagte er. «Eine sehr interessante Frau.»

«Und sehr geheimnisvoll», sagte Lola. «Sie hat sich, ohne sich zu verabschieden, aus dem Staub gemacht. Wussten Sie das?»

Pierre überlegte. Wann hatte er Madame Caron das letzte Mal gesehen? Vergangene Woche musste das gewesen sein. Richtig, er erinnerte sich!

«Sie kaufte neulich noch ein Lebkuchenherz bei mir», sagte er. «Ich weiß, dass es mich etwas verblüffte. Rose Caron schien mir immer wie eine Frau, die nicht an Märchen glaubt. Sie ist, nun ja, etwas ...»

«Streng», vollendete Lola den Satz, und er nickte erleichtert.

«Ja, sehr richtig. Sie scheint nicht viel übrigzuhaben für Tand. Eine Dame von Gewicht, wenn Sie verstehen, was ich meine. Eine Frau mit Klasse. Und das, obwohl ...»

Wieder unterbrach er sich und beobachtete Lola vorsichtig. Sie sollte nicht denken, dass er schlecht über ihre Großmutter sprach.

«Sagen Sie es», forderte sie ihn auf. «Ich bin nicht beleidigt.»

«Nun, sie hatte es nicht leicht im Leben, richtig? Ich

meine, sie ist wohl nicht gerade sehr wohlhabend, lebt schon seit Jahrzehnten dort oben in dieser Dachkammer.» Er deutete die Rue Mouffetard hinauf. «Hat ihre Tochter allein großgezogen und niemandem gesagt, wer der Vater ist. So war es doch, *n'est-ce pas?*»

«Allerdings», sagte Lola, und auf ihr Gesicht war ein kleiner Schatten gefallen. «Ich kenne meinen Großvater nicht. Aber bisher hat das nie eine große Rolle gespielt. *Mamie* stand trotzdem immer mit beiden Beinen auf der Erde. Ich dachte, sie sei hier in diesem Quartier so verwurzelt, dass man sich keine Sorgen um sie machen müsse. Und dann verschwindet sie einfach so, ohne ein Wort. Und ihre Wohnung wirkt ...» Jetzt brach sie ab und schwieg, schob mit der Sandale ein paar Kieselsteine vor dem Mäuerchen hin und her.

«*Oui?*», fragte Pierre.

Lola sah auf. Unruhe geisterte über ihre Miene. «Man hat dort irgendwie das Gefühl, dass sie für lange Zeit fort sein wird», sagte sie und zuckte hilflos mit den Achseln. «So, als habe sie Paris den Rücken gekehrt, ihre Wohnung zurückgelassen, ohne dass eine Spur zurückgeblieben wäre – und das war's.»

«Das glaube ich nicht», sagte Pierre, auch wenn er nicht wusste, woher er diese Sicherheit nahm. «Ich bin überzeugt, dass sie sich bald bei Ihnen meldet. Vielleicht besucht sie eine Freundin von früher?»

«Meine Großmutter hat keine Freundinnen», sagte Lola. «Sie hat nur uns.» Ihre Stimme wurde leiser. «Und auch uns nur zum Teil», murmelte sie. «Ich habe mich ewig nicht in Paris blicken lassen ... Wenn ich sie doch nur wenigstens mal angerufen hätte!»

Sie brach ab und streckte den Rücken durch. «Sagen Sie

mal», fuhr sie in neuem Ton fort. «Brauchen Sie morgen Vormittag vielleicht noch einmal Hilfe?»

«Haben Sie denn keine Pläne?», fragte Pierre zweifelnd. «Sie haben doch sicher etwas anderes zu tun?»

Lola zuckte mit den Schultern. «Ich bin zu Besuch bei meinem Vater», sagte sie. «Und um ehrlich zu sein, weiß ich noch nicht, wie lange ich bleibe. Heute habe ich das Gefühl, dass ich nicht so schnell wieder aus Paris wegkomme, wie ich gehofft hatte. Erst muss ich einiges klären.»

Wie konnte man nur aus Paris wegwollen?, dachte Pierre, doch er sprach es nicht aus.

«Wenn das so ist», sagte er nur, «dann würde ich Ihr freundliches Angebot annehmen. Zumal mir auch jemand beim Backen zur Hand gehen müsste.»

«Oh! Ich kann ganz gut backen», sagte Lola und strahlte jetzt wieder. «Ich bin quasi in einer Hotelküche aufgewachsen.»

«Dann bestehe ich aber darauf, dass ich Sie am Umsatz beteilige», sagte Pierre. «Sie sehen ja, es ist nicht viel, aber wir machen einfach halbe-halbe, *d'accord*? Nur morgen, dann fühlt sich mein Fuß sicher schon besser an, und Sie sind wieder frei.»

«Einverstanden», sagte Lola. «Mein Portemonnaie ist nämlich leider ziemlich leer, Sie würden mir also auch sehr helfen, Monsieur Leco.»

«Morgen um sieben Uhr, Rue Ortolan, Nummer 9.»

«Das ist aber früh.» Lola machte große Augen. «Aber ich verstehe, das Bäckerhandwerk ist kein Spiel. Ich werde da sein.»

«*Au revoir, Mademoiselle*», sagte Pierre und sah ihr nach, wie sie sich, den letzten Bissen ihres *Pain au chocolat* verschlingend, an den Bistrostühlen des Eckcafés vorbeischlängelte. Doch dann drehte sie sich noch einmal zu ihm um.

«Sagen Sie mal ... wissen Sie zufällig noch, was auf dem Lebkuchenherz stand, das Sie meiner Großmutter verkauft haben?», fragte sie.

Pierre schmunzelte. «In der Tat», sagte er, «es war einer meiner besten Sprüche.» Er seufzte. «Nun ja, leider ist er auch nicht wirklich von mir, sondern von Jacques Brel – es gab keinen größeren Liebesdichter als ihn. Ich musste das Herz beidseitig beschreiben, um den ganzen Text draufzubekommen.»

Lola kam ein paar Schritte zurück und sah ihn auffordernd an.

In einem andächtigen Singsang flüsterte er: «*On doit se tromper, on doit être imprudent, on doit être fou!*»

Er konnte ihren Gesichtsausdruck nicht recht deuten. Es war, als stimmte sie ihm zu und sei gleichzeitig sehr besorgt. Dann drehte sie sich ohne ein weiteres Wort um und ging davon.

Pierre schaute wieder hoch ins Sonnenlicht. Leise summte er die Melodie weiter, und die Worte des unsterblichen Brel kreiselten in der warmen Sommerluft. *Man muss sich irren, man muss unvorsichtig sein, man muss verrückt sein!*

Ja, diese Worte, die in feiner, kleiner, roséfarbener Zuckerschrift auf Roses Lebkuchenherz gestanden hatten, die hätten auch von ihm, Pierre Leco, stammen können. Und indem er sie mit ruhiger Hand auf das duftende Gebäck aufgetragen hatte, hatte er sie sich, wenigstens ein Stück weit, zu eigen gemacht – der alte Jacques mochte es ihm verzeihen!

Pierre lächelte versonnen und dachte nun doch wieder an Mariannes unergründliche Augen.

10

Die weiche Abendluft schmiegte sich an Lolas bloße Beine unter dem schwarzen, knielangen Kleid, als sie aus dem Haus ihres Vaters in der Rue Monge ins Laternenlicht trat. Sie hatte sich endlich umgezogen, zum Glück hatte sie genug Sommerkleider eingesteckt, denn die Luft war noch warm. Doch die Tage gingen immer schneller vorbei, die Dämmerung kam früher und früher in die Stadt.

Lola liebte diesen sanften Abschied des Sommers. War man am Anfang des Jahres, wenn sich endlich der Frühling ankündigte, geradezu gierig nach dem Licht und der Wärme, nahm man im Hochsommer das heiße, trockene Wetter als beinahe selbstverständlich hin und sah am Morgen kaum noch nach dem Thermometer, um die richtige Kleidung auszuwählen. Erst recht nicht unten in Bordeaux, wo man regelrecht gegrillt wurde und froh war über jedes Lüftchen. Ein leichter Rock mit weichem Gummizug, Top, Sandalen und Sonnenbrille – etwas anderes trug Lola dort monatelang nicht. Doch nun, im August in Paris, da ahnte sie plötzlich, dass das alles hier nicht ewig währen würde. Noch immer war es mild, aber sie spürte bereits ein gewisses Zögern in der Luft, so als überlegte sich der Sommer gerade, wann er sich zurückziehen solle. Und mit einem Mal hatte Lola nur einen einzigen Wunsch: ihn festzuhalten, ihn auszukosten bis zum letzten Sonnenstrahl. Ihn auszutrinken wie ein gutes Glas Merlot – bis zum letzten Tropfen.

Oben in der Wohnung bei ihrem Vater und Ninette

war es, wie immer, etwas stickig gewesen. Die Reste vom Brathuhn waren im Ofen aufgewärmt geworden und hatten herrlich geschmeckt. Ninette und Papa wirkten zum Glück nicht beleidigt, weil Lola sie gestern Abend versetzt hatte, vielmehr schienen sie es heute umso mehr zu genießen, dass sich eine dritte Person zu ihnen an den Küchentisch quetschte. Lolas Appetit war nach einem ganzen Tag ohne richtige Mahlzeit riesig gewesen, sehr zur Zufriedenheit von Ninette, die ihr immer noch mehr Huhn, geschmorte Kartoffeln mit Rosmarin und karamellisierte grüne Bohnen auf den Teller häufte. Die Gespräche beschränkten sich auf Harmlosigkeiten – Lolas Job, Anekdoten der Gäste aus dem Rouge, Ninettes neues Ehrenamt in der Bibliothek und Émiles Arbeit im Hotel. Sie tranken eine Flasche leichten Chardonnay und aßen flambierte Birnen zum Dessert. Erst als sie beim *Chèvre* und Gewürztraminer angekommen waren, wurde endlich das Verschwinden von Rose angeschnitten. Doch da drehten sie sich weiterhin im Kreis. Ninette plädierte immer noch für die Polizei, Lolas Vater dagegen für Besonnenheit und Abwarten. Bevor es zu einem neuen Streit zwischen den beiden kommen konnte, wechselte Lola schnell das Thema und berichtete von ihrer neuen Aushilfstätigkeit als Lebkuchenbäckerin. Ninette und Émile warfen sich einen vielsagenden Blick zu, gratulierten ihr dann jedoch spaßhaft zu ihrer steilen Karriere, und damit hatte es sich.

Als Lola sich verabschiedete – sie sagte, sie wolle noch eine frühere Freundin treffen –, ließ sie die beiden einvernehmlich auf dem Sofa zurück. Im Fernsehen flimmerte ein alter *Nouvelle Vague*-Film, und Lola hatte das beruhigende Gefühl, dass, trotz der Sorge um Rose, zwischen *Papa* und seiner Freundin alles in Ordnung war.

«Kommst du später wieder her?», fragte Ninette noch betont beiläufig. «Dann nimm einen Schlüssel mit.»

«Wenn es sehr spät wird, übernachte ich vielleicht woanders», hatte Lola ausweichend geantwortet, und Émile hatte zwar kaum merklich die Augenbrauen gehoben, doch niemand fragte weiter nach.

Lola hatte das schlechte Gewissen gepackt, als sie durch den dunklen Hausflur die Treppen hinablief, weil sie trotz des gemütlichen Abends so erleichtert war, die stickige Wohnung und den Brathähnchenduft schnell hinter sich zu lassen. Sie bekam keine Luft, wenn sie länger als ein paar Stunden in der Rue Monge war, sie gehörte einfach nicht dort hin. Daran änderte ihre Sympathie für Ninette nichts und auch nicht ihr beinahe kindlicher Wunsch, sich mit ihrem Vater gut zu verstehen – Lola musste ihr eigenes, erwachsenes Leben leben. Und das ging nicht in der Wohnung ihrer Kindheit, der sie längst entwachsen war. Würde es aber irgendwann wenigstens wieder in Paris gehen?

Sie wusste es nicht. Doch als sie jetzt durch die dämmrige Rue Monge schlenderte, spürte sie, wie ihre alte Liebe für die Stadt aufflackerte. Von ferne hörte sie Sirenen, und über ihr klang das sanfte Rauschen der Blätterkronen im Abendwind.

Aber wohin nun an diesem angebrochenen Sommerabend? Die angebliche Freundin war reine Erfindung gewesen – Lola hatte nur einen Grund gebraucht, noch einmal loszuziehen. Und nun wollte sie einfach eine Runde in ihrem alten Viertel drehen.

In ihrem Kopf drehten sich Traminer und Chardonnay, tanzten dort miteinander und machten Lolas Schritte leicht. Die Abendluft duftete nach Jasmin und den Oleanderbüschen aus den Parks und dem ewigen, metallischen Geruch der Métro, der aus den unterirdischen Schächten aufstieg und sich in den schmalen Straßen mit dem Blütenduft der Sommernacht mischte. Die Laternen malten schimmernde Kreise in den schwarzen Himmel, und Lola spürte, wie eine alte, zwiespältige Sehnsucht nach ihr griff. Die Sehnsucht nach Abenteuer und gleichzeitig nach Geborgenheit, nach Aufbruch, aber auch nach Ankommen in dieser Stadt. Danach, endlich zu wissen, wohin sie gehörte – und eine neue Lola zu werden, sich in einem neuen Licht zu sehen. Und wie schon früher wusste sie auch jetzt, dass es schwierig sein würde, diese beiden Sehnsüchte zu vereinen. Eine der beiden würde unweigerlich den Kürzeren ziehen.

Ziellos lief Lola durch die Straßen, bis sie zu einer kleinen Bar kam, die noch geöffnet hatte. Eine Traube von Leuten stand draußen, der Rauch vieler Zigaretten zog wie feine Spinnweben empor. Die Luft war von Gemurmel und leisem Gelächter erfüllt, und der geschwungene Schriftzug über dem Eingang der Bar war ein kleines, leuchtendes Winken. Obwohl sie für heute eigentlich schon genug getrunken hatte, dachte Lola, dass ein kleines Glas nichts schaden konnte. Zwar stand morgen früh die Verabredung mit Pierre Leco an, aber ihr war absolut noch nicht nach der Klappmatratze und auch nicht nach Schlaf. Eigentlich hatte sie schon seit heute früh geplant, wieder in die Wohnung von *Mamie* zu gehen und dort zu übernachten – allein, ungestört, umgeben von den Sachen ihrer Großmutter und mit Blick über die Dächer des Quartiers. Doch aus irgendeinem Grund hatte sie Ninette und Émile nichts davon gesagt. Die beiden sollten denken, sie bliebe über Nacht bei ihrer Freundin. Denn obwohl

Lola sich in der Dachkammer von Rose wohlfühlte, so ahnte sie, dass ihr Vater und seine Freundin es befremdlich finden würden, wenn sie sich dort einnistete. Sie fand den Gedanken zwischendurch ja selbst merkwürdig. Was, wenn Rose überraschend zurückkäme und ihre Enkelin in ihrer Wohnung vorfinden würde? Allerdings hatte Lola nicht das Gefühl, dass diese Rückkehr unmittelbar bevorstand. Sie konnte es nicht erklären, aber sie spürte, dass ihre Großmutter weit fort war. Dass ihre Reise ein Aufbruch gewesen war, kein Ausflug. Hatte es möglicherweise etwas mit dem Lebkuchenherz zu tun, oder besser gesagt, mit dem Spruch, der laut Pierre darauf gestanden hatte? Ein kleines Stimmchen flüsterte Lola zu, dass diese Worte in Rose etwas ausgelöst haben mussten, das ihr bisheriges Leben infrage stellte. Wenn sie nur wüsste, was.

Unschlüssig stand sie auf der schwach beleuchteten Straße und malte mit den Schuhen Kreise aufs Pflaster. Sollte sie reingehen?

«Rauchst du?», fragte da jemand in ihrer Nähe, und Lola blickte auf. Ein Mann war plötzlich neben ihr aufgetaucht und hielt ihr eine Schachtel Zigaretten unter die Nase.

«Bitte», sagte er mit flehendem Blick, hinter dem der Schalk tanzte, «sag einfach Ja.»

«Nein danke», erwiderte sie und musste über seine betrübte Miene lachen, die im Licht des Leuchtschilds warm schimmerte. Er sah gut aus, war eigentlich genau der Typ, der ihr gefiel – ein paar Jahre älter als sie, schmal, groß, Dreitagebart, Lausbubenaugen. Er trug Jeans, einen dunklen Pullover und teure Schuhe und roch nach *Hermès*. Lola atmete tief ein.

«Ich würde aber ein Glas Wein trinken», sagte sie.

«*Dieu merci!*», rief der Mann in gespielter Erlösung und legte leicht wie eine Feder seinen Arm um ihre Schultern. «Ich dachte schon, ich habe heute Pech.» Er zwinkerte und lächelte sie verschmitzt an. «Komm mit rein», sagte er. «Zufällig kenne ich den Besitzer und bekomme alles umsonst.»

«So viel ist dir meine Gesellschaft also wert?» Lola lächelte.

«Na, hör mal.» Er zog sie mit sich in den kleinen Laden. «Ich lasse hier meine Beziehungen für dich spielen, ist das nichts?»

«Doch, das kann nicht schaden», sagte Lola. «Stell mich deinem Bekannten ruhig vor. Dann bin ich in Zukunft nicht auf dich angewiesen, wenn ich mal wieder etwas zu trinken brauche.»

Jetzt musste er lachen, und sie war erleichtert, dass es doch noch Männer mit Humor in Paris gab. In den vergangenen Jahren hatte sie die Hoffnung beinahe aufgegeben. Pariser Männer, fand Lola, nahmen sich selbst oft viel zu ernst und waren sich ihrer Sache zu sicher.

Zu dieser Sorte schien allerdings auch dieses Exemplar zu gehören, dachte Lola, als sie die Hand des Mannes nun an ihrer Taille fühlte. Sie kannte ja noch nicht einmal seinen Namen.

«Ich heiße Lola», sagte sie daher, während sie an den Tresen traten. Dort machte sie sich los und sah sich um.

Der Laden war winzig, nur drei kleine Tische und die Bar mit einer Wand aus Flaschen dahinter. An einer Seite hingen zwei großformatige Fotografien in schlichten Rahmen. Sie zeigten beide dieselbe Frau, einmal in einem superkurzen Kleid, das andere Mal bis auf das Gesicht verschleiert.

«Freut mich, Lola», sagte der Fremde. «Ich bin Marcel.» Er sah sie fragend an. «Also ein Glas Wein?»

«Lieber einen Martini», sagte Lola, die rasch das Flaschenangebot studiert hatte. «Mit Zitrone, bitte», fügte sie in Richtung des Barkeepers hinzu, eines älteren Mannes mit Halbglatze, der ihre Bestellungen aufnehmen wollte.

«Und du, Marcel?», fragte er, während er Lola wortlos das Gewünschte hinstellte.

«Das Übliche», sagte Marcel, woraufhin ihm der Mann zwei Fingerbreit Whisky in ein dickwandiges Glas einschenkte.

Sie stießen an und tranken. Die Eiswürfel klirrten, als Lola ihr Glas abstellte. Ihr Blick wanderte wieder zu den Fotografien.

«Gefallen sie dir?», fragte Marcel und deutete mit seinem Glas Richtung Wand. Er lehnte, den Arm halb aufgestützt, am Tresen, als sei er hier zu Hause.

«Ich weiß nicht», sagte Lola und zuckte unschlüssig mit den Schultern.

Marcel lachte wieder, leise diesmal und etwas ungläubig. «Du weißt es nicht?»

«Nein, ich kenne mich nicht aus mit Fotografie. Das Mädchen ist hübsch, aber was soll diese Gegenüberstellung?»

«Ich denke, der Künstler will zeigen, wie sehr unser Blick von der Kleidung einer Person gelenkt wird. Und welche unterschiedlichen Schlüsse wir ziehen, wenn der Körper einer Frau freizügig oder verhüllt gezeigt wird. Es geht um Ambivalenzen, verstehst du?»

Es klang ein bisschen weit hergeholt, dachte Lola, sagte es aber nicht. «Kennst du den Fotografen?», fragte sie stattdessen und trank einen weiteren Schluck. «Oder die Fotografin?»

Marcel lächelte, nun wirkte er beinahe verlegen und auch irgendwie jünger als zuvor.

«Es ist ein Er, und ich kenne ihn ... flüchtig», sagte er und wechselte einen Blick mit dem Barkeeper.

Der Mann schnaubte. «Der berühmte Marcel Leduc», sagt er und deutete mit dem Kinn auf Marcel.

«Aha!» Lola lachte. «Dachte ich's mir doch. Nun, in dem Fall mag ich die Bilder natürlich.»

Eigentlich fand sie eher, dass die Fotos nichts Besonderes waren, auch die Interpretation, die Marcel vorgelegt hatte, schien ihr noch immer etwas dürftig. Doch ihr war nicht nach einer längeren Diskussion über Kunst oder den weiblichen Körper, ob verhüllt oder nicht. Also trank sie das Glas aus, das ihr sogleich wortlos vom Barkeeper erneut aufgefüllt wurde, und wippte nur ein wenig zur Musik, die wummernd aus einer Box über dem Tresen drang. Ein Song von Mano Solo – *J'aurais voulu*, so klang die heisere Stimme des Sängers durch den schwach beleuchteten Raum, wieder und immer wieder. *Ich hätte gewollt.*

Lola hatte dieses Lied schon so oft gehört, dass sie jedes Wort hätte mitsingen können. Atemlos, verzweifelt, wütend war die Stimme. Eine leidenschaftliche Abrechnung mit Paris, das einem stets die kalte Schulter zeigte und einen nicht glücklich machen konnte, sosehr man es sich auch wünschte. Eine ewige Geschichte, so alt wie die Menschheit – dass einer mehr liebte als der andere.

Warum nur, dachte Lola und lutschte an ihrer Olive, fiel ihr ausgerechnet jetzt Fabien Roudeaut ein?

«Gehen wir an die Luft?», fragte Marcel und bot ihr den Arm. Die Gläser in der Hand, traten sie wieder nach draußen, wo sich Marcel eine Zigarette anzündete und Lola die weiche Nachtluft einsog.

«Es riecht schon nach Herbst», sagte sie.

Marcel nickte. «Ich mag diese Übergangszeit», sagte er, «du nicht? Alles scheint möglich, und gleichzeitig geht alles zu Ende.»

Lola musterte ihn überrascht. Genau so empfand sie es auch. Vielleicht hatte dieser Marcel ja doch mehr Tiefgang, als sie drinnen in der Bar kurz befürchtet hatte?

«Bist du aus Paris?», fragte sie.

Er schüttelte den Kopf.

«Aus Marseille. Aber seit mehr als zehn Jahren hier. Ich bin wegen eines Jobs für ein Magazin hergekommen, und seitdem lässt mich die Stadt nicht mehr los.»

Lola biss sich auf die Lippen. «Mir geht es genau andersherum», sagte sie und nippte am Martini. «Seit zehn Jahren lässt mich das Fernweh nicht los, und immer wenn ich wieder hier bin, fühlt es sich wie Aufgeben an.»

«Aber dann ist es doch gar nicht so anders», sagte Marcel. «Das heißt doch nur, dass du eigentlich hier verwurzelt bist – und die Stadt sich nur nimmt, was ihr gehört.» Sein Mund verzog sich zu einem Lächeln. «Ein Glück für mich. Weil Paris dich in den Krallen hält, darf ich hier heute Nacht mit dir herumstehen.»

Lola spürte, wie er nach ihrer Hand griff. Bis zu diesem Augenblick war sie nicht sicher gewesen, ob sie wollte, dass er sie berührte. Doch es fühlte sich gut an, das musste sie sich eingestehen, und sie erwiderte den Druck seiner Finger. Er hatte ein Selbstbewusstsein, das es ihr leicht machte, sich zu entspannen. Er gab die Richtung und das Tempo vor, und sie musste nur folgen. Und sie wusste, dass ihr das für heute Abend reichte – Marcels warme

Finger an ihrer Hand, sein Lächeln, seine Aufmerksamkeit und der letzte Schluck aus ihrem Glas.

«Es ist spät», sagte sie schließlich, «und ich muss morgen früh raus.»

«Arbeit?», fragte er, ohne ihre Hand loszulassen.

«Erste Hilfe», sagte sie.

«Bist du Ärztin?» Er hob die Augenbrauen, weil er dieses Bild offenbar nicht mit ihr vereinbaren konnte.

«Nein», sagte sie lachend, «morgen früh bin ich nebenberuflich Zuckerbäckerin. Außerdem habe ich gerade einen Auftrag als Detektivin, ich bin auf den Spuren einer vermissten alten Dame. Und hauptberuflich ... na ja, das muss sich noch rausstellen.»

«Geheimnisvolle Lola», sagte Marcel und zog ihre Hand an seine Lippen. «Falls du einmal wieder etwas Zeit übrig hast zwischen diesen ganzen Verpflichtungen, ruf mich doch an, ja?» Er fischte eine kleine Karte aus seiner Jeanstasche und hielt sie ihr hin. «Vielleicht möchtest du ja gern auch noch einen Nebenjob als mein Modell?»

«Jobs hatte ich eigentlich schon genug für ein ganzes Leben», sagte sie und entzog ihm ihre Hand, um seine Visitenkarte einzustecken. «Aber ich trinke gern einen Kaffee mit dir.»

«Damit würde ich mich erst mal auch zufriedengeben», sagte er und schenkte ihr einen letzten langen Blick. «Dann also ... *Bonne nuit*, Lola.»

Sie winkte noch einmal und ging dann schnell die nächtliche Straße entlang. Die Laternen mit ihren schönen alten Glasgehäusen beschienen das Kopfsteinpflaster, und die Markisen der geschlossenen Cafés und Brasserien flatterten, durch die Dunkelheit ihrer bunten Farben beraubt, im Nachtwind.

Marcel war schon ein ganz interessanter Typ, dachte Lola, doch was sollte das bringen? Schon wieder eine Romanze, noch dazu in Paris? Noch eine Komplikation? Denn dass ein Mann wie er, der Frauen nachts vor Bars ansprach, über kurz oder lang ein Problem darstellen würde, war klar. Sie wusste nicht, ob sie ihn noch mal wiedersehen wollte. Jetzt war sie wieder allein in den Straßen von Paris unterwegs – und froh darüber.

Sie sah von fern die strenge Fassade der Sorbonne still daliegen, sah das Panthéon mit der stummen Kuppel im Nachthimmel schimmern, lief weiter die Rue Clovis entlang und bog dann rechts in die Rue Descartes ab. Ihre Schritte hallten auf dem Pflaster. Um diese Zeit war in den kleinen Wohnstraßen nichts mehr los. Lola kam an geschlossenen *Tabac*-Geschäften, leer daliegenden chinesischen Restaurants, einer Apotheke mit dem grün leuchtenden *Pharmacie*-Schild vorbei. Dann stand sie an der Place de la Contrescarpe und sah auf den schlafenden Springbrunnen. Sollte sie weitergehen in die Rue Monge, sich ins Wohnzimmer auf ihr Lager schleichen und dem Schnarchen ihres Vaters durch die dünne Wand zum Schlafzimmer lauschen? Oder lieber hinaufgehen ins Appartement ihrer Großmutter, dessen Dachfenster von oben winkte? Die Wahl war nicht schwer.

Als sie weiterging, fiel ihr Blick auf das Café des Artisans. Sie stand jetzt direkt davor. Die großen Fenster waren dunkel, die Stühle übereinandergestapelt und die Tische schräg an die Hauswand gestellt. Die Schatten ringsum schienen zu schlafen. Eine Tafel, auf der sonst die Tagesgerichte standen, war leer gewischt. Lola dachte an Fabien, seinen Blick, als er sie heute Morgen entdeckt hatte und kurz darauf das Geschirr zu Bruch ging. Hatte *sie* ihn so sehr erschreckt, dass er alles fallen ließ? Zum zweiten Mal – denn gestern schon hatte er ausgesehen, als sei sie ein unliebsamer Geist, mit dem er vor der Boulangerie zusammengestoßen war.

Unter ihren Füßen knirschte es plötzlich, und Lola bückte sich, um eine weiße Scherbe von einem Teller aufzuheben, die in den Rinnstein gefallen war. Niemand hatte sie dort gefunden.

Gedankenverloren drehte sie das kleine Porzellanstück hin und her. Dann ging sie zur Haustür der Nummer 7, tippte mit einem Finger den Zahlencode und trat ein.

11

Machen wir sie leer?», fragte Samir und hielt die halb volle Weinflasche hoch.

Fabien riss seinen Blick vom schimmernden Wasser der Seine los – wie flüssiges Quecksilber floss der Strom an ihnen vorüber – und sah auf.

«Klar», sagte er unkonzentriert und hielt dem Freund sein Glas hin.

Samir goss es randvoll. Dann leerte er den Rest der Flasche schwungvoll in sein eigenes Glas und trank es mit raschen Zügen aus. Er schmatzte zufrieden und stieß dann Fabien in die Seite.

«Reiß dich mal zusammen», sagte er leicht lachend, «bei deinem Gesicht hat man ja Angst, dass du dich gleich ins Wasser stürzt. Und wie du weißt, kann ich nicht gut schwimmen. Ich würde dir aber einen Rettungsring hinterherwerfen.»

Fabien lachte nun ebenfalls, doch er hörte selbst, dass es wenig fröhlich klang. Er trank einen großen Schluck von dem roten Wein. Weich schmiegte sich der *Château Latour* an seinen Gaumen – die Flasche stammte aus dem Weinkeller des Café des Artisans, es war also quasi ein Geschenk an sich selbst, denn Fabien hatte heute das Gefühl gehabt, dass nur dieser Wein seinen Dienst tun würde. Nirgendwo schmeckte er ihm so gut wie an einem Sommerabend unter freiem Himmel.

Die Steine des Flussufers unterhalb der Pont Marie, auf denen sie saßen, waren noch warm von der Sonne des Tages, die sich längst mit einem dramatischen Untergangsszenario aus schmelzendem Rosa und Violett hinter Notre-Dame zurückgezogen hatte. Letzte glühend rote Streifen blitzten hinter der Kathedrale hervor, doch in wenigen Minuten würde es dunkel sein. Die Laternen ringsum brannten bereits und warfen ihre kleinen Lichter auf die Seine, als seien auf dem Wasser Lampions für Fabien, Samir und die anderen Nachtschwärmer entzündet worden, die hier den Feierabend genossen. Ein Akkordeonspieler hatte sich oben am einen Ende der kleinen Brücke niedergelassen und spielte eine wehmütige Melodie, die über die Seine zu ihnen zog.

Es war genau die richtige Kulisse für ein Gespräch über Liebeskummer, dachte Fabien halb spöttisch, halb melancholisch. Mit Samir konnte man wunderbar die ganze Nacht hindurch trinken und feiern, und er besaß durchaus die nötige Sensibilität für Herzschmerzthemen, allerdings versteckte er sie meistens hinter Phrasenklopfen. Fabien nahm es ihm nicht übel – niemand redete wirklich gerne offen über das, was ihn tief bewegte, jedenfalls nicht unter Männern. Man hieb sich auf die Schulter, machte einen Spruch über die Frauen oder – wie in Samirs Fall – Männer und trank, bis man das Liebesleid vergaß.

Doch das alles half Fabien nicht. Egal, wie sehr er versuchte, vor dem wunderschönen Panorama der Stadt und in der Gesellschaft seines Kumpels oder zur Not auch auf dem Grund seines Weinglases das Vergessen zu finden – immer wieder sah er Lolas Gesicht vor sich. Ihr zuerst erschrockener, dann gleichgültig freundlicher Blick, als sie gestern Nachmittag beinahe zusammengestoßen wären. Und dann ihr Ausdruck, als er bei ihrem Auftauchen heute früh den halben Geschirrbestand des Cafés aufs Pflaster geschmissen hatte. Mitleidig war ihre Miene gewesen, einen Hauch verwundert, aber keinesfalls leidenschaftlich oder sehnsüchtig, wie er es sich, entgegen aller Vernunft, heimlich ausgemalt hatte. Nein, in all den Jahren, in denen er immer wieder an sie gedacht hatte, war er für sie offenbar nichts weiter als einer von vielen ehemaligen Schulkameraden gewesen, mit denen sie heute nichts mehr zu tun hatte. Aus gutem Grund, weil sie deren Schicksal gar nicht interessierte.

«Mann, Fabi», holte ihn Samir aus seiner Grübelei, «jetzt reicht's aber. Bläst du etwa den ganzen Abend Trübsal?» Er verdrehte seine dunklen Augen unter den gezupften schwarzen Brauen und fuhr sich durch seine mit Haarspray aufgetürmte Mähne. «Und alles nur wegen Lola. Ooooh, Loooola», flötete er laut und machte eine dramatische Geste in der Luft. «*Mon amour!*»

Fabien trat spielerisch nach dem Freund. «Halt die Klappe», sagte er unwirsch, «das ist nicht hilfreich.»

«Komm schon», sagte Samir und sprach wieder mit normaler Stimme, «wie lange geht das denn jetzt? Ist es nicht Zeit, mal einen Schlussstrich zu ziehen?» Er fuhr sich über die glatt rasierte Wange. «Obwohl ich zugeben muss, dass sie eine Schönheit ist, deine Liebste. Ein paar Kilo zu viel vielleicht und für mich leider völlig uninteressant, aber etwas Besonderes. Ein süßes Ding, das schon!»

«Lola ist eine erwachsene Frau und kein *Ding*», fuhr Fabien auf. «Und wie viel sie wiegt, ist ihre Sache!»

Samir lachte und legte ihm einen Arm um die Schultern.

«Und diese *Frau* weckt wohl wirklich den *Chevalier* in dir», sagte er, «den großen Beschützer, ja? Aber keine Sorge, ich höre schon auf. Vergnügen wir uns lieber.» Er zuckte mit den Achseln und angelte nach der zweiten Flasche, die neben ihm am Boden stand. Mit geübten Griffen öffnete er sie und goss beide Gläser erneut voll, obwohl in Fabiens Glas noch etwas Wein schwappte.

«Ich wüsste zu gern, was sie hier will», sagte Fabien und ignorierte das genervte Stöhnen an seiner Seite. «Warum ist sie hier? Wegen ihrer Großmutter? Aber was kann sie schon ausrichten, wenn Madame Caron nun mal beschlossen hat zu verreisen?»

«Diese alte Dame hat Nerven», sagte Samir und nippte an seinem Wein. «Einfach so abzuhauen. Nicht mal mir hat sie Bescheid gesagt. Ich hätte doch sonst ihre Blumen gegossen und nach dem Rechten gesehen.»

«Du magst vielleicht den Job als *Concierge* bekommen haben», sagte Fabien und grinste – und für einen Moment vergaß er seine Sorgen. «Aber keine alte Lady, die auch nur ein Fünkchen Verstand hat, würde dir freiwillig ihren Wohnungsschlüssel überlassen.»

«Keinen Schimmer, wovon du sprichst.» Samir wirkte beleidigt. «Glaubst du etwa nicht daran, dass Menschen sich ändern können? Und überhaupt, das waren alles Bagatellen damals, Jungenstreiche!»

«Also bist du auch weiterhin *clean*?», fragte Fabien. Er wagte nicht oft, bei seinem Freund diese schwierigen Themen anzuschneiden, doch nun bot es sich ja geradezu an.

«*Clean* ja», sagte Samir trotzig, «aber trinken darf ich zum Glück noch. Oder hast du was dagegen?» Wie zum Beweis seiner eben ausgerufenen Freiheit stürzte er das halbe Glas hinunter und leckte sich die ebenmäßigen Lippen.

«Übertreib es nur nicht», sagte Fabien, aber als er sah, wie in Samirs Gesicht dieser Vorhang herunterging, den er so gut kannte, hielt er den Rest seiner Predigt zurück.

Sie waren beide erwachsen. Samir hatte es nicht immer leicht gehabt – ein Kind tunesischer Einwanderer, dessen Eltern nie richtig in Paris angekommen waren, dazu noch schwul, was in der traditionellen arabischen Community auch heute noch ein Problem darstellte. Er und Fabien waren seit der Schulzeit befreundet, allerdings hatte es einige Jahre gegeben, in denen sie wenig miteinander zu tun gehabt hatten. Fabien wusste nur ungenau, was sich in dieser Zeit in Samirs Leben abgespielt hatte, doch er war froh, dass sein Freund sich heute wieder im Griff zu haben schien. Und dass ihre Freundschaft, so ungleich sie beide auch waren, zu neuem Leben erwacht war und nun schon Jahre Bestand hatte.

«Was hast du jetzt vor?»

Fabien runzelte die Brauen. «Was meinst du?»

«Na, mit Looooola.» Samir hatte offenbar beschlossen, schnell von sich abzulenken und wieder auf Fabiens Martyrium zurückzukommen.

Sein Freund machte Kussgeräusche und winkte dann affektiert einem abendlichen Schiff hinterher, das den stillen Fluss entlangglitt und an dessen Deck kleine bunte Lämpchen leuchteten. Die Musik des Akkordeons auf der Brücke mischte sich für ein paar Augenblicke mit den sanften Rhythmen aus den mächtigen Musikboxen des Bootes. Fabien sah die Gäste, die sich an Deck eng umschlungen zur Musik bewegten oder an der Reling lehnten. Schließlich tauchte das Schiff unter den steinernen Brückengewölben hindurch, bog links um die kleine Île Saint-Louis und war verschwunden.

«Keine Ahnung», sagte Fabien und betrachtete sein Glas. Er stellte es neben sich ab, stützte die Handflächen hinter sich auf die Steine und sah hinauf in den immer dunkler werdenden Abendhimmel. «Vielleicht ist es meine letzte Chance? Aber ich weiß einfach nicht, wie ich es anstellen soll. Ich fürchte, sie sieht nichts in mir als den alten Bekannten von damals, der bei Madame Berger in Mathematik hinter ihr gesessen und sie mit Papierkügelchen beworfen hat.»

Samir lachte hell auf. «Das hast du, oder?», fragte er. «Hätte ich fast vergessen. Ach, Fabien, deine Verführungskünste waren schon immer einfach legendär.»

Hilflos zuckte Fabien mit den Schultern. «Ich war fünfzehn. Was erwartest du?»

«Mir wäre das auch mit fünfzehn nicht eingefallen», sagte Samir und grinste.

«Nein», gab Fabien scharf zurück, «mit fünfzehn wusstest du ja noch nicht mal, wer oder was du bist, geschweige denn, *wen* du verführen wolltest.»

«Täusch dich nicht», sagte Samir, und seine Augen glitzerten im Laternenschein. Er streckte eine Hand aus, fuhr betont zärtlich über Fabiens Wange und spitzte die Lippen. «Du warst damals schon ein hübscher Junge – trotz der Baskenmütze.»

Lachend schlug Fabien die Hand seines Freunds fort. «Meine Mutter hat mich dazu gezwungen, das Ding zu tragen», rief er anschließend mit gespielter Entrüstung. «Und du musst nicht darauf herumreiten. Du sahst auch nicht besser aus in deinem Gangster-Hoodie und den Kunstlederstiefeln.»

«Schluss mit dem alten Kram», sagte Samir, und Fabien glaubte, eine rötliche Färbung auf seinen Wangen zu erkennen. «Wir waren beide jung und dumm damals, und das hat deine Lola auch gewusst. Sie war schon immer anders, anders als alle anderen Mädchen. Man sah es ihr an, und man spürte es, wenn man mit ihr sprach. Und heute ist das immer noch so. Sie ist einfach nicht deine Kragenweite, Fabi! *Je t'aime*, aber du und Lola, das wird nichts.»

Fabiens Herz wurde schwer bei den Worten seines Freundes. Aber Samir hatte recht, er wusste es ja. Lola und er gehörten nicht zusammen. Sie strebte nach etwas anderem, Größerem, fern von allem, sie entwickelte sich weiter, während er hier hockte, in dieser Stadt, die er nicht loslassen konnte. Oder Paris ihn? Er wollte Wurzeln, und Lola wollte Flügel. Und dennoch konnte er nicht anders, als sich vorzustellen, was passieren würde, wenn er etwas an dieser Gleichung veränderte. Was, wenn eine Variable ausgetauscht würde? Doch welche? Und wäre er überhaupt derjenige, der dieses Kunststück vollbringen könnte? Sicher nicht! Die Geometrie dieser Aufgabe war zu kompliziert. Ein Dreieck, das zu einem Viereck passen sollte?

«*Le triangle rectangle*», flüsterte er.

Samir sah auf. «Das alte Lied?», fragte er ungläubig. «Noch immer? Mensch, Fabi, du warst besessen von MC Solaar.»

Fabien lächelte. «*La belle et le bad boy*», sagte er. «Du hast es nicht vergessen.»

«Wie könnte ich das vergessen?» Samir schlug sich an die Stirn. «Du hast jahrelang nichts anderes gehört. Den ganzen Tag lief dieses Lied in deinem Zimmer. Das hübsche Mädchen und der böse Junge aus dem kriminellen Clan, die sich trotzdem unsterblich ineinander verlieben. Und dann das tragische Ende.» Spöttisch runzelte er die Stirn. «Hast du dich selbst als ein solcher *bad boy* gesehen, Fabi? Du, mit deiner superlieben Psychologinnenmutter und dem Sparkonto von deinem Großvater, von *Papie* Édouard aus der Bretagne?»

«Quatsch», sagte Fabien und wusste nicht, ob er wirklich gekränkt sein sollte, weil ihn Samir wegen eines Lieds seines Idols aufzog. «Es war abstrakter, das ist doch logisch. Ich war ja nicht bescheuert, mir war schon klar, dass ich kein Rapperkönig war, der die schöne Mitschülerin in den Abgrund der Straße zieht. Trotzdem musste ich einfach immer, wenn dieser Song lief, an Lola denken.» Er hob erneut die Schultern und ließ sie wieder fallen. «Und das ist auch heute noch so.»

Über ihnen rauschten die Blätterkronen der Linden im Abendwind. Der Akkordeonspieler hatte wohl eingesehen, dass keine Touristen mehr vorbeikommen würden, um ihn für sein sehnsüchtiges Spiel zu entlohnen, er war längst gegangen.

Samir hieb mit der Faust auf die Steine der Uferbefestigung. «Dann sag es ihr!» Er starrte Fabien beinahe grimmig an. «Sag es ihr endlich einmal, hol dir deine Abfuhr – und dann begrabe diesen Traum. Lösch das Lied aus deinem Gedächtnis, such dir eine andere, eine, die vielleicht nur die zweitbeste Wahl ist, aber die wenigstens nicht die Rolle von *La Belle* in deinem Leben für immer unbesetzbar macht. Tu endlich was, Fabi!»

Damit sprang er athletisch wie ein Turner auf, stieß dabei jedoch die leere Weinflasche um. Sie rollte Richtung Fluss und fiel, ehe Fabien zugreifen konnte, über die Steine ins Wasser. Dort trieb sie auf den kleinen Wellen, schaukelte auf dem inzwischen schwarzen Wasser und warf, weil sich die Laternen im Glas brachen, Lichtpunkte durch den Abend.

Wie eine Flaschenpost ohne Botschaft, dachte Fabien, und der Anblick stimmte ihn noch trüber. Vielleicht hatte Samir recht. Vielleicht war es wirklich an der Zeit, aufzuhören, an Märchen zu glauben, und sein Leben selbst zu bestimmen. Zeit, Lola loszulassen und zu akzeptieren, dass sie für ihn unerreichbar blieb.

«Komm», sagte Samir, «lass uns irgendwohin gehen, wo die Musik laut ist und wo sie von MC Solaar noch nie etwas gehört haben. Die Zeiten sind nämlich vorbei, mein Freund.»

Arm in Arm gingen sie los und ließen den Fluss, die Lampions an der Schiffsreling des nächsten herannahenden Bootes und die Gedanken an ihre Jugend zurück, während sie Richtung *rive droite*, der rechten Seite der Seine, liefen. Dort, weit weg vom Quartier Latin, lauerten keine Erinnerungen, dort erwarteten sie nur überteuerte Bars und grelle Neonlichter in der Nacht.

12

Der Duft nach Zimt, Kardamom und Ingwer war überwältigend, und Lola wünschte sich zum wiederholten Male, sie hätte gestern Abend auf den letzten Martini verzichtet und wäre früher ins Bett gegangen.

Sie hatte sich nach ihrem kleinen spätabendlichen Ausflug durch die Stadt auf Zehenspitzen die Treppen bis unters Dach des Hauses Nummer 7 geschlichen, kurz gelauscht und dann die Wohnungstür zur *Chambre de bonne* aufgeschlossen. Alles war unverändert. Keine Rose, die ihr Vorhaltungen machte, weshalb sie zu nachtschlafender Zeit bei ihr einbräche. Nur die schon vertraute, willkommene Stille. Weil Lola nicht in *Mamies* Bett schlafen wollte, rollte sie sich in die rosa Wolldecke auf dem Teppich ein, der ihr ja schon in der vergangenen Nacht gute Dienste als Lager erwiesen hatte. Dann, mit den sanften Geräuschen des nächtlichen Paris, die durch eines der halb geöffneten Dachfenster hereinzogen, war sie eingeschlafen. Sie hatte geträumt, dass sie auf offener See mit einem Schiff fuhr – und als sie mitten in der Nacht kurz wach wurde, sah sie, dass es die Vorhänge waren, die im Nachtwind leise raschelten und sich an ihren Stangen blähten wie die Segel in ihren Träumen. Und rasch war sie wieder weggeschlummert.

Bis ihr Wecker, den sie gestern zum Glück noch geistesgegenwärtig gestellt hatte, losgegangen war und sie aus dem Schlaf gerissen hatte. Diesmal wusste Lola jedoch sofort, wo sie sich befand, und auch, was der Grund für die ungewohnt frühe Störung war. Pierre Leco wartete auf sie.

Und nun stand sie in seiner Küche in der Rue Ortolan und rührte in einer riesigen Schüssel mit Lebkuchenteig. Pierre erklärte ihr, wie sie die Masse in die Formen füllen und auf welche Gradzahl sie den Gasofen einstellen musste. Er selbst saß, den geschundenen Fuß auf einem Stuhl abgelegt, auf einer winzigen Küchenbank am Arbeitstisch und überwachte jeden ihrer Handgriffe.

«Sie machen das hervorragend, *Mademoiselle*», sagte er, und Lola bemerkte, dass er durchaus erstaunt aussah. «Als hätten Sie das Backen gelernt.»

Amüsiert schüttelte sie den Kopf. Sie hatte sich eine alte Kochmütze auf die verwuschelten Haare gesetzt und eine übergroße Bäckerschürze mit blauen Karos über das kurze schwarze Kleid gezogen, das sie seit gestern Abend trug. Glücklicherweise war es aus knitterfreier Baumwolle, sodass man ihm nicht ansah, dass sie auch darin geschlafen hatte. Vielleicht wurde es Zeit, ihre Tasche in die Wohnung von *Mamie* zu bringen, dachte sie mit einem Anflug von schlechtem Gewissen – weil das die endgültige Besiegelung ihres Entschlusses wäre, nicht mehr in der Rue Monge zu übernachten. Doch wenn die *Chambre de bonne* ohnehin leer stand? So könnte sie sich weiter in Ruhe im Haus umhören und die Nachbarn zu Rose befragen. Möglicherweise wusste ja doch jemand etwas.

«Also, weshalb sind Sie ein solcher Profi?», fragte Pierre. Er nahm einen Löffel und kostete von dem Teig, der unter Lolas Händen geschmeidig wie Seide geworden war. «Unglaublich», murmelte er und leckte sich die Mundwinkel. «Das schmeckt ganz anders als bei mir, dabei sind es doch die gleichen Zutaten.»

Sie lächelte. «Sie kennen ja meinen Vater, richtig?», fragte sie.

«Monsieur Mercier?»

Sie nickte. «Er arbeitet als Portier im Étoile, und ich habe, wie gesagt, meine ganze Kindheit dort verbracht. Aber wissen Sie, für ein Kind ist es nicht sehr aufregend, den halben Tag hinter einem Hoteltresen zu hocken. Es war zwar sehr heimelig dort, und ich habe es mir gemütlich gemacht und Buch um Buch verschlungen, während ich wartete, bis mein Vater Feierabend machte, aber manchmal trieb mich doch die Langeweile hervor. Und dann ging ich eben in die Hotelküche.»

«Aha!» Pierre hob die Brauen über seinen schräg stehenden, melancholischen Augen. «Sie haben von den ganz Großen gelernt.»

«Ja, genau», sagte Lola. «Damals herrschte dort Madame Dubois wie über ein unterirdisches Königreich. Sie war die Pâtissière, und ich durfte ihr und den anderen Zuckerbäckern über die Schulter schauen, wann immer ich wollte. Da hab ich so den einen oder anderen Kniff aufgeschnappt.» Sie knabberte an ihrer Lippe, während sie geschickt die Backformen füllte. Dann schob sie ein Blech in den Ofen und stellte die Uhr, bevor sie eine neue Ladung Lebkuchenteig ansetzte.

«Ich erinnere mich», sagte Pierre, «dass man damals im Étoile die besten *Madeleines* und die cremigsten *Eclairs* im Viertel bekam. Madame Dubois ... Sie hieß mit Vornamen Aurélie, *non*?»

«Ja», sagte Lola, «und ich habe wirklich viel von ihr gelernt. So ganz nebenbei zeigte sie mir, wie man die perfekte Meringuemasse schlägt, wie man Johannisbeergelee einkocht, und sie verriet mir, was das Geheimnis ihrer Trüffel war.»

«Und was ist das Geheimnis?», fragte Pierre.

«Die Zacken natürlich.» Lola machte eine Geste, als rollte sie eine Praline hin und her. «Je länger sie werden, desto besser. Dazu braucht man eine langzinkige Gabel und ein Gitter. Und natürlich die feinste flüssige Schokolade.»

Pierre räusperte sich. «Darf ich fragen, weshalb Sie, wenn Sie das alles wissen und können, heute Morgen hier bei mir Ihre Zeit vertrödeln, anstatt in der Großküche eines Grandhotels Ihre Zauberkräfte wirken zu lassen?»

«Ich?» Lola lachte. Es war eine Spur zu laut, wie sie selbst bemerkte. «Nein, das ist nichts für mich. Die Ausbildung ist schwierig, alle Chefköche in Paris sind despotisch, und ich ... nun, ich bin nicht gerade für meinen langen Atem bekannt, wissen Sie?»

«Aber haben Sie denn nie überlegt, etwas aus Ihrem Talent zu machen?», fragte er und probierte ein Stück Lebkuchen von einem Blech, das Lola zum Abkühlen ans offene Fenster neben den Küchenstuhl gestellt hatte. «*Magnifique*», murmelte er und wischte sich ein paar Krümel vom Kinn. Er sah sie eindringlich an. «Wollen Sie denn Ihr Leben lang nur herumziehen und kellnern?»

Lola war einen Augenblick verstimmt. Was fiel diesem Monsieur Leco eigentlich ein, ihre Lebensentscheidungen zu hinterfragen? Er selbst hatte schließlich auch nicht gerade eine Bilderbuchkarriere hingelegt. Doch im nächsten Moment verrauchte ihre Empörung und machte einer inneren Unruhe Platz, die sie schon kannte. Es war das Wissen, dass der Lebkuchenmann recht hatte – sie machte nichts aus sich! Sie trieb herum wie ein Stück Holz auf den Wellen, wie dieses Schiff, von dem sie heute Nacht geträumt hatte. Wann würde sie endlich die Kraft und den Willen aufbringen, das Steuerrad zu ergreifen und ein konkretes Ziel anzupeilen?

Lola hob die Schultern und ließ sie wieder fallen. «Es ist nicht so einfach», sagte sie dann verhalten. «Woher soll ich wissen, dass dieses Talent, von dem Sie sprechen, als sei es mit Sicherheit da, nicht nur ein Trugbild ist? Viele junge Mädchen backen gerne Torten und Kekse, das machte mich schon früher nicht zu etwas Besonderem. Und später, als ich endlich mein *Bac* hatte, da wollte ich nichts als weg! Erst mal raus aus Paris, weg von allem, was ich kannte. Hier war ich ja doch immer nur das Mädchen mit der toten Mutter.» Sie hörte, wie ihre Stimme strauchelte, und räusperte sich. «Ich wollte etwas erleben, wissen Sie, ich wollte die Welt kennenlernen.»

«Und?», fragte Pierre kauend. «Haben Sie sie kennengelernt?»

Lola schwieg. Was sollte sie darauf antworten? Etwa, dass sie seit geraumer Zeit das Gefühl hatte, es war nicht die Welt, die sie besser kennenlernen sollte, sondern sich selbst? Und dass diese Reise zu ihrem Selbst eine viel beängstigendere, eine viel gefährlichere war als alles, was sie bisher erlebt hatte?

«Ich verstehe», erklärte er da, ohne dass sie etwas hätte sagen müssen. «Wissen Sie, vielleicht sind wir beide uns gar nicht so unähnlich. Auch ich habe Korsika verlassen und bin hier in diese Stadt gekommen, um mich in ihr zu verlieren. Ich meine, wo, wenn nicht in Paris, kann man ein neuer Mensch werden? Kann man jeden Tag ein anderer sein? Aber jetzt verrate ich Ihnen ein Geheimnis, und das hat nichts mit Trüffeln zu tun.» Er erhob sich ächzend und sah Lola, die beim Rühren innehielt, eindringlich an. «Es kommt nicht darauf an, *jemand anderes* zu werden. Es geht darum, der zu werden, der man *ist*. Der man schon immer war! Diese Person tief in uns drinnen zu finden, die uns ausmacht – und endlich ganz und gar zu ihr zu stehen. Dann sind wir wirklich angekommen. Dann erst leben wir und existieren nicht nur.»

Lola starrte ihn an. «*Werde, der du bist ...*», sagte sie. «Ja, das habe ich auch in der Schule gelernt. Pindar, oder?» Beinahe musste sie lachen, denn das, was Pierre ihr da von dem griechischen Dichter vorspulte, klang allzu sehr nach seinen eigenen poetischen Lebkuchensprüchen. Dennoch berührte sie etwas daran. Seine Worte waren ihren eigenen Gedanken ja durchaus ähnlich, auch wenn er es viel besser formuliert hatte, als sie es je gekonnt hätte.

«Sehen Sie», sagte sie lächelnd, «deswegen sind Sie der Poet und ich die Bäckerin.»

Sein Lachen löste die Spannung im Raum auf.

Unten im Hof knallte jemand mit den Mülltonnendeckeln, und ein Hund begann zu bellen. Lola sah durchs Fenster in den morgendlichen Sommerhimmel und hielt ihr Gesicht für einen Moment ins Licht. In einer Nachbarwohnung briet jemand Eier, der Duft zog bis in Pierres Küche und vermischte sich mit dem nach Zimt. Und auf einmal spürte Lola eine wilde Freude in sich aufsteigen. Die Vorfreude auf diesen neuen Tag, der wie frisch gewaschen dort draußen über den Dächern von Paris begann und den sie mit duftendem Gebäck in den Armen verbringen würde, wenn sie später mit Pierres Lebkuchen durch die Straßen zog.

«Kommen Sie», sagte sie entschlossen und öffnete den Ofen, in dem eine neue Ladung Lebkuchen fertig gebacken war. «Lassen Sie uns hier weitermachen. Wir haben noch eine Menge vor. Heute werden Sie mehr verkaufen als jemals zuvor.»

«So ist das also», sagte Pierre und begann, Zuckerguss

für die Schrift in einer Schale anzumischen, «der Ehrgeiz packt Sie nur, wenn Sie sich für andere engagieren, aber bei sich selbst sind Sie eine Zauderin? Wollen Sie daran nicht irgendwann etwas ändern?»

«Wir werden sehen», sagte Lola.

Sie löste die heißen Lebkuchen vorsichtig aus ihren Formen und dachte wieder an Aurélie Dubois und daran, wie sie als Mädchen zum ersten Mal nach dem Tod ihrer Mutter mit der Pâtissière in der Hotelküche eine *Galette des Rois* gebacken hatte, den Mandelkuchen für den Dreikönigstag. Aurélie hatte eine winzige weiße Porzellanfigur in die untere Lage des Teigs gedrückt, ehe sie Lola gezeigt hatte, wie man die süße Crème aus Mandeln, Zucker und Butter daraufstrich. Es war eine kleine Tänzerin gewesen, erinnerte sich Lola, und am nächsten Tag, als sie den Kuchen mit den Angestellten des Hotels gegessen hatte, war sie selbst es gewesen, die die Überraschung in ihrem Stück gefunden hatte. Alle hatten applaudiert, als sei ihr ein Kunststück gelungen, und wollten ihr sofort die Krone aus Goldpapier aufsetzen, die sie zur Königin der *Galette* krönte, während sie stolz die kleine Figur umklammert hielt. Es war ein glücklicher Moment gewesen, trotz der Schatten, die damals über ihrer kindlichen Seele gehangen hatten.

«Die Tänzerin sieht aus wie du», hatte Aurélie gesagt und Lola begeistert auf die Wangen geküsst. «Zart, aber standhaft. *Ma fille*, du wirst es schon schaffen!»

Bei der Erinnerung lächelte Lola. Plötzlich schien ihr das alles ganz nah und vertraut, als wäre sie wieder eingehüllt in den Duft von Küchleins und *Tartes*, von buttriger *Viennoiserie*, dem Feingebäck, das unter Aurélies Händen immer gelang, und in die Wärme, die von den Angestellten des Hotels ausging. Sie hatte einfach dorthin gehört. An diesen ruhigen, beständigen Ort, in dieses Viertel, in diese Stadt.

Wann hatte das aufgehört?

«Das scheint mir jedenfalls schon mal ein guter Anfang», sagte Pierre und holte Lola in die Gegenwart zurück. Anerkennend betrachtete er eines der fertigen Herzen und machte sich dann mit einer sehr feinen Spritztüte an die Verzierung. Mit sicherer Hand zauberte er eine Wellenlinie an den Rand. Anschließend hielt er kurz inne.

«Wie soll der erste Spruch des Tages lauten?», fragte er.

Lola überlegte. Dann lachte sie und sagte: «*Werde, der du bist!*» Sie zwinkerte ihm zu.

Pierre nickte und begann, die Buchstaben in sauberer Zierschrift mit einer tiefroten Zuckermasse aufzutragen. Wort für Wort.

Lola sah bewundernd zu, bis die Uhr am Backofen erneut piepste. Sie fuhr mit der Hand in einen riesigen Handschuh und öffnete die Ofenklappe, aus der ihr wieder heißer Zimtgeruch und der Duft nach geschmolzenem, leicht karamellisiertem Zucker entgegenschlugen. Kurz schloss sie die Augen und sog den Geruch tief ein. Dann zog sie das nächste Blech heraus, das über und über mit kleinen, goldbraunen Herzen bedeckt war. Und ihr eigenes Herz, das in ihrer Brust schlug, fühlte sich plötzlich seltsam leicht an. So, als habe es sich an etwas erinnert, das lange verborgen geblieben war – eine Leidenschaft, die sie beinahe vergessen hatte.

Doch dieser Morgen mit einem alternden Korsen in einer winzigen, chaotischen Küche in Paris hatte die Erinnerung an die große Passion der Lola Mercier unerwartet aufgescheucht. Und nun strömte sie durch ihre Adern wie ein Elixier und brachte sie dazu, sich so lebendig zu fühlen wie lange nicht mehr.

13

In der Auslage vor dem Feinkostgeschäft Les Deux Paradis stapelten sich die Früchte und das Gemüse in großen Körben – grünviolette Artischocken aus dem bretonischen Finistère, tiefrote Ochsenherztomaten aus Nizza, rosafarbene Zwiebeln, Spargel, frischer Knoblauch, Blumenkohl in wahren Bergen ... Lola hätte sich gern eine der saftig aussehenden Tomaten gegriffen und hineingebissen, doch dann entschied sie, sich zuerst noch drinnen umzuschauen. Denn nach dem Vormittag im Lebkuchenduft hatte sie einen riesigen Appetit auf etwas Herzhaftes, eingelegte Oliven oder salzige Sardinen und dazu frisches Brot, getunkt in Öl. Und schon der Blick durchs Schaufenster des kleinen Ladens war verheißungsvoll. Offenbar machte er seinem Namen alle Ehre.

«Bonjour», grüßte sie, als sie durch die offen stehende Tür eintrat. Sofort nahm sie der Duft nach Koriander und frischem Fladenbrot gefangen.

«Bonjour, *Mademoiselle*», antwortete der Besitzer, ein älterer Herr mit dunklem Kinnbart und freundlichen Augen. Sein Gesicht war von Falten durchzogen, die sich beim Lächeln vertieften. «Womit kann ich dienen?»

«Ich brauche etwas zum Mittagessen», sagte Lola und betrachtete die Käseauswahl in der gläsernen Theke – weißer *Chèvre*, hellgelber, fließender *Reblochon*, goldfarbener *Comté* und schließlich *Roquefort* in dicken, blau geäderten Stücken. Ihre Augen wanderten weiter, über die zahlreichen rot gestrichenen Holzregale, in denen sich Würste, Schinken, Pralinen, Konfitüren und Einweckgläser mit

Pasteten und *Terrine de canard* türmten. Dann blieb ihr Blick am gut bestückten Weinregal hängen.

«Und eine Flasche Weißwein», sagte sie, «etwas Leichtes, bitte.»

«Ich empfehle einen Chardonnay aus der Champagne», sagte der Verkäufer und griff nach einer schlanken Flasche mit einem unauffälligen Etikett. «Und dazu eine kleine Auswahl Käse, zwei gefüllte Weinblätter mit Couscous, etwas Brot und, natürlich, eine Portion meiner Spezialität – *Houmous coriandre.*»

«Klingt perfekt», sagte Lola, deren Magen bereits knurrte, als sie all diese Herrlichkeiten bestaunte, die ihr der Besitzer des kleinen Ladens in Tüten packte. «Und würden Sie mir auch noch ein paar schwarze Oliven mitgeben?»

«*Bien sûr, Mademoiselle*», sagte er. Dann blickte er auf. «Verzeihen Sie, ich glaube, ich weiß, wer Sie sind – Jacobine kam vorhin rein und erzählte mir, dass Sie in der Stadt sind. Aber ... *Pardon!* Zuerst sollte ich mich vorstellen. Mein Name ist Slimani. Nadim Slimani.»

«Freut mich sehr, Monsieur Slimani», sagte Lola.

«Und Sie sind also die Enkelin von Madame Caron, wie man hört.» Er reichte ihr mit einer silbernen Zange eine eingelegte Dattel herüber, von der flüssiger Honig tropfte.

Lola nahm das Geschenk und schob es sich in den Mund. An ihrem Gaumen explodierte ein wahres Zuckerfest.

«*Merci*», murmelte sie kauend. «Ja, mein Name ist Lola Mercier.» Sie blickte auf. «Sie kennen meine Großmutter?»

«Jeder hier kennt *Madame*», sagte er, «auch ich, obwohl ich erst vor einigen Jahren den Laden übernommen habe.»

«Ich erinnere mich nicht genau», sagte Lola, «vorher war das hier ein Zeitungsladen, oder? Ich bin ja in der Rue Monge aufgewachsen, nicht hier am Platz.»

«Ja», sagte Monsieur Slimani, «ein Kiosk war es, bis oben hin vollgestopft mit Zeitungen und Magazinen. Doch der Besitzer ging in Rente, und ich hatte eine andere Vision von diesem Ort hier an der Place de la Contrescarpe.» Mit einem gewissen Stolz im Gesicht deutete er ringsum auf die Köstlichkeiten, die an den Wänden und in den Regalen gestapelt waren oder in Körben von der Decke hingen. «Ich wollte ein Paradies auf Erden erschaffen.»

«Wohl eher zwei», sagte Lola, als sie an den Namen seines Geschäfts dachte, und lächelte.

Der ältere Herr erwiderte das Lächeln.

«*Exactement, Mademoiselle*», sagte er, «ich dachte mir, warum sollte man sich mit nur einem zufriedengeben, wenn man auch mehrere haben kann? Hier findet man ein französisches Himmelreich – *und* ein orientalisches. Beide friedlich vereint.» Nun wirkte sein freundlicher Ausdruck eine Spur traurig. «Wenigstens hier.»

«Allerdings», sagte Lola und sah sich erneut anerkennend um. «Und meine Großmutter – kauft sie auch bei Ihnen ein?»

«Selbstverständlich! Jeden Freitag kommt sie her, immer um die gleiche Zeit.» Er senkte die Stimme. «Ich habe den Eindruck, dass sie sehr sparsam ist, daher sind es meistens nur Kleinigkeiten. Aber sie liebt meine Honigdatteln, und dann verlangt sie immer noch ein Stück *Ami du Chambertin*.» Er deutete auf einen runden Käse mit roter Rinde in einer Spanschachtel. «Und einmal im Monat, immer am ersten Dienstag, isst sie eine Portion *Ratatouille aux merguez*. Sie müssen wissen, ich koche jeden Tag einen frischen Eintopf und serviere ihn draußen an einem der kleinen Tische vor meinem Geschäft.»

«Und sie kommt wirklich immer am Freitag?», fragte Lola amüsiert. «Das sieht *Mamie* ähnlich – sie nimmt alles so genau.»

«Sie ist eine *Grande Dame*», sagte Monsieur Slimani so verschwörerisch, als verrate er Lola ein Geheimnis. «Elegant und kultiviert. So jemanden trifft man nur noch selten – doch wenn, dann hier, in Paris.»

«Das würde sie sicher freuen zu hören», sagte Lola und war plötzlich bedrückt, weil Rose nicht da war und sie es ihr nicht erzählen konnte. «Aber Sie wissen sicher, dass wir sie vermissen. Haben Sie vielleicht in letzter Zeit mit ihr gesprochen? Meine Familie und ich, wir wüssten zu gern, wo sie steckt.»

«Eine verzwickte Sache», sagte Monsieur Slimani. «Aber leider, leider bin ich Ihnen wohl keine Hilfe. Sie vertraut mir nie etwas Persönliches an. Zwischen uns besteht nur ein höfliches Einverständnis, mehr nicht.» Er hielt inne. «Obwohl ...» Seine buschigen Brauen zogen sich über der großen Nase zusammen. «Einmal erwähnte sie doch etwas Ungewöhnliches, jetzt, da ich darüber nachdenke, fällt es mir ein. Und zwar war sie im letzten Monat nicht wie sonst am Freitag bei mir, um ihr Ratatouille zu essen. Stattdessen kam sie drei Tage später, und als sie ihren Käse kaufte, fragte ich sie, ob sie krank gewesen sei. Und da lachte sie.» Er sah Lola an, als müsse sie wissen, wie ungewöhnlich das war.

Und tatsächlich nickte Lola. Rose Caron war nämlich keine Frau, die lauthals lachte. Ab und zu, wenn ihr etwas wirklich gefiel, verzog sie die Lippen zu einem leisen Lächeln. Ein huldvolles Lächeln, dachte Lola, und stets gemessen – doch niemals hatte sie an ihr wirkliche Fröhlichkeit wahrgenommen. Aber hatte ihr Vater nicht auch gesagt, sie habe beinahe ausgelassen gewirkt, als er sie das letzte Mal auf dem Markt getroffen hatte? Es war schwer vorstellbar.

«Sie war also nicht krank gewesen? Oder was war ihre Antwort?», fragte Lola.

«Warten Sie mal …» Der Ladenbesitzer schien zu überlegen. «Ja, richtig, sie sagte etwas in der Art, dass sie sich jahrelang krank gefühlt habe, doch dass dieser Zustand nun endlich vorbei sei.»

«Merkwürdig», sagte Lola stirnrunzelnd, «ich kann mich nicht erinnern, dass meine Großmutter je krank war. Sie hatte eigentlich eine sehr robuste Gesundheit, soweit ich weiß. Höchstens mal ein Schnupfen, eine kleine Erkältung … so etwas in der Art.»

Monsieur Slimani hob die Achseln. «So jedenfalls sagte sie es mir. Und dann kaufte sie eine ganze Schale Honigdatteln und eine Pastete, eine Tüte voll Tomaten und Zucchini sowie zwei Flaschen Chablis.»

«Zwei?», echote Lola und stutzte. Eine der beiden hatte sie selbst wohl neulich ausgetrunken, dachte sie. Doch was war mit der anderen passiert?

«Wenn ich es nicht besser wüsste», sagte Monsieur Slimani und reichte ihr eine große Papiertüte über die Theke, «dann würde ich vermuten, dass sie jemanden zum Essen erwartete.»

Auch das war, ebenso wie eine mutmaßliche Krankheit, für Lola ein unwahrscheinliches Szenario. Wie sie schon zu Monsieur Leco gesagt hatte, glaubte sie nicht, dass ihre Großmutter irgendwelche Freundschaften pflegte. Sie war wohl nicht gerade beliebt und eher für ihre Unverbindlichkeit bekannt und, ja, manchmal auch für ihre Schroffheit.

Eine kleine Stimme in ihrem Kopf flüsterte Lola zu, dass sich das eventuell auch auf Roses Enkelin vererbt hatte – auch sie selbst schien für andere bisweilen wenig zugänglich und schloss selten enge Freundschaften. Es sei denn, sie fielen ihr so zu wie ihre geschwisterliche Allianz mit Robert. Sie vermisste ihren Mitbewohner aus Bordeaux beinahe ein wenig, stellte Lola nun verwundert fest, als sie an ihn dachte – doch er schien seltsam fern, wie jemand aus einem früheren Leben.

So sehr hatte sie sich also schon wieder an Paris gewöhnt? Da fiel ihr plötzlich dieser Mann von gestern Abend ein. Marcel. Ein angenehmer Schauder lief ihr über die Haut, als sie an seine kurze Berührung dachte. Doch zu einem guten Freund, das ahnte sie schon, taugte er wohl eher nicht. Seine Absichten waren andere, und Lola verbiss sich bei dem Gedanken an ihn ein Schmunzeln. Was ihre eigenen Absichten anging, wusste sie allerdings noch immer nicht mehr als gestern. Nun, sie hatte ja seine Telefonnummer …

«Darf es noch etwas sein?», fragte Monsieur Slimani in ihren Tagtraum hinein, und Lola spürte eine sanfte Röte im Gesicht aufsteigen. Gut, dass der Mann keine Gedanken lesen konnte. Sie schüttelte den Kopf und nahm die Tüte an sich.

«*Merci, Monsieur*», sagte sie und kramte nach ihrem Portemonnaie. Es war, wie immer, ziemlich leicht, und besorgt fiel ihr ein, dass dies auf absehbare Zeit so bleiben würde. Jedenfalls solange sie hier war und nicht im Rouge arbeitete. Das könnte ein Problem werden, denn auf ihrem Konto lag immer nur gerade genug Geld für

Miete und Strom, und das ging an Robert. Die täglichen Ausgaben für Essen und Ausgehen bestritt Lola durch ihr meistens recht gutes Trinkgeld.

Immerhin hatte ihr Pierre heute die Hälfte der Einnahmen gegeben. Er hatte ihr sogar noch mehr Geld aufdrängen wollen, weil sie am Morgen stundenlang einen ganzen Vorrat für ihn gebacken hatte, bevor sie durchs Viertel gezogen war und jede Menge Herzen verkauft hatte. Doch sie hatte nur ihren Teil der Einnahmen angenommen und nicht das Geld für ihre Küchendienste, denn sie wusste, dass er sich eigentlich keine Hilfe leisten konnte. Zum Glück ließen die Schmerzen in seinem Fuß wohl schon nach, und Lola und er hatten verabredet, dass er ab morgen wieder selbst losziehen und sich nur melden würde, wenn es gar nicht ging. Das freute sie für ihn, aber gleichzeitig war damit ihre spärliche Geldquelle schon wieder versiegt.

«Wissen Sie zufällig, ob hier im Viertel ein Job zu vergeben ist?», fragte sie Monsieur Slimani. «Es sieht so aus, als würde ich noch ein wenig länger in Paris bleiben, und ich hätte etwas Zeit übrig.» Es klang besser, fand sie, so zu tun, als wollte sie vor allem der Langeweile vorbeugen und nicht gleich in der Nachbarschaft ihre schwindenden Geldmittel offenlegen.

«Lassen Sie mich nachdenken», sagte der Ladenbesitzer. «Ich brauche leider niemanden, dafür kommen hier nicht genug Kunden herein», sagte er bedauernd. «Aber fragen Sie doch mal drüben bei Fabien Roudeaut. Magali sieht nicht so aus, als könnte sie noch sehr lange weiterarbeiten, meinen Sie nicht auch?» Er deutete durch die geöffnete Tür über den Platz hinweg zum Café des Artisans, wo die hochschwangere junge Frau gerade ein Tablett auf ihrem vorstehenden Bauch balancierte. «Und Fabien wäre sicher froh, sie entlastet zu wissen.»

Lola war seinem Blick gefolgt. Warum redeten bloß alle Leute dauernd von Fabiens Fürsorglichkeit gegenüber diesem schönen Mädchen? War sie etwa wirklich seine Freundin und von Fabien schwanger? Oder ging es ihm nur um seine Verantwortung als Chef?

«Eigentlich eine gute Idee», sagte sie zögernd, «aber ich habe eher an etwas Kurzfristiges gedacht, nur für ein paar Tage – Inventur, Hilfe bei einem Event, so in diese Richtung. Ich muss ja bald wieder nach Bordeaux zurück.»

Etwas an der Art, wie Monsieur Slimani sie ansah, stimmte Lola nervös. Es schien, als glaubte er ihr nicht, als nähme er sie und ihre Pläne für eine baldige Abreise nicht ernst. Doch er lächelte nur höflich.

«Ich werde mich gerne umhören», sagte er.

Ehe er noch etwas hinzufügen konnte, kam eine Frau in einem blauen Kostüm durch die Tür in den Laden, grüßte und wartete, bis Lola mit ihren Einkäufen zur Seite trat.

«*Monsieur*», sagte sie dann, «packen Sie mir bitte einen Ihrer herrlichen Körbe für ein *picnic* zusammen, ginge das?»

«Natürlich», sagte der Ladenbesitzer.

Lola hob grüßend die Hand und verließ das Geschäft. Draußen empfing sie die Mittagshitze, die flimmernd über dem Platz stand. Das Sonnenlicht brach sich in den kleinen Wasserfontänen des Springbrunnens, die um die Wette glitzerten und sprudelten. Vom Café her hörte Lola Gläserklirren und die Unterhaltungen der Gäste an den runden Tischen. Ganz vorn am Platz saß ein älteres Pärchen – er in einem altmodischen, aber sehr adretten Anzug, sie mit Hütchen und seidenen Handschuhen. Sie hielten sich an den Händen und genossen schweigend, aber in schönster Eintracht ihren Mittagskaffee, und Lola dachte daran, was Monsieur Slimani ihr eben erzählt hatte. Ihre Großmutter Rose habe Gäste erwartet. Aber wen? Etwa einen Mann? Sie konnte es sich einfach nicht vorstellen.

14

An Roses kleinem Küchentisch sitzend, verschlang Lola nach und nach fast alles, was Monsieur Slimani ihr eingepackt hatte, und sie trank ein Glas des hervorragenden Chardonnay dazu. Die angebrochene Flasche stellte sie in den Kühlschrank, dazu den Rest Oliven und eine halbe Schale *Houmous*. Sie war so satt, dass sie kurz darüber nachdachte, ein Mittagsschläfchen zu machen, doch dann entschied sie sich dagegen. Auch wenn Lola das schlechte Gewissen, das sie vor zwei Tagen noch geplagt hatte, weil sie als ungebetener Gast in Roses Wohnung herumschlich, abgelegt hatte. Zudem fürchtete sie immer weniger, dass auf einmal *Mamie* zur Tür hereinkommen und mit ihr schimpfen würde. Vielmehr fühlte Lola sich schon so vertraut in diesen vier Wänden, dass sie beinahe vergaß, warum sie eigentlich hier war – und dass die Situation alles andere als normal war. Aber alles deutete nun einmal darauf hin, dass in dem Leben ihrer Großmutter eine Veränderung eingetreten war. Etwas hatte Roses gleichförmige Tage durchgeschüttelt, hatte sie aus der Reserve gelockt und auf neue Wege geführt, das spürte Lola einfach. Und der Bericht von Monsieur Slimani hatte sie in ihrer Annahme bestärkt. Doch was? Oder wer? In diesem Punkt war sie noch immer nicht weitergekommen.

Sie verließ die winzige Küche und streifte barfuß durch den stillen Raum. Die Sonne war bereits so weit herumgewandert, dass sie nun in breiten Streifen auf dem Teppich und den Holzdielen lag. An einer Stelle knarrte der

Boden und gab etwas nach. Lola spürte einen plötzlichen Schmerz im Fuß und stöhnte auf. Sie bückte sich, um nachzusehen, ob sie sich einen Splitter geholt hatte. Diese alten Böden in den Pariser Wohnungen hatten es in sich. Lola ließ sich auf die Knie sinken und untersuchte ihren Fuß. Tatsächlich, dort steckte ein winziger, feiner Holzspan in ihrer Ferse, und sie versuchte, das herausstehende Ende mit den Fingern zu packen und aus ihrer Haut zu ziehen, doch vergeblich.

«Merde!», fluchte sie und ließ von der schmerzenden Stelle ab. Da fiel ihr Blick auf eine der Holzdielen neben ihren Knien, die eine Winzigkeit hochstand. Neugierig strich Lola darüber. Das alte Holz ließ sich an einem Ende ein Stück hochheben, darunter schimmerte etwas Helles.

Lola fischte mit den Fingern danach und ertastete ein paar hauchdünne Papierseiten, die fein säuberlich zusammengefaltet und daruntergeschoben worden waren. Sie hob die Diele noch ein wenig an und konnte ihren Fund jetzt mühelos hervorziehen.

Verwundert starrte sie auf den kleinen Papierstapel in ihren Händen. Ihr Herz klopfte, als hätte sie einen Schatz gehoben. Der Splitter war vergessen, stattdessen blätterte sie vorsichtig in den Briefen. Es waren drei, und dass es sich um solche handelte, sah sie an der blauen, verblassten Schrift, die alle Seiten bedeckte – vorn und hinten. Ihr Blick fiel auf die ersten Worte.

Cher Benoît, stand da, *jetzt habe ich schon seit Wochen nichts von Dir gehört, und meine Sehnsucht wächst und wächst ...*

Lola erschrak, hörte auf zu lesen und ließ das Papier sinken. Ein Liebesbrief? Das schien ihr zu persönlich, um weiterzuschnüffeln. Schnell faltete sie die Seiten wieder zusammen und legte das schmale Päckchen auf den Holzboden. Es war das Briefpapier ihrer Großmutter, erkannte sie jetzt, hauchdünne Blättchen mit einem schwach darauf geprägten Blumenmuster. Rosen, natürlich. Lola lächelte. Sie selbst hatte auf diesem Papier als Kind manchmal etwas zeichnen dürfen, doch die Bögen waren streng rationiert worden – Verschwendung war etwas, das Rose hasste und niemals duldete. Doch offenbar hatte sie das Papier auch selbst benutzt. Hatte mehrere Briefe geschrieben, an einen gewissen Benoît, und sie dann hier versteckt. Warum? Sie hatte die Briefe also nicht abgeschickt? Doch weshalb hatte sie sie dann aufgehoben?

Lola kämpfte mit sich. Sie wusste, dass sie kein Recht hatte, diese Briefe zu lesen. Andererseits waren sie ein Zeichen dafür, dass ihre Großmutter ein Geheimnis gehabt hatte. Und war sie, Lola, nicht ebendeswegen nach Paris gekommen? Um dieses Geheimnis zu lüften und, wenn möglich, etwas über den derzeitigen Aufenthaltsort von Rose in Erfahrung zu bringen? Schließlich mussten sie sich davon überzeugen, dass es *Mamie* gut ging, dass sie nicht in etwas Ungutes verstrickt war. Wer wusste schon, was geschehen war? Vielleicht hatte sie einen Anfall von plötzlicher Demenz erlitten, einen Schlaganfall oder etwas anderes, das ihre Urteilskraft trübte? Vielleicht hatte sie sich verirrt und brauchte ihre Hilfe? Oder sie war entführt worden?

Nein!, dachte Lola schnell, jetzt ging die Fantasie mit ihr durch. Immerhin gab es da diese kurze Nachricht von Rose, dass niemand nach ihr suchen solle, und eine Lösegeldforderung war auch bei niemandem eingegangen. So etwas geschah nur in Filmen. Trotzdem konnte Lola nicht verleugnen, dass sie besorgt war. Und hier saß sie nun und hielt vielleicht den Schlüssel zu Roses Verschwinden in den Händen. Konnte sie es wirklich verantworten, der Sache nicht nachzugehen?

Gedankenverloren zog sie wieder an dem Splitter in ihrem Fuß, und diesmal gelang es ihr, ihn zu packen und herauszuziehen. Sie schnipste den Span fort. Dann griff sie erneut nach den Briefen, nahm den obersten vorsichtig auf, als halte sie eine kostbare Feder in den Händen, und faltete das Papier auseinander.

Ihre Augen flogen über die Zeilen. Roses Schrift war akkurat, die Buchstaben in perfekten, schwungvollen Bögen aufgetragen. Lola atmete tief ein und begann zu lesen:

Paris, August 1968

Cher Benoît,

jetzt habe ich schon seit Wochen nichts von Dir gehört, und meine Sehnsucht wächst und wächst, dabei weiß ich ja, dass Du mir gar nicht schreiben kannst. Oder willst? Nein, verzeih, es steht mir nicht zu, das zu beurteilen, das weiß ich. Du hast es mir wieder und wieder erklärt, Du hast mich nie im Unklaren darüber gelassen, wer Du bist, was Deine Pflichten sind, wie Dein Leben aussieht.
Nur manchmal, in ganz dunklen Stunden, kann ich es nicht verhindern, dass ein Zaudern von mir Besitz ergreift, das ich sonst, in diesen wunderbaren hellen Sommertagen, die einfach nicht enden wollen, in Schach halten kann.
Du darfst aber nicht glauben, ich dächte bitter an unsere Begegnungen zurück, Liebster! (Darf ich Dich so nennen? Nur hier, in diesen Briefen, ja? Niemand wird es je hören.) Denk also nicht, ich wüsste es nicht zu schätzen, unser

kurzes Glück. Sein Zauber wird mich nie verlassen, das schwöre ich, und kein Schatten wird je darauf fallen.

Doch manchmal, wenn es draußen dunkelt und das Mondlicht durch meine Fenster hereinscheint, wenn das Zimmer das gleiche Antlitz annimmt, das es hatte, als Du bei mir warst, dann kann ich den Schmerz nicht fernhalten. Dann sehe ich Dich zwischen den Falten der Vorhänge, in den zerdrückten Kissen und auf dem Stuhl, auf dem Du saßest und mit mir sprachst. Ich höre Deine Stimme, diese leise und doch so kraftvolle Stimme, und ich meine sogar, Deine Berührung spüren zu können. Wir hätten viel mehr miteinander sprechen sollen, aber wir hatten anderes zu tun, und ich bereue auch das nicht, nein, ganz und gar nicht. Das am allerwenigsten.

Warum ich Dir schreibe? Ich weiß es nicht. Vermutlich ist es meine einzige Möglichkeit, das fragile Band zu erhalten, das wir zwischen uns gespannt haben. Obwohl es so zart ist, zum Zerreißen zart! Doch einer von uns muss es bewahren, muss es hegen – und Du, der Du keinen Hehl aus der Tatsache gemacht hast, dass Du nicht zurückblicken wirst, sobald Du mich verlässt, kannst es nicht. Also bleibt das meine Aufgabe, und glaub mir, Liebster, ich tue es mit Freude. Ich halte diese Flamme am Leuchten. Und heimlich, ganz heimlich (das darfst nicht einmal Du wissen), erhalte ich auch meine Hoffnung.

Immer wieder höre ich unser Lied – Je reviens te chercher. Vielleicht wird es ja Wirklichkeit? Vielleicht kommst Du irgendwann zurück, um mich zu holen?

Ich küsse Dich.
Immer Deine Rose

15

*E*s gab nur einen Platz auf der Welt, an dem sich Émile ganz und gar wie er selbst fühlte, und das war der Empfangstresen in der kleinen Eingangshalle des Étoile. An den Wänden spannte sich die himmelblaue Seidentapete, die – wie er – in die Jahre gekommen war, und ringsum brannten jetzt, am späten Nachmittag, bereits die kleinen gelblichen Wandleuchten und tauchten das Foyer in warmes, aber hoffnungslos altmodisches Licht. Über die schäbigsten Stellen an der Wand hatte die Hoteldirektorin vor ein paar Jahren neue Spiegel hängen lassen, und das war's.

Dennoch liebte Émile diesen Ort. Hier stand er, seit er siebzehn geworden war, und begrüßte die Gäste. In den ersten Jahren, als Page, hatte er ihre Koffer über die samtbezogenen Treppen nach oben getragen, später dann, nachdem der Fahrstuhl eingebaut worden war, hatte er für sie die goldenen Knöpfe gedrückt. Dann kam die Beförderung zum Oberpagen, der die Jüngeren einwies und anleitete, danach zum Unterportier. Schließlich, vor rund zwanzig Jahren, hatte er den alten Monsieur Simon auf seinem Posten als *Concierge Portier* beerbt, nachdem dieser in Rente gegangen war. Seitdem war Émile hier der unangefochtene Chef. Die doppelreihig geknöpfte Livree in Dunkelblau gehörte ebenso zu ihm wie der schwere Schlüsselbund – denn das Étoile war ein altmodisches Hotel, das noch immer keine Chipkarten eingeführt hatte. Nein, die Zimmerschlüssel hingen klein und golden an einem Brett hinter dem Tresen, von wo aus sie den Gästen überreicht wurden. Und in einer zweiten Ausfertigung prangten sie an einem gewaltigen Bund, den Émile stets mit sich herumtrug, als gebe ihm allein sein Besitz die Kontrolle über alles, was sich im Hotel zutrug – selbst wenn es hinter verschlossenen Türen geschah.

Bei diesem Gedanken erinnerte er sich an den ersten Kuss von Margot. Ein wehmütiges Lächeln huschte über sein Gesicht. So lange war es her, doch er würde nie vergessen, wie diese junge Frau, die keine zwei Wochen zuvor als *Femme de chambre* eingestellt worden war, ihn in der Wäschekammer zum ersten Mal geküsst hatte und dabei ihr Häubchen zerknitterte. Damals hatte Émile noch keine Schlüssel besessen und fürchtete, Monsieur Simon könnte im falschen Moment auftauchen und sie beide bei ihren ersten, zaghaften Annäherungen erwischen. Doch das war nicht geschehen, und als Margot und er heirateten, sobald sie volljährig geworden war, hatte sie sich ohnehin eine neue Stelle gesucht – und alles war in Butter gewesen.

Mehr als das, dachte er, während er die Briefe auf dem Tresen sortierte, und seufzte. Wie verliebt sie gewesen waren, wie glücklich! Dann hatte sich, als Krönung, auch noch Lola angekündigt und sie zu einer richtigen Familie gemacht.

Doch Glück währt nicht ewig, das hatte Émile bald erfahren müssen. Und trotz allem war er dankbar. Inzwischen war sogar der Schmerz beherrschbar, und die schönen Erinnerungen an Margot – ihr Lachen, ihre fliegenden goldbraunen Haare, ihr sanfter Duft, ihre klugen Sätze, die er bis heute mit sich herumtrug wie einen Schatz – überwogen die schlimmen Gedanken nach ihrem Tod. Er hatte eine große Liebe erfahren, das war nicht allen Menschen vergönnt. Und dann hatte er auch noch den unglaublichen

Dusel gehabt, ein zweites Mal eine Frau zu treffen, die sein Leben mit Licht füllte. Gewiss, mit Ninette zusammen zu sein, glich manchmal einer Achterbahnfahrt auf der *Fête foraine* in den Tuilerien – und zwar ohne Sicherheitsgurt. Doch er konnte sich ein Leben ohne sie nicht mehr vorstellen.

Und natürlich war da immer noch Lola.

Der Gedanke an sein einziges Kind war allerdings nicht ganz frei von Sorge. Zwar kam sie über die Runden, hatte ihm nie Ärger gemacht, war immer ihren Weg gegangen, das schon. Aber wie alle Eltern wünschte sich Émile für seine Tochter, dass sie ihren Träumen folgte, dass sie etwas aus sich machte, dass sie ihre Talente nutzte. Davon war in den vergangenen Jahren jedoch nicht viel zu sehen gewesen. Eigentlich hatte er keinen Schimmer, was genau sie tat, wie sie eigentlich lebte – und mit wem. Soweit er wusste, gab es da niemanden in ihrem Leben, mit dem sie mehr teilte als nur die Wohnung, und das bereitete ihm Sorge. Er hatte immer wieder erfahren, dass Gemeinschaft, Halt, Liebe essenziell waren, und er fürchtete, dass Lola aus irgendeinem Grund vor ebendiesen Dingen davonlief.

Wie immer, wenn er an diesem Punkt seiner Grübelei angekommen war, stellte sich auch jetzt ein kleines, leises Schuldgefühl ein. War er es gewesen, der versäumt hatte, ihr das beizubringen? War der Verlust der Mutter in frühen Jahren der Grund dafür, dass Lola sich stets nur auf sich selbst verließ? Er wusste es nicht. Er konnte nur hoffen, dass sie glücklich war, trotz allem.

Als er sich in diesem Augenblick ein wenig zu schnell umdrehte, um die fertig sortierten Briefe in die Fächer aus Walnussholz neben dem Schlüsselbrett zu legen, spürte er den schon vertrauten Schmerz im Bauch und musste husten. Das war auch so eine Sache, die ihm Unbehagen bereitete – immer war er gesund und stark wie ein Ochse gewesen, doch seit einigen Monaten fühlte er sich schwach. Ninette hatte es natürlich sofort bemerkt und ihn zur Ärztin geschleift, die ihn allerlei Untersuchungen unterzogen hatte. Das Ergebnis war ein Magengeschwür, das auch seinen schwindenden Appetit und damit einhergehenden Gewichtsverlust erklärte. Außerdem leide er an Blutarmut, hatte *Madame la Docteur* gesagt und ihm eine lange Liste von Pillen verschrieben, die er nun, unter strenger Aufsicht von Ninette, gehorsam schluckte. Obwohl er merkte, wie sich sein Zustand langsam wieder besserte – sein Schwächegefühl blieb. Manchmal hatte er abends, wenn er einzuschlafen versuchte, Angst, dass er nie mehr der Alte sein würde. Und mit dieser Furcht kam die Erkenntnis, dass er nicht für immer hier wäre, dass er abbaute, dass er alterte und irgendwann sterben würde. Nicht sofort, nicht an diesem Magengeschwür, aber eben doch irgendwann, in nicht allzu ferner Zukunft. Und dann wäre Lola ganz allein auf der Welt.

Zu allem Überfluss war nun auch noch Rose verschwunden, seine übellaunige, komplizierte Schwiegermutter. Irgendwie schien gerade alles auseinanderzufallen, dachte Émile und stützte sich hustend am Tresen ab.

In diesem Moment wurde die Eingangstür aufgestoßen – und herein kam Lola. Sie hatte früh am Morgen in der Rue Monge angerufen und ihr Erscheinen im Hotel angekündigt.

Anerkennend sah er sie näher kommen. Seine Tochter war schön, schöner beinahe noch als Margot, die bei ihrem Tod etwa so alt gewesen war wie Lola heute. Lola hatte eine Aura um sich, die schon als Kind jeden in ihren Bann geschlagen hatte – eine Mischung aus Stärke, Sturheit und Sensibilität. Gerade dieser Gegensatz war reizvoll und machte vielleicht sogar ihre besondere Schönheit aus. Und was ihren Zauber zusätzlich verstärkte, war, dass man das Gefühl hatte, sie selbst wisse nichts davon oder mache zumindest keinen bewussten Gebrauch von ihrem Aussehen.

«*Salut, Papa*», sagte sie und küsste ihn über den Tresen hinweg auf beide Wangen, ohne sich um das ältere Paar zu kümmern, das gerade aus dem Fahrstuhl stieg.

Émile lächelte treuherzig und griff mit einer Hand an sein Gesicht. Dann machte er schnell ein höfliches Lächeln daraus, nahm mit einem Kopfnicken den goldenen Schlüssel aus den Händen der Dame entgegen und hängte ihn an den Haken mit der Nummer 33.

«*Bonne journée, Madame, Monsieur*», sagte er und sah den beiden nach, bis die Tür hinter ihnen zuklappte. Er und Lola waren wieder allein in der Halle.

«Riechst du so nach Lebkuchen?» Émile schnupperte. «Ist denn schon Weihnachten?»

Lola lachte und winkte ab. «Lange Geschichte, *Papa*.»

«Ich habe Zeit.»

«Aber ich nicht.» Sie fummelte an ihrem Kleid herum, es war das gleiche, das sie gestern angehabt hatte, fiel ihm auf. Doch er würde sich hüten, sie zu fragen, wo sie nun schon die zweite Nacht hier in Paris verbracht hatte. Vielleicht bei dieser Freundin, mit der sie sich getroffen hatte? Er glaubte allerdings nicht wirklich an deren Existenz, doch es war das Einfachste, wenn sie beide sich an diese Geschichte hielten. Denn die Zeiten, da er sie ausgefragt hatte, wo sie sich herumtrieb, die waren lange vorbei –

wenn es sie überhaupt jemals gegeben hatte. Lola war immer schon unglaublich eigenständig gewesen, beinahe beängstigend selbstsicher und unabhängig. Doch unter dieser äußeren Schicht Selbstvertrauen schimmerte immer auch etwas Unstetes, ein kleines Fragezeichen. Oder nahm nur er das wahr? War sein Blick getrübt, weil er ihr Vater war?

«Was hast du denn so Wichtiges vor?»

«Ach, weißt du», sagte sie, «ich habe überlegt, mir einen Job zu suchen.» Sie schwang sich auf den Tresen, etwas, was sie schon als junges Mädchen getan und das er nie gern gesehen hatte. Aber anders als damals sagte er heute nichts. «Gibt es hier im Hotel vielleicht etwas zu tun?»

«Es gibt jede Menge zu tun», sagte er und lächelte nachsichtig. «Und für all das habe ich Mitarbeiter. Langjährige Angestellte, die nicht heute kommen und morgen wieder ausfliegen wie Zugvögel.»

«Ich verstehe», sagte sie und sah kurz enttäuscht aus, dann jedoch wirkte sie beinahe erleichtert.

«Du bleibst also noch länger?» Émile bemühte sich, nicht zu hoffnungsvoll zu klingen.

«Ich weiß es noch nicht. Auf jeden Fall so lange, bis wir wissen, wo *Mamie* steckt.»

Ungläubig betrachtete er sie. Lola knabberte an ihrer Lippe, wie so oft, und sah ihn beinahe herausfordernd an.

«Das kann aber dauern», sagte er. «Bisher haben wir noch keine Spur.»

«Ich habe mit ein paar Leuten gesprochen.»

«Welche Leute?»

«Na, Leute auf der Straße. Dem *Concierge*. Und mit Monsieur Slimani, dem Feinkostverkäufer. Wusstest du, dass *Mamie* dort einkauft?»

«Mag sein», sagte er schulterzuckend, «irgendwo muss sie das ja.»

«Aber gleich für eine ganze Mannschaft?», fragte Lola zweifelnd. «Er sagte, sie habe einen Großeinkauf bei ihm gemacht, nur einen Tag, bevor sie verschwand.»

«Merkwürdig», sagte Émile. «Und dazu noch die Muscheln auf dem Markt, als ich sie traf ...»

«Weißt du, ich habe da so ein seltsames Gefühl», sagte Lola und rutschte auf dem Tresen herum. «Meinst du, *Mamie* könnte ... nun ja, ein Rendezvous gehabt haben?»

«Ein Rendezvous?», echote Émile und brach in Lachen aus, doch sofort schmerzte sein Bauch wieder, und er krümmte sich leicht. Da erschien in Lolas Gesicht eine steile Falte über ihrer Nase.

«Alles okay, *Papa*?» Sofort schwang sie ihre Beine zu ihm herüber, rutschte vom Tresen und kam neben ihm zum Stehen.

«Jaja, alles in Ordnung», wehrte er ab und zwang sich, langsam zu atmen und seine Miene zu entspannen. «Ich habe eine kleine Magenverstimmung, nichts weiter.»

«Du bist auch viel dünner als früher», sagte sie vorsichtig, und er spürte ihre Sorge beinahe körperlich. Wieder schüttelte er beschwichtigend den Kopf und versuchte ein kleines Lachen.

«Das ist nur meine Art, mich gegen Ninettes Mästungen zur Wehr zu setzen», erklärte er und schnaubte. «Und *Madame la Docteur* sagt, es sei ohnehin viel gesünder, als mit zu vielen unnötigen Kilos durchs Leben zu gehen.»

Bei der Erwähnung der Ärztin glättete sich Lolas Stirn unter den Ponyfransen. «Also bist du in guten Händen», sagte sie, und er hörte die Erleichterung in ihrer Stimme. Einerseits wahrscheinlich, weil sie sich wirklich um ihn sorgte, andererseits, weil es sicher ihr Gewissen entlastete, wenn sie daran glauben konnte, dass ihr Vater gesund und munter war und sie in keiner Weise verantwortlich für ihn war. Er gönnte ihr diese Unbeschwertheit von Herzen. Nichts wäre ihm mehr zuwider als das Gefühl, sie bliebe seinetwegen hier in Paris und verzichtete auf etwas, weil er krank war. Es war nicht die Aufgabe von Kindern, sich um ihre alten Eltern zu kümmern, fand er – es gab keine Schuld bei ihm abzutragen. Er hatte Lola alle Liebe gegeben, zu der er fähig gewesen war, doch nicht, damit er heute, da sich die Rollen langsam umzukehren schienen, etwas von ihr einfordern wollte. Sie war frei!

«Was meinst du also mit Rendezvous?», nahm er den Faden von vorhin wieder auf. «Du glaubst, Rose habe eine Verabredung gehabt?»

«Es würde doch passen.» Lola nickte eifrig. «All das gute Essen, der Wein in ihrem Kühlschrank ...» Sie unterbrach sich, und er schmunzelte.

«Du warst also oben in ihrer Wohnung? Und, hatte deine Spürnase Erfolg? Hast du etwas gefunden?»

«Nicht direkt», sagte sie, und Émile hatte plötzlich das Gefühl, dass sie ihm auswich. «Ich dachte nur, es könnte doch sein, dass *Mamie* jemanden in ihrem Leben hat, von dem wir nichts wissen.»

Langsam schüttelte er den Kopf. «Das kann ich mir irgendwie nicht vorstellen», sagte er. «Wer sollte das sein? Sie war in all den Jahren immer allein. Und sie schien es gern zu sein.»

«Wer ist schon gern allein ... immer?», fragte Lola ungewohnt heftig, und sie merkte wohl, dass sie zu aufbrausend reagiert und sich dadurch verraten hatte. Sie schüttelte verlegen lachend den Kopf, als wollte sie ihre Worte entkräften. «Ich meine ja nur, sicher hatte auch *Mamie* Momente, in denen sie unter ihrer Einsamkeit litt – oder unter ihrem Alleinsein.»

Émile schwieg einen Moment.

«Sie hat nie gesagt, wer Margots Vater war», sagte er dann nachdenklich. «Und ich hatte auch nie das Gefühl, dass man diese Frage stellen dürfte. Selbst Margot wusste es nicht. Wir sprachen selten von ihrer Kindheit, aber ich hatte immer den Eindruck, dass es da ein Geheimnis gab, an das man nicht rühren durfte. Rose ist stur wie ein Maultier, das weißt du ja, und offenbar war sie in diesem Punkt immer sehr verschwiegen, selbst ihrer Tochter gegenüber.»

«Eine seltsame Vorstellung», sagte Lola, «nicht zu wissen, woher man eigentlich kommt. Wohin man gehört.»

Émile sah sie vorsichtig an.

«Weißt du es denn? Wo du hingehörst?», fragte er und hätte die Worte, die nun zwischen ihnen in der Luft hingen wie aufgeklappte Dolche, am liebsten sofort wieder zurückgenommen.

Lola blickte zu Boden, ihr Mund hatte diesen gleichzeitig eigensinnigen und verletzlichen Zug angenommen, den er so gut an ihr kannte. Sie war ein Dickkopf, seine Lola, mindestens ein solcher Sturkopf wie ihre Großmutter Rose. Doch das würde er ihr nicht sagen.

Langsam hob sie die Schultern und ließ sie wieder fallen.

«Im Moment weiß ich es nicht so ganz», erklärte sie schließlich betont leichthin, «aber das ist sicher nur eine Phase. Du kennst ja mich und meine Phasen, hast sie oft genug beklagt und verflucht, aber auch immer gesagt, das ginge vorbei. Weißt du noch?»

«Das hilflose Gestammel von Vätern!», erwiderte er achselzuckend. Und mit einem kleinen gemeinsamen Lachen entließen sie die Schwere aus der Luft zwischen ihnen.

«*Alors* ... ich muss los.» Lola gab ihm einen kleinen gutmütigen Klaps auf die Schulter, dem sie zwei Wangenküsschen folgen ließ. «Morgen Abend komme ich bei dir und Ninette vorbei, ja? Vielleicht habe ich bis dahin schon mehr über diese mysteriösen Einkäufe von *Mamie* herausgefunden. Ich will mich weiter in der Nachbarschaft umhören.» Sie zögerte. «Es ist dir doch recht, dass ich nicht bei euch übernachte? Ich will euch nicht belagern, weißt du? Morgen komme ich und hole meine Tasche ab, versprochen.»

«Das ist sehr rücksichtsvoll von dir», sagte Émile und verschwieg, wie traurig Ninette gewesen war, als sie heute Morgen die Gästematratze mit den Worten weggeräumt hatte, dass sie sie wohl nicht mehr brauchten – offenbar habe Lola einen anderen Schlafplatz gefunden. Doch auch das, fand er, sollte Lola sich nicht auf die Seele binden müssen. Schließlich konnte sie tun und lassen, was sie wollte. Eltern – und Zieheltern – hatten nun einmal kein Recht auf ihre Kinder.

«Du brauchst deine Tasche nicht abzuholen», sagte er und zog sie unter dem Tresen hervor. «Ich hatte nach unserem Telefonat heute früh so ein Gefühl, dass du sie vielleicht brauchen würdest.»

«Du bist der Beste!», rief sie aus vollem Herzen. «Und du hast hoffentlich bald Feierabend?», fragte sie dann betont fürsorglich. Verschmitzt sah sie sich um. «Hier ist ja eh nix los.»

«Das stimmt.»

Lola kletterte diesmal nicht über den Tresen, sondern

ging gesittet darum herum, winkte Émile noch einmal zu und verschwand durch die Tür des Hotels nach draußen.

Trübselig betrachtete er die leere Halle, die im schummrigen Licht dalag. Wie recht sie hatte! Die altmodische Einrichtung schien ihm auf einmal beinahe albern. Ja, die aufregenderen Tage des kleinen Hotels waren unwiederbringlich vorbei. Trotzdem liebte er diesen Ort heiß und innig.

So war es mit der Liebe – sie war unverbesserlich, nostalgisch, zwiespältig und niemals vorhersehbar. Aber sie war alles, was einen von der Dunkelheit trennte.

abi», keuchte Magali, als sie ein mit schmutzigem Geschirr beladenes Tablett hereinschleppte, «draußen wird dein Typ verlangt.»

«Ja?», fragte Fabien zweifelnd. «Etwa wieder dieser Miesepeter, der sich jeden Freitagabend über die *Sauce béarnaise* beschwert?»

«Der hat heute das *Croque Madame* bestellt und schien endlich einmal zufrieden», sagte Magali, die Fabien das schwere Tablett in die Arme drückte und sich mit dem Ärmel ihrer bestickten Tunika ein paar Schweißperlen von der Oberlippe wischte. Dann schob sie sich die goldene Brille, die ins Rutschen geraten war, wieder ein Stück weit die Nase hinauf.

Fabien betrachtete sie besorgt. «Wir müssen uns unterhalten, Magali», sagte er. «So geht es nicht mehr weiter, hast du gehört?»

Sie stöhnte und verdrehte die Augen, blies die Wangen auf und entließ die Luft langsam wieder. Doch plötzlich, als sei die letzte Energie von ihr abgefallen, plumpste sie auf einen leeren Stuhl und hob erschöpft die Schultern.

«Ich glaube, du hast recht», sagte sie und massierte sich mit verzerrter Miene den Rücken. «Wir reden nach Feierabend, ja? Aber jetzt geh erst mal raus, schöne Frauen sollte man nicht warten lassen.»

Fabiens Herz machte einen Satz. Er starrte durch die offen stehenden Glastüren des Wintergartens nach draußen auf die Terrasse – und traute seinen Augen nicht.

Dort saß Lola. An einem seiner Tische. Allein.

Kurz wurde ihm flau, dann fing er sich schnell wieder. Magali schien trotzdem etwas gemerkt zu haben, denn mit ihren Augen, die jetzt zu schmalen Schlitzen zusammengezogen waren, musterte sie ihn halb interessiert, halb spöttisch.

«Oh, *putain!*», sagte sie so laut, dass sich zwei ältere Herren, die an einem der Tische drinnen Backgammon spielten, empört umdrehten. «Was ist denn mit dir los?»

«*Rien.* Nichts», wehrte Fabien ab und schüttelte heftig den Kopf. «Augenblick, bin gleich wieder da.»

Er strich seine Schürze glatt, fuhr sich mit den Händen durch die Haare und war dankbar dafür, dass er das schwarze Hemd trug, dem man nicht ansah, wie er plötzlich schwitzte. Dann trat er auf die Terrasse.

Es war ein warmer Abend, die Luft roch betörend süß nach Jasmin, doch darunter schummelte sich schon die Ahnung des erdigen, dunkleren Geruchs nach herabfallendem Laub.

Mit wenigen Schritten war er an Lolas Tisch.

«*Bonsoir*», sagte er. «Aller guten Dinge sind drei, *n'est-ce pas?*»

«Ich hoffe, es stört dich nicht», sagte sie.

Sein Blick glitt bewundernd über den kurzen Jeansrock, doch bevor sie sich etwas darauf einbilden durfte, riss er seine Augen los und sah ihr ins Gesicht.

«Wieso sollte es mich stören, wenn du dein Geld in meinen Laden trägst?», sagte er betont unbeteiligt. «Was kann ich dir bringen?»

«Das *Filet Dorade*», sagte sie sofort, «und Pommes frites. Und bringst du mir noch etwas Mayonnaise? Und dazu Brot, wenn es geht.» Sie bemerkte seinen Blick und grinste. «Ich bin am Verhungern.»

«Umso besser», sagte er schnell, «dann nimmst du bestimmt auch noch ein Dessert?» In derselben Sekunde fiel ihm ein, dass die *Crème au citron*, die für heute vorgesehen war, zu lange im Warmen gestanden hatte, weil er bei der Zubereitung im Morgengrauen in einem Tagtraum versunken war.

«Unbedingt!», sagte Lola.

Entschuldigend zuckte er mit den Schultern. «Das klingt jetzt bestimmt merkwürdig, aber vielleicht verzichtest du doch lieber darauf? Heute gibt es nämlich nur Reste. Ähm ... Früchtekuchen.»

«Was ist daran falsch?»

Fabien wand sich hin und her. «Magali hat ihn gemacht.»

Ein Stammgast am Nebentisch räusperte sich und beugte sich ein Stück zu ihnen. «Wenn die Dame des Hauses den Kuchen gebacken hat, lassen Sie es bleiben, *Mademoiselle*», sagte er verschwörerisch zu Lola. «Vertrauen Sie mir. Sie werden es sonst wahrscheinlich bereuen.»

Fabien verbiss sich ein Lachen. Magali als *Dame des Hauses* zu bezeichnen, war gewagt. Ihre linken Hände beim Kuchenbacken waren allerdings wirklich sprichwörtlich an der Place de la Contrescarpe. Dafür war sie, wenn sie nicht gerade im neunten Monat schwanger war, eine sehr gute Kellnerin, und man durfte wohl nicht verlangen, dass sie alles Können dieser Welt in Personalunion vereinte. Leider ergänzten sie und Fabien sich in diesem Punkt nur nicht besonders gut, denn auch ihm, der seine eigenen Kochkünste zwar für ziemlich gut hielt und viele Komplimente dafür bekam, fehlte bei der Zubereitung von Süßspeisen jede Begeisterung.

Lola sah erstaunt aus, kommentierte die Worte des anderen Gasts jedoch nicht weiter. «Dann also nur Abendessen», sagte sie mit einem bedauernden Lächeln. «Und ein kleines Glas Hauswein.»

«Pinot grigio», sagte er. «Kommt sofort.»

«Warte», rief sie ihm hinterher, und er erstarrte in der Bewegung. «Ist es dir wirklich recht, dass ich hier bin? Gestern schienst du irgendwie ...» Sie sprach ihren Gedanken nicht zu Ende aus, und Fabien konnte ihren Gesichtsausdruck nicht recht deuten.

«Ach, das!» Er schlug sich an die Stirn und versuchte es mit einem jovialen Lachen, das eine Spur zu verlegen geriet. «Weißt du, ich bin unschlagbar in der Küche, aber ein echter Tollpatsch hier draußen.» Er hoffte, dass der Gast am Nebentisch, der sich wieder in sein Rotweinglas vertieft hatte, nicht mehr zuhörte. «Meine Kellnerin ist schwanger, und ich versuche, so viel wie möglich selbst abzuräumen, um sie zu schonen. Und in der Hektik gestern habe ich wohl einen losen Pflasterstein übersehen und bin gestolpert und ...» Er unterbrach sich und dachte, dass das alles *too much information* war. Wie schaffte Lola es nur, dass er in ihrer Gegenwart anfing, zu reden wie ein Wasserfall? Dabei hatte er gleichzeitig das Gefühl, dass sein Hirn komplett leer war, dass nur sinnlose Worte aus seinem Mund strömten und es nur eine Frage der Zeit wäre, bis sie es bemerkte.

«Deine Kellnerin ... Magali?»

Es erstaunte Fabien, dass sie ihren Namen kannte. Und als hätte Lola seine Gedanken erraten, deutete sie hinüber zum Feinkostladen von Nadim Slimani, dessen Markise längst eingefahren war. Vor den Fenstern standen die Eisengitter für die Nacht.

«Monsieur Slimani hat mir gesagt, dass sie wohl nicht

mehr lange arbeiten könne.» Lola schien zu zögern. «Und dass du eventuell jemanden als Vertretung suchst.»

«Bist du interessiert?»

Fabien war selbst schockiert davon, wie schnell diese Frage aus ihm herausgeplatzt war. Und hatte nur er die Zweideutigkeit darin wahrgenommen? Vielleicht nicht, denn das Rotweinglas am Nachbartisch wurde etwas zu hastig abgestellt, doch Fabien zwang sich, Lolas Blick mit so unschuldiger Miene standzuhalten, als sei es die selbstverständlichste Frage der Welt gewesen. Halt suchend steckte er die Hände in die Taschen seiner Schürze und ließ seinen Blick über die anderen Tische gleiten, als hielte er nach Gästen Ausschau, die noch einen Wunsch hatten. Aber alle wirkten zufrieden.

Das Gemurmel der leisen Gespräche zog über den Platz durch die beginnende Dämmerung, immer mehr Lichter gingen in den Fenstern der Häuser ringsum an. Aus einer Nebenstraße strömte der scharfe Geruch von gebratenem Fleisch aus einem der arabischen Grills, in denen Fabien sich nach Feierabend gern eine Falafel oder ein Shawarma kaufte.

«Ob ich interessiert bin? Ich ... weiß nicht», sagte Lola zögerlich, «ich weiß ja nicht einmal, wie lange ich noch in der Stadt bin.»

Zum ersten Mal sah er ihr fest in die Augen. Sie wirkten im sanften Licht der Außenbeleuchtung des Café des Artisans dunkler, als er sie in Erinnerung hatte. Wie das Meer in der Bretagne an einem Herbsttag, dachte er und schüttelte sich heimlich wegen der kitschigen Anwandlung. Das Merkwürdige aber war – im Zusammenhang mit Lola Mercier wurde aus Kitsch echtes Gefühl. Wie machte sie das bloß?

«*Alors*, kannst ja mal drüber nachdenken», sagte er und war sich seiner angestrengten Gleichgültigkeit so bewusst, dass es beinahe wehtat.

Sie runzelte denn auch eine Winzigkeit die dichten Brauen und wunderte sich bestimmt über seinen leichtfertigen Ton, der wahrscheinlich in deutlichem Kontrast zu seinem waidwunden Gesichtsausdruck stand. Und auf einmal schien es Fabien, als musterte sie ihn zum ersten Mal, seit sie sich wiedergesehen hatten, genauer. Bei diesem Gedanken geriet er vollends ins Schwitzen.

«Dein ... Fisch kommt sofort», sagte er hastig und drehte sich um.

Es war eine gewaltige Kraftanstrengung, sich vor ihr ins Restaurant zu flüchten, ehe er noch eine weitere törichte Bemerkung machen oder ihr, schlimmer noch, um den Hals fallen und sie küssen konnte. Letzteres stand ihm den ganzen Weg über bis in die Küche so plastisch vor Augen, dass er einen Moment glaubte, es sei wirklich geschehen – Lola in seinen Armen, ihre Haare an seiner Wange, ihre Lippen ganz nah ...

«*Putain!*», schimpfte er genauso laut wie kurz zuvor Magali, die jetzt am Herd stand und mit einem Pfannenwender ein Spiegelei auf eine mit reichlich *Gruyère* überbackene Scheibe Brioche hievte. Sie sah überrascht auf. Über ihr liebliches Gesicht ging ein breites, dreckiges Grinsen.

«So ist das also», sagte sie und watschelte mit dem beladenen Teller an ihm vorbei. «Monsieur Roudeaut, du bist scharf auf die Schönheit dort draußen. *Dieu merci!*» Damit schob sie ihren vorstehenden Bauch durch die Westerntür nach vorne, wo sie sich noch einmal umdrehte. «Und ich fürchtete schon langsam, du seist kein Mensch aus Fleisch und Blut, sondern ein Mönch.»

Fabien starrte ihr eine Sekunde sprachlos nach, ehe er mit der Faust auf die Anrichteplatte hieb – woraufhin drei rohe Eier herabrollten, auf dem Fliesenboden aufschlugen und dort in einer Sinfonie aus Schalensplittern, glibberigem Eiweiß und grellgelbem Dotter zerplatzten.

as bin ich doch für ein Glückspilz», sagte Marcel und zog Lola noch ein bisschen enger an sich heran, während sie Arm in Arm durch die beginnende Dunkelheit am grünen Eisengitter des Jardin du Luxembourg entlangschlenderten. Er roch wieder so gut wie neulich Abend, und er hatte sich den Dreitagebart abrasiert, was sein schön geschnittenes Gesicht betonte. Die Haare trug er sehr kurz, was Lola an Männern eigentlich nicht allzu sehr mochte, doch sein Lächeln im Laternenschein war dafür umso charmanter. Sie spürte die Wärme durch den dünnen Stoff seines Hemds an ihrem Arm.

«Ich bin froh, dass du geschrieben hast», sagte er. «Das hätte ich gar nicht zu hoffen gewagt.»

«Es wird sich wohl auch noch zeigen, wer hier der Glückspilz ist», sagte sie rasch. «Vielleicht bist du gleich froh, mich schnell wieder loszuwerden.»

Marcel schmunzelte und boxte sie spielerisch in die Seite, was jedoch nur ein geschicktes Manöver war, das merkte Lola sofort. Denn nun konnte er seinen Arm aus ihrem ziehen und ihn stattdessen eng um ihre Taille schlingen. Wie schon bei ihrem ersten Treffen ahnte sie, dass er sehr selbstbewusst war, und dazu einer von der schnellen Sorte. Er würde sich nicht leicht den Wind aus den Segeln nehmen lassen.

Wie aufs Stichwort sah Lola jetzt durch die Gitterstäbe des nächtlichen Parks das Wasserbassin des Brunnens, an dem tagsüber Kinder hockten und hölzerne Segelschiffchen mit Stecken über das Wasser schubsten. Sie erinnerte sich, dass sie als Mädchen einmal hineingefallen war, weil sie zu eifrig mit dem Stab hantiert hatte und unbedingt mit ihrem Schiff das Boot mit der Seeräuberflagge hatte rammen wollen. Alle Kinder hatten das versucht, aber Lola hatte die anderen unbedingt ausstechen wollen. In ihrem Eifer war sie ausgerutscht – und hatte sich im hüfthohen Wasser wiedergefunden. Es war schrecklich kalt gewesen, der Boden glitschig, und sie hatte geschrien, weil sie Angst vor den Barschen hatte, die dort im Brunnen mit geöffneten Mäulern ihre Bahnen zogen. Émile hatte sie rasch hinausgezogen und wahrscheinlich nicht gewusst, ob er lachen oder weinen sollte.

«Möchtest du etwas trinken?», fragte Marcel und holte sie aus ihrer Erinnerung. «Ich kenne eine Bar hier um die Ecke, die ganz nett ist.» Er senkte die Stimme. «Und schön verschwiegen.»

«Wäre es in Ordnung, wenn wir einfach ein bisschen spazieren gehen?», fragte Lola, die wenig Lust darauf hatte, sich mit Marcel in eine enge, zu laute Kneipe zu stellen, um sich dort über die Musik hinweg anzuschreien. «Ich habe eben bei mir im Viertel viel zu viel gegessen und brauche etwas Bewegung und frische Luft.»

«*Bien sûr!*» Er zwinkerte ihr zu. «Und zufällig habe ich genau, was du jetzt brauchst», fügte er noch hinzu, griff nach seiner Umhängetasche und holte eine kleine Flasche Cognac hervor.

Lola musste lachen. «Du bist für alle Eventualitäten gewappnet, scheint mir.» Sie nahm ihm den Cognac aus der Hand, zog den Stöpsel aus dem Flaschenhals und schnupperte.

«Aus der Champagne», sagte Marcel.

«*Santé!*» Lola prostete ihm zu und trank. Anschließend

schüttelte sie sich ein bisschen, doch der herbe Geschmack gefiel ihr und vertrieb auch gleich ein wenig von ihrem Völlegefühl, denn obwohl sie am Ende tatsächlich keinen Nachtisch bekommen hatte, war das Essen im Café des Artisans reichlich und gut gewesen. Fabien hatte nach der Dorade noch eine ansehnliche Käseplatte gebracht, und Lola hatte ordentlich zugeschlagen.

Fabien, dachte sie – er schien sich seit ihrer Schulzeit kaum verändert zu haben. Und doch wirkte er heute auf sie irgendwie erwachsen, mit mehr Tiefgang. Gereift. Damals war er ein schüchterner, unauffälliger Typ gewesen. Einmal hatten sie sich geküsst. Sie wusste es noch ziemlich genau, dabei war es eine Ewigkeit her. Aber sie hatte ihn schon damals gemocht, etwas Warmes und gleichzeitig Sehnsüchtiges war von ihm ausgegangen, das sie auch heute wieder in seiner Gegenwart spürte. Doch es hatte sich nichts daraus ergeben, war nur ein spontaner Moment gewesen, weil sie während eines Schulausflugs ein paar Minuten zu zweit an einem Brunnen gesessen hatten. Damals hatte der Kuss allerdings durchaus eine große Rolle für sie gespielt, denn sie war an diesem Tag sehr traurig gewesen – in seiner Gegenwart dann hatte sie sich plötzlich viel besser gefühlt.

Seltsam, dass sie seitdem trotzdem nicht sehr oft daran gedacht hatte, es ihr aber ausgerechnet jetzt wieder einfiel. Nun, danach hatte sie viele andere geküsst, und ihr Gedächtnis war in dieser Hinsicht ohnehin nie das beste gewesen. Vielleicht war das aber auch einer der Gründe für ihr Alleinsein, dass sie bis heute einfach niemanden getroffen hatte, an den die Erinnerung sich wirklich lohnte? Oder war das alles eine Selbsttäuschung, und sie hatte aus einem anderen Grund nicht an Fabien denken wollen?

Etwa, weil sie ihn trotz allem schon damals mehr als nur gerngehabt hatte?

Bei diesem Gedanken nahm sie schnell noch einen Schluck und spürte der goldenen Hitze nach, die durch ihre Kehle hinab in ihren Bauch rann. Dann gab sie die Flasche an Marcel zurück, der sie aus halb geschlossenen Augen beobachtet hatte. Auch er trank, ehe er den Cognac wieder verschloss und in seiner Tasche verschwinden ließ.

Verstohlen musterte Lola ihn. Könnte er jemand sein, der ihr wichtig wäre? Jemand, dem sie in ihrem Gedächtnis einen festen Platz einräumen wollte? Sie vermochte es sich nicht so recht vorzustellen. Einen Seelenverwandten traf man nicht unbedingt nachts in einer Bar in Paris. Und man trank auch keinen Cognac direkt aus der Flasche mit ihm beim ersten Date, um zu übertünchen, dass man sich eigentlich nichts zu sagen hatte und auf diese Weise in Stimmung kommen wollte.

Doch allzu schnell wollte sie nicht aufgeben. Sie ging ein paar Schritte neben ihm her und schüttelte unauffällig seine Hand von ihrer Hüfte.

«Erzähl mal etwas von dir», sagte sie, und obwohl sie selbst hörte, dass es ein wenig lahm klang, wollte sie doch wissen, mit wem sie es hier zu tun hatte. «Was fotografierst du denn so?»

«Lass uns doch jetzt nicht über Arbeit reden», maulte Marcel jedoch sofort und griff schon wieder nach ihr. Offenbar dachte er, dass er auf diese Weise mehr Nähe herstellen konnte als durch Small Talk. «Es ist so eine herrliche Nacht. Ich liebe diese Sommernächte in Paris, du nicht?»

Lola sah sich um. Die Laternen beschienen die weißen, hohen Häuser ringsum, und das Mondlicht lag silbern auf dem Palais im Park. Die Blumen, die in üppigen Beeten entlang des Wegs blühten und dufteten – Fleißige Lieschen, Hortensien, Männertreu –, schienen Lola zuzunicken. Die milde Nachtluft lag wie ein zartes Streicheln auf der bloßen Haut ihrer Arme.

«Es ist wunderschön», bestätigte sie.

«Wie du», sagte Marcel, und Lola wollte sich gern geschmeichelt fühlen, aber es klang allzu sehr nach eingeübter Phrase. So, als habe Marcel sein erwachsenes Leben damit verbracht, vor allem für solche Momente wie diesen hier die richtigen Worte zu proben. Als wären sie eine Garantie dafür, eine Frau rasch von seiner Unwiderstehlichkeit zu überzeugen.

Doch das hatte sie ja alles schon neulich geahnt. Und als sie ihm heute Abend nach kurzem Zögern eine Nachricht geschrieben hatte – halb aus Langeweile, halb aus Neugier –, war eigentlich auch klar gewesen, was folgen würde.

Wie zur Bestätigung ihrer Gedanken griff er jetzt entschlossen nach ihrer Hand und zog sie eng an sich. Er schien wirklich keine Zeit verlieren zu wollen, und es war ihr nicht einmal unangenehm. Denn nun konnte sie ihre halbherzigen Versuche, etwas Interessantes an ihm zu finden, aufgeben und dieses Treffen als die unverbindliche Begegnung nehmen, die es war. Wieder einmal.

Als er sich nun ein wenig an sie herandrängte, spürte Lola im Rücken das Gitter des Parks und unter ihren Händen die Wärme von Marcels Körper. Bereitwillig hob sie ihr Gesicht zu ihm auf und küsste ihn. Sein Duft gefiel ihr, sein Geschmack auch, und seine wandernden Hände fühlten sich angenehm an – doch ein Feuersturm erhob sich nicht in ihr. Stattdessen ertappte sie sich dabei, wie sie aus den Augenwinkeln die Straße beobachtete, den Neon-Schriftzug über einem geschlossenen Geschäft las und sogar ein paar Wortfetzen mithörte, als zwei nächtliche Spaziergänger an ihnen vorbeiliefen. Und dann sah sie plötzlich wieder Fabiens Gesicht vor sich. Die Erinnerung an ihren jugendlichen Kuss vor vielen Jahren tauchte auf einmal so klar und deutlich, mit solcher Macht vor ihr auf, dass sie überrascht zurückzuckte und kaum bemerkte, dass Marcel sie entgeistert anstarrte. Sie schmeckte auf einmal nicht mehr ihn, sondern Erdbeeren auf ihren Lippen. Und nicht nur das, sondern auch Salz – nein, Tränen! Richtig, sie hatte damals, bevor Fabien sich zu ihr an den Brunnen setzte, geweint, und er hatte versucht, sie zu trösten. Die Erinnerung war schön und schmerzlich zugleich, und Lola hing ihr nach wie nach etwas, das sie auf keinen Fall wieder verlieren wollte.

«Hey, Lola?» Marcel stand mit gerunzelter Stirn vor ihr und schnippte mit den Fingern. «Bist du noch da?»

«*Pardon*», sagte Lola und schloss für einen Moment die Augen, um sich auf das Bild aus der Vergangenheit zu konzentrieren. Auf keinen Fall wollte sie, dass es verschwand.

Schließlich hob sie wieder ihren Blick. «Mir ist ein wenig schwindlig», log sie, «das ist bestimmt der Cognac. Lass mir mal eine Minute, ja?»

Sie atmete tief ein und aus, doch es war ihr nicht möglich, Fabiens blaue Augen zu vergessen, mit denen er sie heute auf der Caféterrasse angesehen hatte.

«Hör zu», sagte Marcel und machte einen letzten Versuch, sie in die Arme zu ziehen, «lass uns weitermachen, wo wir aufgehört haben, ja? Dein Schwindel wird schon vergehen – oder besser, ich sorge dafür, dass er noch stärker wird, was meinst du?» Seine Stimme klang jetzt heiser, und diesmal fuhren seine Hände an ihren Rocksaum.

Auf einmal hatte Lola genug. Sie wollte das hier nicht, an das Gitter des wunderschönen Parks gepresst, hastig und mit einem Mann, der keine Rücksicht darauf nahm, wie sie sich fühlte. Er hatte sich nicht einmal die Mühe gemacht, herauszufinden, wer sie überhaupt war. Hatte keinen Versuch unternommen, zumindest den Schein zu wahren und erst einmal mit ihr im Mondschein zu plaudern, bis sich mehr ergab. Sie war nur ein Körper für ihn, aber das wollte sie nicht sein.

«Ich denke, das reicht.» Entschieden schob sie seine Hände fort. «Ich gehe lieber nach Hause. Wenn du mal Lust auf einen Kaffee und ein richtiges Gespräch hast, dann schreib mir ruhig noch mal, ja? Denn ich finde dich sympathisch. Aber ich verstehe auch, wenn das nichts für dich ist.»

«Na hör mal», rief Marcel und hob in gespielter Entrüstung die Hände. «Was unterstellst du mir denn?» Die Enttäuschung stand deutlich in seinem hübschen Gesicht unter dem kurz geschnittenen Haar.

«Gar nichts», sagte Lola so freundlich, wie sie konnte, «ich bin einfach ... müde.»

Nachdem die Worte heraus waren, fragte sie sich sofort, weshalb sie das tat. Weshalb sie diese Ausrede benutzte, die schon Generationen von Frauen vorgeschoben hatten, anstatt zu sagen: *Ich will nicht! Ich habe es mir anders überlegt.*

Es war eben der einfache Weg, und sie ging ihn auch deswegen, weil sie ein schlechtes Gewissen hatte. Schließlich hatte sie Marcel geschrieben, spätabends, und ihn auf einen Spaziergang eingeladen, wohl wissend, was das für ein Code war. Und jetzt kniff sie? Aber nein, entschied sie

dann und drehte sich um, marschierte an den Blumenbee-
ten entlang, fort von Marcel und Richtung Quartier Latin.
Sie hatte ihm nichts versprochen. Sie hatte sich nach ein
wenig Abwechslung gesehnt, hatte die Dinge auf sich zu-
kommen lassen wollen – und dann bemerkt, dass sie es
heute eben doch nicht wollte. Das Recht hatte sie ja wohl!

Marcel rief ihr halbherzig etwas hinterher, was nicht
besonders freundlich klang. Das machte es Lola nur leichter, ihren Schritt zu beschleunigen und ihn endgültig stehen zu lassen. Die nächtliche Straße lag still da, nur noch
wenige Nachtschwärmer waren unterwegs.

Sie ging leichtfüßig – der Cognac! – über die rote Ampel
des Boulevard Saint-Michel, kein Auto war weit und breit
unterwegs. Und da sah sie ihn: Fabien! Oder zumindest
dachte sie einen Moment, ihn erkannt zu haben, wie er
da auf der anderen Straßenseite stand, in seinem weißen,
aufgekrempelten Hemd, das Haar wie vorhin auch schon
eine Spur zerzaust ... Doch dann löste sich die Silhouette
aus dem Schatten eines Hauses, bog um die Ecke und war
nicht mehr zu sehen.

18

Der Espresso dampfte, und das Croissant knusperte beim Hineinbeißen und hinterließ eine Krümelspur auf der ausladenden Brust von Jacobine Simenon, die diese achtlos mit ihrer manikürten Hand hinwegfegte, während sie ihre müden, alten Glieder von der Morgensonne wärmen ließ. Im Aschenbecher wartete eine Gauloises mit tiefrotem Lippenstift am Filter darauf, nicht länger ignoriert zu werden. Jacobine nahm einen tiefen letzten Zug und drückte sie aus. Dann faltete sie umständlich die aktuelle Ausgabe von *Le Figaro*, ihrer bevorzugten Tageszeitung, auseinander, lehnte sich im Stuhl zurück und begann zu lesen.

Das war jedenfalls der Plan.

«*Bonjour, Madame*», sagte unvermittelt eine Stimme neben ihr, und Jacobine blickte unwirsch auf.

Da stand dieses junge Ding, Lola Mercier, die sich seit Tagen hier am Platz herumdrückte und ihr einstiges Fernweh nach der Welt vergessen zu haben schien. Inzwischen hegte Jacobine den Verdacht, dass Lola in die Dachwohnung ihrer Großmutter eingezogen war. Aber ging das denn einfach? Niemand wusste, wo Rose Caron steckte, und die Mieterschaft musste doch Kenntnis darüber haben, wer in ihrem Haus lebte!

Sie sollte mit dem *Concierge* darüber sprechen, dachte Jacobine und musste sogleich ein Schnauben unterdrücken. Denn sie traute diesem Monsieur Cherif nicht über den Weg! Viel zu jung für diesen Posten, viel zu leichtsinnig und mit einem allzu schrillen Modegeschmack, wenn es nach ihr ging. Und dann dieser merkwürdige Duft, der immer aus seiner Loge drang ... Nein, sie war nicht von gestern!

«*Bonjour*», gab sie leicht frostig zurück und beäugte Mademoiselle Mercier über den Rand ihrer Espressotasse hinweg. «Wieder mal so früh auf den Beinen?»

Lola lächelte. Sie trug ein blau-weiß geringeltes Shirt und kurze weiße Hosen, die in Jacobines Augen etwas zu knapp saßen, aber der Stil war doch unverkennbar *parisienne*. Ein wenig erinnerte sie diese junge Frau an die alten Filme der *Nouvelle Vague*, sie hatte etwas Zeitloses an sich. Wie eine Mischung aus der jungen Anna Karina in *Elf Uhr nachts* und Jean Seberg in ihrem Lieblingsfilm *Außer Atem*, dachte Jacobine wehmütig. Alles lange her, alles längst Vergangenheit, verstaubte Filmrollen und verstorbene Schauspielerinnen.

«An diesem herrlichen Morgen wäre es Verschwendung, zu lange zu schlafen, oder?», fragte Lola munter und ließ sich wenig elegant auf einen Stuhl am Nebentisch fallen.

Jacobine zog zur Antwort nur die aufgemalten Augenbrauen hoch bis in die Stirn und vertiefte sich dann erneut in *Le Figaro*.

«Lola?»

Als Fabien Roudeaut heraustrat, ließ Jacobine die Zeitung wieder eine Winzigkeit sinken. Der Besitzer des Café des Artisans stand nun neben dem Tisch von Lola Mercier. Wie schon bei den vorherigen Begegnungen der beiden sah Jacobine, dass der junge Mann nervös war, und sie nickte zufrieden vor sich hin. Selbst wenn sie mit ihrer Annahme neulich, Lola und Fabien hätten die Nacht zusammen verbracht, falschgelegen hatte – dass da etwas in der Luft lag zwischen ihnen, das sah wohl ein Blinder.

Vorsichtig tastete sie nach ihrem Croissant, das dick mit Konfitüre bestrichen war, ohne die beiden jungen Leute aus den Augen zu lassen.

«*Salut*, Fabien», sagte Lola. «Bringst du mir einen Café au Lait, bitte?»

«Ist das alles?»

«Vielleicht noch ein Stück Brioche mit Erdbeerkonfitüre?»

Er nickte nur schwach, drehte sich dann auf dem Absatz um, tauchte unter der gestreiften Markise hinweg und ging zurück ins Café.

Jacobine zog die Stirn in Falten, obwohl sie das sonst tunlichst vermied. War sein Ton nicht ungewöhnlich schroff gewesen, wo der junge Roudeaut doch sonst die Liebenswürdigkeit in Person war?

Sie schnalzte hinter ihrer Zeitung und wackelte mit dem Kopf. Da war doch etwas im Busch, das spürte sie. Sie kannte so viele Liebesgeschichten! Nicht nur eigene hatte sie erlebt, sondern vor allem welche bei anderen beobachtet, sodass sie ein untrügliches Gefühl für den Schmerz der Liebe entwickelt hatte. Jacobine konnte ihren Mitmenschen das mühelos anmerken. Es war ja im Leben genau wie im Theater, all das Leid, die Sehnsucht, die Selbsttäuschung – alles war nur schlecht verborgen hinter weißer Tünche, falschen Tränen, Samtvorhängen. Und dieser liebe Junge hier, Jeanne Roudeauts Sohn – er konnte vor ihr gar nichts verstecken. Sie sah genau, dass er litt, dass er sich nach dieser Lola verzehrte.

Erneut glitt ihr Blick unauffällig hinüber zu Mademoiselle Mercier, wie sie da in der Morgensonne saß, die Beine in den kurzen Hosen übereinandergeschlagen, und mit dem Zuckerspender spielte. Ahnte sie wirklich nichts?

Soeben trat Magali aus dem Café des Artisans, trug eine dampfende Tasse und einen Frühstücksteller auf einem kleinen Tablett zu Lola Mercier und stellte beides auf dem Metalltischchen ab.

«Soll es noch etwas sein?» Die Kellnerin schob ihre Brille zurück die Nase hinauf, schüttelte die dunklen Locken und strich sich mit ihren zarten Händen über den Bauch, als wollte sie Lola den unausgesprochenen Rat geben, lieber keine weiteren Wünsche zu äußern.

«*Non, merci*», kam denn auch die richtige Antwort. Doch als Magali sich schon umdrehte, fragte Lola: «Wann ist es denn so weit?»

«Wenige Wochen», sagte Magali und lächelte versonnen. «Noch bevor der Herbst beginnt, denke ich.»

«Glückwunsch», sagte Lola. «Und was sagt Fabien dazu?»

«Ach, der!» Magali wehrte die Frage mit der Hand ab. «Der würde mich am liebsten auf einem Stuhl festbinden. Oder, noch besser, in einen gläsernen Sarg legen, damit mir nichts geschieht. Überfürsorglich, wenn du mich fragst. Er ist fast noch schlimmer als Franc, der Fabien angestachelt hat, mir auf die Nerven zu gehen.»

«Franc?», fragte Lola.

Jacobine sah, wie es hinter ihrer Stirn arbeitete.

«Mein Freund», sagte Magali und blies sich eine dunkle Locke aus dem Gesicht. «Er behandelt mich wie ein rohes Ei, seit wir schwanger sind.»

Jacobine beobachtete weiter Lolas Gesicht, das ihr plötzlich erleichtert erschien. Hatte die junge Frau etwa bis jetzt wirklich geglaubt, Fabien und Magali seien ein Paar und erwarteten ihr erstes gemeinsames Kind? Nun, ihre fröhliche Miene sprach jetzt Bände.

Jacobine nestelte nach ihrem Zigarettenetui und zündete sich eine neue Gauloises an. Von *Saint-Étienne* klangen die Glocken herüber, es war neun Uhr morgens. Der Himmel spannte sich hellblau und wolkenlos über den Häusern des Quartier Latin. Und Jacobine hatte ihre Antennen weit ausgefahren, um nur ja nichts von diesem kleinen nachbarschaftlichen Drama zu verpassen.

«Aber haben sie denn nicht recht?», fragte Lola. «Solltest du denn noch arbeiten?»

«Ein paar Tage geht es schon noch», sagte Magali und wischte sich über die glänzende Nase. «Dann sehen wir weiter.»

«Was sehen wir dann?», fragt Fabien, der nun ebenfalls aus dem Café getreten war, um einem Gast am Nebentisch ein dampfendes *Croque Monsieur* zu bringen, und den letzten Satz gehört haben musste. Er kam herüber und legte Magali den Arm um die Schultern.

«Was wir anstellen, wenn das Kind kommt», sagte Magali. «Und jetzt entschuldigt mich», platzte sie dann heraus. «Ich muss mal verschwinden ... Das geht den ganzen Tag so, alle halbe Stunde.» Mit einem entzückenden Augenrollen schlurfte sie von der Terrasse und verschwand im Café.

Lola rührte in ihrem Milchkaffee. Und Jacobine sah, dass sie an ihren Lippen nagte und die feinen Brauen über der Nasenwurzel zusammengezogen hatte.

«Hör mal, Fabien», sagte Lola dann, «vielleicht bin ich doch interessiert. Also, an dem Job hier», fügte sie hastig hinzu, und ihre Augenlider flatterten einen Moment, bis sie den Faden wiederfand.

«Wirklich?», sagte er.

Jacobine sah, dass er überrascht war. *Voilà*, dachte sie,

nun wollte Lola Mercier also hier an der Place de la Contrescarpe Kellnerin sein? Sie nistete sich ja immer mehr ein, hatte schon die Wohnung ihrer Großmutter quasi übernommen und fragte jetzt den jungen Roudeaut nach einer Arbeit ... Was kam als Nächstes?

«Wolltest du nicht bald wieder abfahren?» Fabien schien Lolas Ansinnen ebenso skeptisch zu betrachten wie sie, dachte Jacobine.

«Eigentlich schon ... aber meine Großmutter ist noch nicht wieder aufgetaucht, und ich habe das Gefühl, dass ich eine Spur entdeckt habe. Ich will dem weiter nachgehen und sehen, was ich herausfinden kann. Außerdem ...» Lola stockte und sah zu ihm hoch. «Weißt du», ihr Lächeln wirkte beinahe entschuldigend, «ich war so lange nicht hier in Paris. Ich dachte, es wäre besser für mich, mich fernzuhalten, aber jetzt ... tja, Paris tut mir irgendwie gut.»

«Schön für dich», sagte Fabien, und Jacobine zuckte beinahe zusammen bei der Kälte in seiner Stimme. Was war mit dem Jungen los? Mit Honig fing man Fliegen, nicht mit Eiswürfeln, wusste er das etwa nicht?

Auch Lola wirkte erstaunt, doch sie redete weiter, als sei nichts gewesen. «Ja ... jedenfalls denke ich, dass ich noch etwas hierbleiben werde. Und wenn du wirklich Hilfe im Café brauchst, würde ich das gern machen.»

Fabien seufzte. «*D'accord*», sagte er schließlich und klang schon deutlich freundlicher. «Dann komm doch heute Abend vorbei, wenn wir schließen, und wir besprechen alles. Ich meine ... falls du Zeit hast.» Seine Ohren glühten jetzt regelrecht – was in einem seltsamen Kontrast stand zu der betonten Kühle, dem Widerstrebenden in seiner Stimme.

Feuer und Eis, dachte Jacobine und schmunzelte in ihre Espressotasse hinein, die längst ausgetrunken war. Doch sie hütete sich, die beiden jungen Leute zu unterbrechen, indem sie auf sich aufmerksam machte.

«Klar habe ich Zeit», sagte Lola. Sie schien noch etwas hinzufügen zu wollen, aber dann schloss sie den Mund wieder. «Gegen neun?»

«Passt», sagte Fabien.

«Eins noch», sagte Lola, «gestern Nacht ... Ich dachte, ich hätte dich gesehen. Auf dem Boulevard Saint-Michel?»

Sofort schüttelte er den Kopf. «Da war ich gestern nicht», sagte er eine Spur zu hastig. «Ich habe den Laden zugemacht und bin ins Bett gefallen.»

«Ach so», sagte Lola und wirkte auf Jacobine halb erleichtert, halb misstrauisch. «Dann vergiss es. Wir sprechen heute Abend.» Sie griff nach dem Schälchen mit der Konfitüre und kippte es mit einer einzigen schwungvollen Bewegung auf eine Brioche-Hälfte.

Fabien nickte und trat an Jacobines Tisch.

«Alles in Ordnung, *Madame?*», fragte er höflich. «Noch einen Espresso für Sie?» Er räumte das leere Geschirr ab, doch sein Blick schweifte ab, hinüber zu Lola, die mit ihren strahlend weißen, ganz leicht schief stehenden Zähnen in das Marmeladenbrot biss.

«*Non, merci*, mein Lieber», sagte Jacobine lächelnd, aber Fabien hatte sich schon abgewandt.

Beinahe mitleidig folgte ihr Blick seiner hemdsärmeligen Gestalt zwischen den Tischchen hindurch, und sie musste sich bremsen, um sich nicht sofort zu Lola Mercier hinüberzulehnen und ihr zu sagen, dass Fabien Roudeaut gestern Nacht, wie sie sehr wohl wusste, nicht direkt vom Café in seine Wohnung gegangen war. Sie hatte nämlich wieder einmal nicht schlafen können und es sich an ihrem Fensteraussichtsplatz, mit einem bestickten Kissen unter den Ellenbogen, bequem gemacht und den nächtlichen Platz beobachtet. Während das Quartier ringsum langsam in Schlummer sank, hatte Fabien das Café abgesperrt und dann minutenlang, in seinen Gedanken verloren, wie ihr schien, am stillen Brunnen unschlüssig herumgestanden. Schließlich war er in die andere Himmelsrichtung fort-gegangen – Richtung Saint-Germain, wo der Boulevard Saint-Michel lag. Und wo Lola Mercier ihn ohne Zweifel kurz darauf gesehen hatte.

Lügen, dachte Jacobine und zündete sich eine dritte Zigarette an, schlecht versteckt hinter Theaterschminke – ja, das war eben ihr Metier! Das und die süßen Qualen der Liebe, die die Menschen marterte und niemals, niemals in Frieden ließ.

19

Fabien trat kräftig in die Pedale des *Vélib*, eins der Leihfahrräder, die überall in der Stadt an blinkenden Stationen darauf warteten, von den Laufmüden aus ihren eisernen Klammern befreit zu werden. Seit Jahren besaß er kein eigenes Rad mehr – drei Stück waren ihm schon geklaut worden –, doch dank der Ausleihmöglichkeit konnte jeder in Paris radeln, wann und wohin er wollte.

Der Canal Saint-Martin, an dem Fabien jetzt entlangfuhr, schimmerte grünlich wie das Glas einer Flasche, und an dieser Stelle war er am Rand dicht bewachsen von Haselnusssträuchern und Birken, deren Blättchen in der Sommersonne flimmerten. Immer weiter nach Norden zog es ihn, halsbrecherisch ging es wie immer über die viel befahrene Place de la Bastille mit der hoch aufragenden Säule in der Mitte und dem modernen Operngebäude aus Beton an einer Seite, dann weiter den Boulevard Richard-Lenoir entlang. Fabien passierte das Hôpital Saint-Louis und gelangte endlich an das breite Bassin de la Villette mit den vielen kleinen Cafés links und rechts, deren bunte Lichter sich im Wasser spiegelten. Es war heller Nachmittag, und kurz fragte er sich, ob der kleine Jean im Café des Artisans wohl alles im Griff hatte, den er für heute gebeten hatte zu übernehmen. Am Ruhetag bei Chez Patrice war der verlässliche Mitarbeiter von Monsieur Laferrière ausnahmsweise abkömmlich, und er sprang gern ab und zu im Café ein, wenn Fabien ihn darum bat. Und heute brauchte er ihn dringend. Magali nämlich hatte Fabien nach dem Mittagsgeschäft nach Hause geschickt – die Kaffeetrinker des Nachmittags würde Jean auch allein schaffen.

Vor ihm öffnete sich jetzt das weite Grün des Parc de la Villette, er war an seinem Ziel angekommen. Fabien hielt an und stieg vom Rad. Er schob es zu der nächsten Leihstation, klemmte das Vorderrad in eine Halterung und wartete, bis die Anzeige piepste. Dann schlenderte er, die Hände in den Hosentaschen, zu Fuß weiter. Hier war vor Jahren eine moderne, urbane Fläche entstanden, mit Theatern, einer Philharmonie, Spielplätzen und einem Wissenschaftspark. Fabien gefiel die Mischung aus Natur und industriell anmutenden Pavillons, überall waren Hochbeete und kleine Gärten angelegt. Nichts deutete mehr auf das frühere Problemviertel hin. Es war jetzt ein buntes Quartier, in dem Menschen unterschiedlichster Herkunft in einer wilden Mischung lebten, und die Anwesenheit von Kultur zog auch immer mehr Touristen und Innenstadtbewohner an. Hier ganz im Norden der Stadt sammelten sich diejenigen, die sich die Mieten in der Nähe der Seine nicht mehr leisten konnten. Und es wurden immer mehr. Denn selbst Normalverdiener konnten weiter im Zentrum keine neuen Mietverträge mehr unterschreiben, ohne sich zu verschulden.

Auch Jeanne Roudeaut zog es bei ihren Besuchen in Paris hierher. Fabiens Mutter schwor auf den Kaffee in einem der kleinen Gartenpavillons und lud ihren Sohn immer, wenn sie in der Stadt war, hierher ein. Da sah er sie auch schon, wie sie auf einem der eisernen Stühle saß – ihre wilde dunkle Lockenmähne mit den weißen Strähnen, die sich von ihrem hellen Blazer abhob, die schmale Lesebrille tief auf der Nase und um den Hals ein buntes Tuch mit

Goldfransen. Vor ihr auf dem Cafétisch standen bereits zwei leere Tassen.

«Fabi!», rief sie und winkte ihm zu. Der Sommerwind ließ ihren Rock flattern und legte einen Moment ihre gebräunten Beine frei, ehe sie den Stoff über die Knie zurückstrich.

Jeanne war eine Urgewalt, sie eroberte die Welt in Sekundenschnelle und hatte meistens unverschämt gute Laune. Auch wenn sie viele Jahre in Paris gewohnt hatte, so schien es Fabien doch, dass sie dort, wo sie heute lebte, viel eher hingehörte – in die Nähe einer wilden, stark duftenden Küste, gegen die hohe Wellen schlugen. In dieses urwüchsige alte Haus aus Felssteinen inmitten eines alten Gartens, das sie geerbt hatte und in dem sich Fabien immer wie ein Gast vorkam, wohingegen Jeanne sich dort wahrscheinlich wie ein Adler in seinem Horst fühlte.

«*Bonjour, Maman*», sagte er und beugte sich zu ihr, um sie auf die Wange zu küssen. Sie roch nach Salzwasser und Chanel, wie immer. Er setzte sich ihr gegenüber. «Was zieht dich nach Paris?»

«Mein Sohn natürlich», erwiderte sie und winkte dem Kellner. «Und dieser gnadenlos gute Kaffee, den man nur hier bekommt. So etwas gibt es nicht in Le Conquet. Leider!»

«Bei mir im Laden gibt es ihn aber schon. Trotzdem treffen wir uns hier?»

«Ach, sei nicht beleidigt, Fabi! Wenn ich dich im Café des Artisans besuche, kommen wir doch kaum zum Reden, weil du dich um deine Gäste kümmern musst und dauernd Bekannte vorbeilaufen. Lass mir meinen Lieblingsplatz hier.»

Der Kellner kam und wurde von Jeanne instruiert, dass

er zwei weitere Tassen Kaffee bringen dürfe und dazu etwas *Viennoiserie*.

Während Normalsterbliche in Paris froh sein mussten, wenn die Kellner sie nicht anspuckten, erntete Jeanne von dem Mann sogar ein Lächeln. Fabien betrachtete sie ungläubig. Wie machte seine Mutter das nur, über welche Zauberkräfte verfügte sie? Und hätte sie ihm nicht etwas davon vererben können?

«Ich fühle mich geschmeichelt, dass ich von den Dingen, die du vermisst, immerhin an erster Stelle genannt werde», sagte er und lächelte.

«*Mais bien sûr!*» Jeanne wirkte fast empört. «Schließlich habe ich ja nur ein Kind, oder?»

«*Kind …*», murmelte Fabien und verkniff sich ein ärgerliches Schnauben. «Ich bin über dreißig, *Maman*.»

«Weiß ich doch! Aber trotzdem will ich wissen, wie es dir ergeht, und sehen, dass alles in Ordnung ist.» Sie musterte ihn aus ihren honigfarbenen Augen über die schmale Halbbrille hinweg. «Wie läuft es im Café? Ist Magali schon explodiert?»

Er lachte. «Ich rechne jeden Tag damit. Eigentlich müsste sie längst aufhören, für mich zu arbeiten – am besten sofort.»

«Und was machst du dann? Brauchst du nicht jemanden?»

Fabien zögerte. Er hatte mit seiner Mutter niemals über Lola gesprochen, aber er war trotzdem sicher, dass sie, wie fast alle Nachbarn und auch viele ehemalige Schulkameraden, so einiges über seine ewige Liebe zu diesem Mädchen wusste. Über die Jahre hinweg hatte Jeanne immer wieder Andeutungen gemacht, aber nie gewagt, ihn direkt auszufragen.

177

«Vielleicht habe ich schon jemanden gefunden», sagte er in der törichten Hoffnung, dass sie sich damit zufriedengeben werde.

«Wen?», fragte sie jedoch sofort und erstickte damit diese Hoffnung im Keim.

Er setzte eine gleichgültige Miene auf, wand sich aber innerlich hin und her. «Kennst du noch Lola?»

«Lola Mercier?» Jeanne beugte sich vor und schob sich die schmale Brille vor die Augen, als sei ihr Sohn ein Buch, in dem sie Buchstabe für Buchstabe zu lesen gedenke. «Roses Enkelin?»

Er nickte. Zum Glück erschien gerade der Kellner und begann damit, zwei dampfende Tassen, duftende Blätterteigtaschen und *Macarons* auf ihrem Tisch anzurichten.

«Wissen Sie», sagte Jeanne versonnen zu dem Mann, während sie die Herrlichkeiten vor sich betrachtete, «wir hätten auch gern noch zwei *Profiteroles*, mit Puderzucker, ja? *Merci.*»

«*Merci à vous, Madame*», sagte der Kellner, und Fabien hätte schwören können, dass er kurz davor gewesen war, sich zu verneigen, wenn ihm nicht in letzter Sekunde eingefallen wäre, dass dies heutzutage nicht mehr üblich war. Wirklich, erstaunliche magische Kräfte waren hier am Werk.

«*Maman*», sagte er seufzend, «wer soll das alles essen?»

Jeanne aber lächelte nur und führte ihre Tasse zum Mund. Als sie sie wieder absetzte, klebte hellroter Lippenstift am Rand.

«*Mon trésor*», sagte sie mit lächelndem Gesicht, aber ernsten Augen, und Fabien spürte eine bekannte Wärme bei dem alten Kosenamen seiner Kindheit. «Wenn es um Lola Mercier und dich geht, können wir nicht genug Süßigkeiten haben, *n'est-ce pas?*»

Er runzelte die Stirn und bemühte sich, zweifelnd und möglichst unbeteiligt zugleich auszusehen, was ihm, wie er sofort ahnte, nicht gelang. Endlich streckte er die Waffen.

«Weißt du es schon immer?»

«Seit du vierzehn Jahre alt bist, Fabi.»

«Warum hast du nie etwas gesagt?»

Jeanne lachte leise. «Eine Mutter, die ihren halbwüchsigen Sohn nach dessen Liebesleben ausfragt? Keine gute Idee, oder?»

«Aber *jetzt* darfst du mich ausfragen?»

«Jetzt bist du erwachsen. Und ich bin stolz darauf, mit meinem Sohn auf Augenhöhe zusammenzusitzen, Kaffee zu trinken und über die wichtigen Fragen des Lebens zu sprechen.» Sie strich sich eine Strähne aus dem Gesicht.

«Und was sind die wichtigen Fragen des Lebens?»

Spöttisch sah sie ihn an, ihre Augen funkelten.

«Das Wichtigste ist natürlich: *l'amour*. Liebst du Lola? Noch immer?»

«*Maman!*» Fabien wand sich auf seinem Stuhl. «Das ist ein viel zu großes Wort für so einen Nachmittags-Kaffeeklatsch!»

«Man soll nichts kleinreden, *chéri*», sagte Jeanne und nickte dem Kellner huldvoll zu, als er nun vor jedem von ihnen einen Teller mit einem riesigen Windbeutel abstellte, gefüllt mit Sahne und über und über bestäubt mit Puderzucker, der in der Nachmittagssonne glitzerte. «Es war damals eine große Sache für dich, das weiß ich», fuhr sie fort. «Und heute? Da kenne ich mich nicht mehr so gut aus. Aber wenn ich mir dein Gesicht so ansehe, fürchte ich das Schlimmste.»

«Es ist halb so wild», wehrte Fabien ab. «Eine alte Geschichte. Wir sind längst nicht mehr dieselben wie damals, sie führt ihr Leben und ich meines.»

«Aber jetzt ist sie wieder in Paris.» Jeanne biss in ihren Windbeutel, und etwas Puderzucker stäubte in die Luft und legte sich dann wie Neuschnee auf ihr buntes Tuch. «War sie nicht fort? Ich dachte, Rose hätte mir mal erzählt, sie sei eine Weltenbummlerin.»

«Das ist sie auch», sagte Fabien. «Aber jetzt ist Rose verschwunden, und Lola und ihr Vater machen sich Sorgen.»

«Wie bitte?»

«Ach, davon weißt du ja gar nichts! Ja, Rose Caron ist auf und davon, hat keine Nachricht hinterlassen, wie es aussieht, und nicht einmal ihre Familie weiß, wo sie steckt.»

«Die alte Dame hatte schon immer ihren eigenen Kopf», sagte Jeanne nachdenklich. «Und, wenn du mich fragst, auch einen kleinen Sprung in der Schüssel.»

Fabien lächelte. «Das kannst du laut sagen!» Er überlegte. «Aber hast du eine Idee, wo sie sein könnte?»

Jeanne blickte über die grünen Wiesen des Parc de la Villette, sah zwei Hunden zu, die sich, verschmolzen zu einem braun-weißen Fellknäuel, ausgelassen balgten. Dann hob sie die Schultern in ihrer hellen Kostümjacke. «Wer weiß ...», sagte sie rätselhaft, doch als sie Fabiens Blick auffing, schüttelte sie schnell und eine Spur zu energisch den Kopf. «Nein, woher soll ich das denn wissen?»

«Du kennst sie immerhin schon seit Ewigkeiten», sagte Fabien, der plötzlich das Gefühl hatte, dass seine Mutter ihm auswich. «Du und ihre Tochter Margot wart doch befreundet, oder? Bevor sie gestorben ist?»

«Ja, wir waren beste Freundinnen, jedenfalls zu Schulzeiten», sagte Jeanne. «Margot, Liliane und ich, ein richtiges Kleeblatt. Bis ...» Sie unterbrach sich und trank einen großen Schluck Kaffee. «Nicht so wichtig», murmelte sie dann, und auf einmal schienen ihre wilden Haare schlaff herabzuhängen und das Feuer, das in ihrem breiten, gebräunten Gesicht leuchtete, für einen Moment zu erlöschen.

«Bis ... was?», fragte Fabien, doch er ahnte schon, dass er auf Granit beißen würde.

«Lass es gut sein, Fabi», sagte Jeanne. «Diese alten Geschichten zwischen ein paar Schulmädchen sind doch heute nicht mehr interessant. Sag mir lieber, wie es jetzt mit Lola weitergeht. Du willst sie also im Café einstellen? Ist das denn eine gute Idee?»

Fabien hob die Schultern. «Keine Ahnung», sagte er. «Erst dachte ich, sie sei nur für ein paar Tage in Paris, um nach dem Verbleib ihrer Großmutter zu forschen. Doch offenbar kommen sie und ihr Vater da nicht recht weiter. Und jetzt sagte sie mir, dass sie wohl noch bleibe – dass Paris ihr guttue.»

«Paris – oder *jemand* aus Paris?» Jeanne lachte in ihre *Profiterole* hinein, dass der Puderzucker nur so stob. «Vielleicht hast du Eindruck auf sie gemacht, mein Sohn. Immerhin möchte sie für dich arbeiten, wenn ich das richtig verstehe. Und das, nachdem sie zuerst so tat, als seien ihre Tage in Paris schon gezählt.»

«Quatsch!» Fabien winkte ab. «Sie braucht nur Geld. Deshalb will sie bei mir kellnern. Und was ist schon dabei?»

«Ja, was?», fragte Jeanne, und nun war ihr Lächeln beinahe bissig. Sie trank den Kaffee aus und nahm sich mit ihren breiten Fingern ein himbeerrot leuchtendes *Maca-*

ron. Die Augen über dem Rahmen ihrer Brille sahen auf einmal besorgt drein. «Sei lieber auf der Hut, ja?»

Fabien stöhnte genervt. «Keine Panik», sagte er so überzeugend wie möglich. «Lola und ich, das ist aus und vorbei. Es war ja nie wirklich etwas! Aber ich denke, wir können einfach Freunde sein, Freunde, die zusammen arbeiten.»

«Ach, Fabi», sagte Jeanne und hob den Blick zum hellblauen Augusthimmel. Von der Philharmonie, die weiter hinten im Park lag, ertönten jetzt die sehnsüchtigen Klänge einer einsamen Klarinette. «Du warst schon immer gut darin, dich selbst zu beschwindeln. Das hast du wohl leider von deinem Vater geerbt – sosehr ich ihn mag.»

Ehe er protestieren konnte, winkte sie den Kellner erneut an ihren Tisch und zahlte. Dann wickelte sie die restlichen *Macarons* in eine Serviette und stopfte sie in ihre lederne Handtasche, ließ den Verschluss zuschnappen und stand auf.

«Gehen wir noch ein bisschen spazieren», sagte sie, «und du erzählst mir, wie es sonst so an meiner geliebten Place de la Contrescarpe zugeht, *bien*? Lebt denn Madame Simenon noch, oder hat sie sich bereits am Portwein zu Tode getrunken? Ich hoffe nicht! Und die kleine Marie Michel, die jetzt Kunst studiert und immer bei dir im Café herumlungert – hat sie endlich die große Liebe gefunden, nach der sie so verzweifelt suchte?»

Fabien betrachtete seine Mutter mit einer Mischung aus Verzweiflung und Bewunderung. Sie war eine gute Beobachterin, dachte er, doch keine, die ohne Gnade war. Nein, in ihren Augen waren die Sorgen und Nöte der Leute vielmehr menschlich und liebenswert, und sie schien ihnen allen nur das Beste zu wünschen. Das mochte er so an ihr – sie sah die Fehler der anderen, hatte durch ihre Halbbrille aber einen liebevollen Blick auf sie. *Du weißt nie, wie es sich in der Haut eines anderen anfühlt,* war einer ihrer Leitsätze gewesen, und Fabien hatte ihn sich gemerkt.

Während er mit ihr durch den Park schlenderte und sie von der Seite ansah, ertappte er sich bei dem Gedanken, dass er es hoffentlich ebenso gut machen würde wie sie, wenn er eines Tages ein Kind haben sollte.

20

Der Abend senkte sich über das Quartier Latin. Lola saß oben unter dem Dach am Tisch ihrer Großmutter und trank ein Glas Chardonnay. Neben ihr lag das schmale Päckchen mit den Briefen, doch sie rührte es nicht an. Lieber lauschte sie den Glockenschlägen von Saint-Étienne, die durch das geöffnete Fenster in das kleine Appartement drangen, und beobachtete, wie sich die Dämmerung in der Küche ausbreitete und die Farben aus den Gegenständen sog. Nur eine niedrige Tischleuchte brannte und verströmte ein warmes, gelbes Licht.

Lola war tief in Gedanken versunken. Immer wieder musste sie an diesen Brief von Rose denken, den sie gerade gelesen hatte. Ob sie ihrem Vater davon erzählen sollte? Allerdings waren die Zeilen ja weder für sie noch für Émile bestimmt gewesen, und vielleicht sollte sie die Privatheit in den Worten auf dem Papier nicht noch mehr Augen preisgeben. Doch Lola konnte nicht aufhören, darüber nachzugrübeln, was sie dort gelesen hatte. Wer war dieser Benoît, dem ihre *Mamie* solch einen leidenschaftlichen Brief – und vermutlich noch weitere – geschrieben hatte? Und hatte sie gewollt, dass man sie fand? Wahrscheinlich nicht, sonst hätte Rose sie nicht so sorgsam unter den Dielen versteckt. Was gab es noch in ihrer Vergangenheit, von dem niemand wusste?

Lola nahm einen großen Schluck und seufzte. Wo war ihre *Mamie* bloß? Ging es ihr gut? Würde sie zurückkehren? Irgendeinen Weg musste es doch geben, etwas darüber zu erfahren!

Vorhin war sie über ihren Schatten gesprungen und hatte kurzerhand die Nummer der *Police municipale* angerufen, um zu fragen, was man in einem solchen Fall normalerweise unternahm. Der Beamte am anderen Ende hatte ihr versichert, dass sie nichts tun könnten, da ihre Großmutter ja offenbar aus freien Stücken die Stadt verlassen habe – ihre Abschiedsnotiz sei eindeutig. Es sei zwar nur verständlich, dass ihre Familie wissen wolle, wo sie war, doch den Behörden seien da leider die Hände gebunden. Madame Caron sei eine erwachsene Frau, im Vollbesitz ihrer geistigen Kräfte, und sowohl ihr Schwiegersohn als auch ihre Enkelin sollten einfach abwarten, bis sie sich meldete.

Lola hatte aufgelegt, ohne auszusprechen, was sie heimlich dachte – nämlich, dass die Behauptung, Rose sei im *Vollbesitz ihrer geistigen Kräfte*, sich noch als wahr herausstellen musste. Gleichzeitig hatte sie ein schlechtes Gewissen bekommen, denn ihre *Mamie* war zwar speziell, aber sicher nicht verrückt. Und tief in ihrem Inneren ahnte Lola, dass ihre Großmutter, wo immer sie war, genau wusste, was sie tat.

Warum war sie selbst dann eigentlich noch hier, an der Place de la Contrescarpe, anstatt den nächsten Zug nach Bordeaux zu nehmen und Paris wieder den Rücken zuzukehren? Ihren Mitbewohner Robert, der ab und zu schrieb – wenn auch schon deutlich seltener –, vertröstete sie weiter. Warum also saß sie hier über den Dächern von Paris, drehte Däumchen und wartete auf ein Einstellungsgespräch in einem Café? Noch dazu nicht in irgendeinem Café, sondern in dem ihres alten Schulfreunds, bei dem eine rasche Kündigung, wenn sie es satthatte, besonders schwierig werden würde? Apropos Kündigung –

wie sollte sie es Robert beibringen, dass sie nicht nur auf unbestimmte Zeit dem Rouge fernbleiben, sondern nun auch einen Job in Paris annehmen würde? Ihr Blick wanderte zum Telefon, doch sie konnte sich nicht dazu durchringen, ihn anzurufen. Noch war sie erst wenige Tage fort, und Cathy, die Aushilfe, hatte sicher nichts gegen ein bisschen Extra-Geld. Die junge Frau lauerte schon länger auf eine Festanstellung in der Bar, und bisher hatte Lola diesen Platz behaupten können. Wenn sie aber nicht bald zurückkam, würde Cathy sicher einen Fuß in die Tür bekommen. Doch zu Lolas Erstaunen schien ihr dies auf einmal nicht mehr besonders besorgniserregend. Bordeaux, ihr Job dort, ja selbst Robert und ihr Frühstücksritual wirkten weit weg. Wie ein Leben, das eine andere gelebt hatte. Es war nicht mehr als eine schemenhafte Erinnerung, trotz der Jahre, die sie dort verbracht hatte – aber Bordeaux hatte offenbar keinen Abdruck auf ihrer Seele hinterlassen.

Dafür war Paris plötzlich sehr real. Der typische Geruch aus den Métro-Schächten. Der Geräuschteppich der vielen Stimmen, die auf den engen Straßen im Quartier durcheinanderredeten. Die hohen Häuser, deren strahlend weiße Fassaden an den Straßenecken aussahen wie ein Schiffsbug, der sich durch das Blechmeer der ewig hupenden Autos schob. Die prächtigen Museen, die entlang der Seine mit all ihren Kunstschätzen warteten und den *Bateaux mouche* hinterhersahen, die auf dem silbrigen Wasser kreuzten. Die unzähligen kleinen, verwunschenen Brasserien und Bistros, die sich an die Quais drückten und ihre Gäste mit Verschwiegenheit und jahrzehntelang gereiftem Whisky begrüßten wie einst Hemingway – all das hatte sich innerhalb weniger Tage so selbstverständlich an

Lola geschmiegt wie eine alte, wohlvertraute zweite Haut. Und der Abdruck dieser Stadt auf Lolas Herz schien tiefer denn je.

Gedankenverloren strich sie über das mürbe Papier der Briefe ihrer Großmutter. Was sie dort gelesen hatte, wirbelte noch immer in ihrem Kopf umher. Zwischen den Zeilen stand so viel Sehnsucht, so viel Leid, dass sie diese Gefühle einfach nicht mit ihrer beherrschten, manikürten Großmutter in Verbindung bringen konnte. Doch jeder Mensch hatte seine Geheimnisse, dachte sie dann, jeder verschloss sein Innerstes wie eine Auster ihre Perlen – manche mehr, manche weniger. Auch Lola ließ sich von anderen Menschen nicht in die Karten schauen, und sie hoffte, dass niemand etwas von ihren eigenen, aufdringlichen inneren Stimmen ahnte, die auf sie einredeten und immer lauter fragten, wohin sie denn eigentlich gehörte. Warum sie noch immer nicht wusste, wo ihr Zuhause war. Wieso sie Paris überhaupt verlassen hatte. Wovor sie sich fürchtete. Und warum sie in all den Jahren nicht an Fabien und ihren Kuss gedacht hatte – nein, dachte sie, das war die Unwahrheit. Sie *hatte* daran gedacht, oft sogar, sich diese Erinnerung jedoch stets versagt. Fabien, dieser liebe, stille Junge, der hier in Paris so verwurzelt war, der verlässlich und treu schien und in den Wochen nach jenem Kuss vor vielen Jahren so verletzt gewirkt hatte, dass es ihr das Herz zusammenzog, wenn sie daran dachte – er war ihr oft im Kopf herumgespukt. Doch dann waren andere Jungs gekommen, die Lederjacken trugen, die mit Worten umzugehen wussten und auch mit ihren Händen. Und bei denen sich Lola verwegen gefühlt hatte, wie ein anderes, fremdes Mädchen. Eines, das nicht nachdenken musste über Gefühle – weder die eigenen noch die der anderen –, über Zugehörigkeit und Bindung. Und auch nicht über ihre Traurigkeit wegen ihrer Mutter, die sie niemanden sehen ließ. Weil sie nicht das bemitleidenswerte Kind sein wollte. Fabien hingegen, das hatte sie schon damals gespürt, obwohl sie so jung gewesen waren, so unglaublich jung – er hätte sich nicht abspeisen lassen mit dieser anderen Lola, dieser vermeintlich sorglosen, ziellosen, leichtsinnigen Lola. Er hätte mehr gewollt, alles! Auch ihre Traurigkeit, ihre Verletzlichkeit. Aber damals hatte sie gedacht, dass sie dafür die Falsche wäre.

Und heute?

Sie wagte nicht, weiter darüber nachzudenken, wie die Dinge heute standen. Stattdessen griff sie mit einer Mischung aus Neugier und schlechtem Gewissen erneut nach den Briefen ihrer Großmutter, legte den obersten, den sie schon kannte, zur Seite und nahm den darunter zur Hand. Vorsichtig faltete sie das dünne Papier auseinander.

Paris, Oktober 1968

Cher Benoît,

wie gern würde ich mit Dir sprechen und über die Dinge, die geschehen sind, reden. Niemals im Leben hätte ich gedacht, dass auf unsere kleine, geheime Zeit ein solcher Aufruhr folgen würde. Und dass die Wirklichkeit, die ich so sorgfältig fortgeschlossen hatte aus meiner Dachkammer, mit solcher Macht wieder von mir Besitz ergreifen könnte. Aber sie platzte so grell, laut und elend zur Tür herein und wühlte mich auf, und nun muss ich mich ihr stellen. Allein, wie es aussieht.

Wie gern würde ich sie wenigstens mit Dir teilen, Liebster.
Doch ich weiß, dass dadurch alles nur noch schwerer
würde. Darum denke ich einfach nur an Dich und küsse
Dich in Gedanken, stelle mir vor, wie Du vor meiner Tür
stehst, nachts, in der Stille. Und wie ich Dich ins Zimmer
ziehe und wir wieder nur einander gehören, nur einander
Rechenschaft ablegen und keinem sonst.
Ich träume davon, dass Du auf mich wartest, dass wir
gemeinsam fortgehen, wie in unserem Lied – ... un taxi est
en bas qui attend. Wir steigen in das Taxi und fahren weit
weg. Es ist ein Traum, ich weiß, ein Trugbild – und doch
eines, das mich aufrecht hält.
Ich höre, dass Du in die Stadt zurückgekehrt bist, dass Du
sogar ganz in der Nähe lebst und arbeitest. Ich weiß nicht,
ob das ein Fluch ist oder ein Segen für mich. Aber ich werde
es herausfinden – wenn wir uns in der Rue Mouffetard
wiederbegegnen.

Immer Deine Rose

Lola ließ den Brief sinken. Auch diesmal fiel es ihr schwer, die Worte, die dort in Tintenschrift standen, mit der Stimme von Rose zusammenzubringen – es kam ihr vor, als seien das zwei verschiedene Personen. Ihre starrsinnige Großmutter, die stets zu wissen glaubte, was richtig und falsch war, ja, die auch immer allzu schnell geurteilt hatte, wenn es um den Lebenswandel der anderen gegangen war – und dann eine solche Liebesgeschichte, die offenbar verboten gewesen war, oder zumindest nicht lebbar?

Mit den Briefen und dem Weinglas in der Hand ging Lola zum Plattenspieler. Sie fand das alte Album beinahe sofort. Gilbert Bécaud hatte *Mamie* immer wieder gehört, doch Lola hatte keine Ahnung gehabt, wie wichtig ihr das Lied darauf gewesen sein musste. Es stammte aus derselben Zeit wie die Briefe, wurde ihr klar. Jetzt klang die markante Stimme, begleitet von Geigentönen, wie früher durch das Zimmer: *Je reviens te chercher, je savais que tu m'attendais* ... Ich komme zurück, um dich zu holen, ich wusste, du würdest auf mich warten ...

Das Lied verklang, die Dämmerung vertiefte sich, und von der Kirche schlug es neun Uhr. Lola schreckte auf. Die Weißweinflasche auf dem Tisch war leer, und in ihrem Kopf drehte sich alles. Sie sollte längst im Café sein, sollte Fabien abpassen, bevor er schloss, und ihm zeigen, dass sie pünktlich und verlässlich war.

Wieder fragte eine kleine Stimme in ihrem Kopf, ob es wirklich die beste Idee wäre, ausgerechnet bei ihm anzufangen, doch Lola verscheuchte sie. Was sollte ihnen denn diese alte Geschichte heute noch anhaben? Er hatte sie bestimmt schon vor langer Zeit vergessen, hatte sicher längst eine Beziehung mit einer anderen.

Entschlossen faltete sie den Brief zusammen und wollte ihn an die richtige Stelle in den kleinen Papierstapel stecken, besann sich jedoch und schob ihn sich in die Tasche ihrer weißen Shorts. Sie stand auf und lief in die Küche, zog sich vor dem kleinen Spiegel neben der Duschkabine den Mund nach, knallrot, wie man es in Paris trug, und eilte dann aus der Dachkammer.

21

Fabien stand hinter der Theke im Dämmerlicht einer kleinen Leuchte und polierte Gläser. Er hatte Magali, die am späten Nachmittag zurück ins Café gekommen war, gegen acht Uhr nach Hause geschickt, weil die Augenringe unter ihren Brillengläsern besorgniserregend groß wirkten. Die letzten Gäste konnte er sehr gut allein bedienen und abkassieren. Sein Café war keine Brasserie, geschweige denn eine Bar – richtige Nachtschwärmer kamen hier nicht auf ihre Kosten, und spätestens um zehn Uhr abends schloss er die Tür ab, machte die Abrechnung und danach endlich Feierabend.

Er führte das Café noch nicht lange, und er hatte damals einen Kredit aufnehmen müssen, um es neu einzurichten. Insbesondere die Modernisierung der Küche hatte ein großes Loch in seine Kasse gerissen, doch inzwischen lief alles sehr gut. Und der neue, chromglänzende Gasherd und die Kochinsel mit der massiven Tischlerplatte waren es allemal wert gewesen. Auch der Innenbereich konnte sich sehen lassen, dachte er und blickte liebevoll durch den Gastraum.

Fabien hatte den Charme eines alten Pariser Cafés bewahren wollen und nicht den hundertsten Traum von cleaner Skandinavistik erschaffen. So waren die Stühle weiterhin aus dunklem Holz und eher bequem als hip, an den Fenstern hingen dunkelgrüne Samtvorhänge, und im Regal hinter dem Tresen funkelten die Flaschen in einem bunten Sammelsurium neben einem alten Wandtelefon mit einem Hörer aus Messing. Die futuristische Kaffeemaschine war dagegen nagelneu, der Traum eines jeden Barista. Auf dem Boden schimmerten die Holzdielen, die Fabien eigenhändig abgeschliffen hatte – in mehreren Nachtschichten, in denen er sehr viel Bier getrunken hatte, um die Schwielen an den Händen nicht allzu sehr zu spüren. Er hatte ohrenbetäubend laut die immer gleichen Lieder von *Mano Solo* laufen lassen, während die Schleifmaschine röhrte, und sich lebendig gefühlt wie selten zuvor. Sich zu verausgaben für etwas, das er liebte, die Erschöpfung in jedem einzelnen Knochen zu fühlen und zu wissen, dass es sich lohnte, für eine Sache bis aufs Blut zu kämpfen – das war etwas, das ihm Auftrieb gab. Es spornte ihn an, gab ihm ein erfüllendes Gefühl.

Immer schon hatte er ein eigenes Café haben wollen, und, wenn er ehrlich war, sogar genau *dieses* hier. Das alte Café des Artisans, das er seit seiner Kindheit kannte und über all die Jahre beobachtet hatte. Es war mit der Zeit immer weiter heruntergekommen, hatte für die wenigen verbliebenen Gäste, die sich noch hierher verirrten, kaum Auswahl auf der Karte und stand schließlich leer. Der Besitzer wollte verkaufen, er war längst zu alt geworden, und da hatte Fabien gewusst, dass dies seine Chance war! Dass er diesen Laden zu einem Ort machen konnte, an dem sich die Nachbarschaft wieder traf, an dem man exzellenten Kaffee und anständiges, frisches Essen bekam.

Und er hatte es geschafft, dachte er mit einem gewissen Stolz, während er mit dem Lappen über das letzte Glas rieb, bis es glänzte. Sein Plan war aufgegangen. Die Geschäfte gingen gut. Doch nach wie vor machte er fast alles allein, und das musste sich ändern. Zwar wollte er sicherheitshalber noch ein paar Monate abwarten, vielleicht noch über den stets etwas ruhigeren Winter kommen und dann, im nächsten Frühling, nach weiterem Personal suchen, das ihn wirklich entlastete. Denn Freizeit war seit Langem ein Fremdwort für ihn, und sein Privatleben lag dementsprechend brach.

Als jemand an die verschlossene Tür klopfte, schreckte Fabien auf. Draußen sah er die Silhouette von Lola, und ärgerlicherweise schnellte sein Puls in die Höhe, als habe er einen plötzlichen Sprint hingelegt. Schnell stellte er das Glas ab und ging nach vorn, um aufzuschließen.

Lola trug noch immer die kurze Hose von heute Nachmittag, dazu Sandalen und eine weiße Bluse, an deren offen stehendem Kragen ihr braun gebrannter Hals zu sehen war. Ein kleiner goldener Anhänger schmiegte sich in ihren Ausschnitt, wo die Schlüsselbeine hervorstanden.

Fabien riss sich zusammen.

«Da bist du ja», sagte er.

«Bin ich zu spät?», fragte sie, strich sich durchs windverwehte Haar und knabberte an ihrer Lippe – so typisch für sie, dachte Fabien und musste sich erneut beherrschen, um sie nicht in seine Arme zu ziehen.

«Nein, du bist genau richtig», sagte er – und meinte damit nicht nur den heutigen Abend. Es kam ihm auch nicht so vor, als seien über zehn Jahre vergangen, in denen sie sich kaum gesprochen hatten. Nein, wenn er sie ansah, schien alles wie immer. Trotzdem war Lola nicht mehr das junge Mädchen von damals, um ihre Augen sah er jetzt im Schein der kleinen Lampe feine Fältchen. Sie war erwachsen geworden und, wenn das überhaupt möglich war, noch schöner.

Er ließ sie ein, atmete tief durch und musste sich daran erinnern, dass sie nicht gekommen war, um in seine Arme zu sinken, sondern weil sie einen Job suchte – und er eine neue Kellnerin.

«Möchtest du etwas trinken?», fragte er und klammerte sich an diese kühle Höflichkeit in seiner Stimme – die sich irgendwie dauernd einschlich, wenn er mit ihr zu tun hatte, so, als hielte er sie auf diese Weise ganz automatisch auf Abstand.

«Gern», sagte sie, und für einen Moment schien es ihm, als sei auch sie befangen, als klinge ihre schöne, melodiöse Stimme ebenfalls rauer als sonst. «Eine Orangina, wenn du hast?»

«Erlaube mal», sagte er lachend. «Was wäre ein Café in Paris ohne Orangina?»

Er ging zum Kühlschrank hinter dem Tresen, holte eine der kleinen bauchigen Glasflaschen heraus und öffnete sie, dann stellte er sie vor Lola hin. Für sich selbst nahm er ein alkoholfreies Bier heraus. Er lehnte sich an den Tresen und sah sie erwartungsvoll an.

«Du suchst also wirklich einen Job?», fragte er. «Hier in Paris?»

Lola nickte, trank einen Schluck und leckte sich die Oberlippe. Dann beugte sie sich ein Stück über den Tresen und strich mit der flachen Hand über die Holzmaserung. Es sah aus, als streichelte sie den Rücken eines still daliegenden Tiers. Ihre beiden Gesichter waren dicht voreinander, nur getrennt durch den Tresen. Das Dunkel des Raums hüllte sie ein wie das Meer, das um eine kleine Insel aus Licht rauschte.

«Ich denke, ich werde länger bleiben. Es ist nicht nur meine Großmutter, von der ich immer noch nichts gehört habe. Auch mein Vater scheint mir irgendwie nicht ganz auf der Höhe zu sein. Ich will einfach abwarten, wie sich die Dinge entwickeln, sonst kann ich nicht beruhigt fahren.»

«Und in Bordeaux? Wartet da niemand auf dich?»

Er hatte es ganz automatisch gefragt, doch jetzt wurde er rot, aber zum Glück konnte sie das wohl nicht erkennen. Sie sollte nicht denken, dass er sie nach ihrem Liebesleben ausfragte.

Lächelnd schüttelte sie den Kopf. «Da ist nur Robert», erklärte sie und machte eine wegwerfende Handbewegung. Und allein diese Geste sorgte dafür, dass der Stich, der Fabien bei der Erwähnung des Namens durchfuhr, nicht allzu schmerzhaft war. Er nahm einen großen Schluck von seinem kalten Bier und räusperte sich.

«Dein Kater?»

Sie lachte. «Mein Mitbewohner. Wir arbeiten zusammen in einer Bar.»

Fabien atmete tief ein und aus. *Mitbewohner* – es hätte schlimmer sein können. Doch noch war er nicht auf der sicheren Seite.

«Und dieser ... Mitbewohner – vermisst er dich nicht?»

«Ich schätze schon, ein bisschen», sagte sie, «aber in der Bar haben sie erst mal Ersatz für mich gefunden. Und Robert ist ohnehin meistens mit seinen *Tinder*-Dates beschäftigt.»

Fabien betrachtete sie vorsichtig. Dann gab er sich einen Ruck. «Du bist aber nicht so ein *Tinder*-Date von ihm, oder?»

Wieder lachte sie und trank einen weiteren Schluck von ihrer Orangina. «Sicher nicht», sagte sie schließlich, «ich habe das falsche Geschlecht.»

Die Erleichterung, die Fabien durchflutete, war beinahe peinlich. Nur, weil sie nicht mit diesem Robert ins

Bett ging, hieß das ja noch nicht, dass sie frei war. Ihm fiel dieser andere Mann ein, mit dem er sie gestern Nacht am Jardin du Luxembourg gesehen hatte. Er war ziemlich sicher, dass sich die beiden an der Straßenecke geküsst hatten, doch dann war Lola gegangen und hatte diesen Tropf dort stehen lassen – hieß das, dass zwischen ihnen nichts weiter lief?

Himmel, dachte er mit einer Mischung aus Ironie und Selbstverachtung, er musste aufhören, darüber nachzudenken, was es mit Lolas Privatleben auf sich hatte. Die Warnung seiner Mutter fiel ihm ein – *Sei lieber auf der Hut!* –, und er verscheuchte ihre Stimme rasch wieder aus seinen Gedanken.

«Also, du und Paris – das wird vielleicht wieder etwas?»

Warum nur geriet ihm beinahe jeder seiner Sätze derart doppelbödig?, fragte er sich verzweifelt. Oder hörte nur er das? War es gar Einbildung, und Lola hatte keine Ahnung von den ganzen stummen Botschaften, die er ihr schickte? Halb hoffte er es, halb wünschte er sich, es wäre anders und sie hörte endlich einmal wirklich zu und verstünde, was er sagen wollte.

Lola hob die Schultern und machte einen Flunsch. «Ich bin noch nicht sicher», sagte sie. «Manchmal frage ich mich, was mit mir nicht stimmt. Ich meine, sieh dich an, oder Samir und all die anderen von früher – beinahe niemand hat Paris verlassen. Alle scheinen ganz genau zu wissen, wer sie sind und wo sie sein wollen. Nur ich ...» Sie unterbrach sich, trank aus der Flasche und starrte einen Moment ins Leere. «Ich scheine nie anzukommen», fügte sie dann leise hinzu.

Fabien räusperte sich. «Ach», sagte er, beinahe ein wenig hilflos, «glaub doch nicht, dass außer dir alle wüssten, was sie wollen. Vielleicht haben wir nur zu viel Angst, etwas anderes zu versuchen als das, was wir kennen. Während du eben mutiger bist und etwas wagst.» Er überlegte einen Moment. «Mir ist es beinahe peinlich, dass ich nie weggegangen bin», sagte er dann und lächelte schief. «Denk doch nur daran, was wir für große Reden geschwungen haben damals, von Freiheit und Abenteuer! Wir wollten alle hinaus in die Welt, wollten an unsere Grenzen kommen, endlich raus aus diesem kleinen Universum. Alles anders machen als unsere Eltern.» Er zuckte mit den Schultern. «Aber niemand hat es am Ende wirklich getan – niemand außer dir.»

«Meinst du?» Lola schüttelte langsam den Kopf. «Was ist denn eigentlich so toll daran? Sieh mich an – keine Ausbildung, keine Vision, keinen Plan für die nächste Woche, geschweige denn die fernere Zukunft. Wie lange kann man so leben, ehe es albern wird?» Sie sah ihn an, ihre Augen wirkten jetzt seltsam dunkel. «Ich habe Angst, dass ich den Absprung nicht geschafft habe und mich nun nie mehr trauen werde, mich für etwas zu entscheiden. Ich ...» Sie stockte. «Ich rede sonst nie über diese Dinge», sagte sie, streckte den Rücken durch und wirkte plötzlich entschlossen. «*Du* aber», sagte sie mit Nachdruck, «du hast wirklich etwas aus dir gemacht. Sieh dich doch um.» Sie deutete ringsum auf das schlafende Café. «Was für einen schönen Ort du geschaffen hast! Ich bewundere dich, weißt du das?»

Fabien spürte, wie sein Herz klopfte. Etwas zog in seiner Brust, ein leiser Schmerz war ihren Worten gefolgt – halb sehnsuchtsvoll, halb stolz. Er hatte nicht geahnt, dass sie so dachte, hatte geglaubt, sie sei zufrieden damit, umherzuziehen, unabhängig zu sein. Doch jetzt erkannte er, dass auch Lola Mercier sich danach sehnte anzukommen. Und ein winziger, törichter Funke glomm in ihm auf. Wenn sie sich nach einem Heimatort sehnte, würde sie vielleicht erkennen, dass ihr Platz hier, in Paris, war? Und würde das womöglich bedeuten, dass er ihr nah sein, endlich wieder in ihrer Nähe sein konnte?

Schon allein die Vorstellung, dass er sie jeden Morgen sehen würde, wenn sie ins Café zur Arbeit käme, verschlug ihm den Atem.

«Also, wenn du möchtest, kannst du erst mal hier aushelfen», sagte er schnell, plötzlich begierig, die Sache klarzumachen. «Magali müssen wir zwar wahrscheinlich mit Körpergewalt von hier fernhalten, aber heute hat sie selbst zugegeben, dass sie es nicht mehr länger schafft. Es ist ohnehin ein Wunder, wie sie bis jetzt durchgehalten hat.»

«Ich helfe dir wirklich gern», sagte Lola und trank mit einem letzten Zug die Flasche leer. «Und ich hoffe, ich kann lange genug bleiben, bis du eine richtige Vertretung für Magali gefunden hast – langfristig, meine ich.»

«Das wäre … super», sagte Fabien und unterdrückte die Enttäuschung angesichts der Deutlichkeit, mit der sie ihm zu verstehen gab, dass sie nicht für immer da sein würde. Besser, man nahm den Spatz in der Hand – wenn er denn schon angeflogen kam, fand er. Die Taube auf dem Dach könnte er dann immer noch jagen.

«*Bon*, ich zeige dir alles, wenn du willst.»

Sie nickte, und er führte sie durch den halbdunklen Laden, erklärte ihr die Kaffeemaschine, an der sie sich sofort äußerst geschickt anstellte – wie er neidvoll erkennen musste –, und nahm sie dann mit nach hinten in die Küche. Als er das Licht einschaltete, riss Lola die Augen auf.

«Wahnsinn», sagte sie, und es klang ehrlich begeistert.

Sie ging durch den Raum, strich zaghaft über die glänzenden Oberflächen, betrachtete die Schneidebretter, die vielen Messer in allen Größen und schließlich den Gasherd mit dem in die Wand eingelassenen Backofen. «Hier kann man sich wirklich austoben. Und wie gut es hier riecht!»

«Ja, nach *Soupe au Pistou*, die habe ich für morgen vorbereitet. Kochst du gern?», fragte er eher beiläufig, denn er suchte ja keine Küchenhilfe. Als sie sofort den Kopf schüttelte, war er daher nicht enttäuscht.

«Nicht besonders», sagte sie. «Ab und zu backe ich ganz gern mal, aber nichts Großartiges, weißt du?»

«Gut», sagte er lächelnd, «wenn ich in Not komme, bitte ich dich vielleicht mal um eine einfache *Tarte* oder so. Desserts und Kuchen sind nämlich nicht so mein Ding. Aber zum Glück gibt es die Boulangerie von Sylvie, wo ich das ganze Gebäck für das Frühstücksgeschäft bestellen kann.»

Lola lächelte still vor sich hin, und er überlegte, ob sie ihn als eine Art Scharlatan sah, weil er in seinem Café nicht selbst backte. Aber sie wusste ja, dass seine Kochkünste nicht schlecht waren, reichte das etwa nicht? Gerade wollte er sich rechtfertigen, als ihm klar wurde, dass das noch viel mehr Sand aufwirbeln würde, und so schloss er den Mund wieder und schluckte seinen kleinen Ärger hinunter.

«Hast du noch Fragen?»

Sie schüttelte den Kopf, das Lächeln vertiefte sich.

«Ich freue mich auf die Arbeit», sagte sie. «Du wirst sehen, ich kann das. Es ist wohl das Einzige, was ich wirklich kann. Gäste bedienen und Wünsche erfüllen ...» Jetzt schnaubte sie leicht verlegen, und Fabien tat es weh, zu sehen, dass sie das alles als nichts Besonderes abtat. Er hätte sie gern in den Arm genommen – nicht leidenschaftlich wie vorhin, sondern als Freund, um ihr zu sagen, dass er sie wunderbar fand. Aber er tat es nicht. Diese Grenze zu überschreiten, fiel ihm zu schwer. Denn die Mauer aus Zurückhaltung und Verzicht, die er sich all die Jahre ihr gegenüber errichtet hatte, durfte er nicht vollends einreißen. Selbst wenn sie in den vergangenen Tagen schon öfter ins Wanken geraten war, als er es jemals für möglich gehalten hätte. Außerdem durfte er nicht das zerstören, was sich hier gerade so zart und schön ankündigte – er wollte Lolas Nähe genießen, das Alleinsein mit ihr, ihre unverhofften Gespräche. Es waren die ersten, die sie überhaupt führten seit der Schulzeit. Und doch schien es ihm plötzlich so selbstverständlich, so vertraut, mit Lola hier in seiner Küche zu stehen und sich zu unterhalten, dass ihm ganz warm wurde. Es musste für den Moment genug sein, sagte er sich, er durfte es nicht vermasseln, indem er ihr jetzt schon auf die Nerven ging.

Eine Spur zu heftig ließ er seine Hand auf die Platte der Kochinsel fallen, das Klatschen hallte von den Wänden wider. «Schluss für heute», sagte er, «wir müssen morgen früh raus.»

Lola sah ein bisschen erstaunt aus, nickte dann aber. «Du hast recht», sagte sie und blickte ihn überraschend ernst an. «Glaubst du eigentlich an die Liebe?», fragte sie so unvermittelt, dass ihm ein heißer Schreck durch die Glieder fuhr. «An die eine, große, meine ich. Eine, die man sein ganzes Leben lang nicht vergisst.»

«Warum fragst du?» Seine Knie waren weich.

«Ich ... habe ein paar alte Briefe bei meiner Großmutter gefunden», begann sie zögerlich. «Ich weiß, ich hätte sie nicht lesen dürfen. Aber was darin steht, hat mich sehr nachdenklich gemacht. Etwas ist in ihrem Leben geschehen, als sie jung war – wahrscheinlich jünger, als wir es heute sind. Etwas, das sie vielleicht nie mehr losgelassen hat.»

«Hat das etwas mit ihrem Verschwinden zu tun?», fragte Fabien, der wieder alle Sinne beisammenhatte, weil ihm klar war, dass sie nicht etwa von sich sprach, sondern von ihrer Großmutter. Seine Enttäuschung deswegen war ihm selbst unangenehm.

«Kann sein.» Sie hob die Schultern, ihre Wimpern warfen lange Schatten auf ihre weichen Wangen. «Ich verstehe es noch nicht richtig, aber mir ist plötzlich klar geworden: Jeder hat seine Geschichte. Alle, die heute alt sind, waren einmal jung. Alle haben Sehnsüchte, alle lieben, alle hassen, leiden, verzeihen und hoffen – jeder aus einem ganz eigenen Grund. Und doch haben all diese Gründe denselben Ursprung tief in uns, egal, wer wir sind, wie alt wir sind oder was das Leben mit uns gemacht hat. Ist das nicht verrückt?»

Fabien nickte. Er betrachtete sie nachdenklich, das wellige Haar, das in sanftem Bogen bis zum Kinn fiel, ihren eigensinnigen und doch so weichen Mund, die jetzt beinahe schmerzlich zusammengezogenen Augen, von denen er wusste, dass sie im Sonnenlicht grün leuchteten. Hastig wandte er sich ab, um seinen erneuten Impuls, sie zu berühren, zu unterdrücken. Er ging in Richtung Gastraum und hoffte, sie möge ihm folgen.

«Absolut», murmelte er halblaut, ohne zu wissen, ob sie es hörte und ob er überhaupt noch mit ihr sprach. «Völlig verrückt.»

22

Als Lola am nächsten Morgen in aller Frühe aus dem Haus trat, verfluchte sie sich mal wieder für ihre übereilte Entschlussfreudigkeit. Sie trug erneut die weißen Shorts von gestern, es war das Erste gewesen, was sie nach dem Weckerklingeln schlaftrunken gegriffen hatte. Erst kürzlich hatte sie im Morgengrauen aufstehen müssen, um mit Pierre Lebkuchenherzen zu backen, und nun würde sie sich sogar jeden Morgen den Wecker stellen müssen, um Fabiens Gäste im Café des Artisans mit Frühstück zu versorgen. Und das, obwohl sie doch eigentlich morgens gern lang ausschlief. Dabei war das nicht immer so gewesen. Als Mädchen war sie sogar eine regelrechte Frühaufsteherin gewesen, erst im Laufe der vergangenen Jahre hatte sie ihren Schlaf dem Nachtleben im Rouge und Roberts Tagesablauf in Bordeaux angepasst. Vielleicht konnte sie zurückfinden in den Rhythmus von früher. Genauso, wie sie auch langsam zurückfand in den Takt dieser Stadt und ihrer Bewohner?

Die Müllabfuhr stand mitten auf dem Platz, und die Arbeiter rumpelten mit den vollen grünen Tonnen im Schlepptau über das Pflaster und riefen sich ohrenbetäubende Wortfetzen zu. Einer der Männer pfiff Lola hinterher, als sie am Brunnen vorbei zum Café lief, und sie hob lachend die Hand und winkte, denn sie wusste, dass dies zum Spiel gehörte. Unter französischen Männern war der Machismus noch immer weitverbreitet, gerade in Paris. Außer bei Fabien, dachte Lola und wunderte sich selbst, woher dieser Gedanke plötzlich kam. Er war stets zurückhaltend und freundlich, fast ein wenig zu reserviert, was sie auch gestern wieder irritiert hatte.

Ihr Abschied war irgendwie seltsam gewesen. Fabiens unvermittelte Einsilbigkeit gegen Ende des Abends hatte dazu geführt, dass sie ihm schnell *Bonne nuit* gewünscht hatte und vorausgeeilt war – nur um dann unten an der Haustür der Nummer 7 von ihm eingeholt zu werden. Gemeinsam waren sie die Treppen hinaufgestiegen, bis er im dritten Stock seinen Wohnungsschlüssel gezückt hatte. Für den Bruchteil einer Sekunde hatte sie gespürt, dass er zögerte – doch dann war weiter unten eine Tür aufgegangen. Wahrscheinlich Samir, der sich auf eine nächtliche Tour durch die Bars der Stadt begab. Fabien war bei dem Geräusch zusammengezuckt, hatte noch einmal *Gute Nacht* gemurmelt und war in seiner Wohnung verschwunden. Nachdenklich war Lola die letzten Stufen zum Dachgeschoss hinaufgestiegen und hatte sich, wie immer, auf den dicken Teppich in *Mamies* kleiner Wohnung gelegt. Doch sie hatte lange nicht einschlafen können.

Mit einem herzhaften Gähnen trat sie ins Café, um Magali zu begrüßen. Fabien hatte ihr gesagt, dass er heute erst später kommen würde, er hatte einen Termin für eine Kaffeeverkostung. Magali würde mit ihr gemeinsam die Morgenschicht machen, sollte sich aber, sobald Lola einigermaßen zurechtkam und es ruhiger wurde, zurückziehen und ausruhen. Dann würde Fabien ohnehin schon zur Stelle sein.

«Bonjour», rief sie eine Winzigkeit zu munter in den Gastraum hinein und erspähte Magali hinter der Kaffeemaschine. Ein einsamer Bauarbeiter saß an einem Fenstertisch und schlürfte seinen Espresso, draußen auf der

Terrasse wartete eine stämmige Frau mit silberbraunen, kurz geschnittenen Haaren.

«Madame Morel nimmt einen Cappuccino», sagte Magali anstelle einer Begrüßung. Sie schien Lolas Anwesenheit als die neue Kellnerin im Café des Artisans nicht allzu sehr zu begeistern, jedenfalls lag ein mürrischer Zug um ihr hübsches Mündchen, während sie wie wild mit dem Milchaufschäumer hantierte. «Hier!» Sie knallte die Tasse auf den Tresen und vergaß, eine Untertasse dazuzustellen.

Lola atmete tief durch. Sie ging um den Tresen herum, griff nach einer Schürze und band sie sich um. Dann holte sie eine Untertasse und ein silbernes Löffelchen hervor und nahm mit der Zange ein marmoriertes Butterplätzchen aus einem großen Bonbonglas. Dieses drapierte sie an den Rand der Untertasse, stellte die heiße Cappuccino-Tasse dazu und trug alles, ohne eine Miene zu verziehen, hinaus.

«*Bonjour, Madame*», sagte Lola draußen am Tisch, «ein Cappuccino für Sie?»

«*Oh, merci*», sagte die Frau und sah sie überrascht an. «Sie sind neu hier, oder?»

«Erster Tag», sagte Lola und schmunzelte.

«Aber ich kenne Sie doch. Sie sind Lola Mercier, richtig? Ich habe Sie lange nicht gesehen, das letzte Mal waren Sie noch fast ein Kind.»

Lola war überrascht, die Dame kam ihr nicht vertraut vor.

«Ich kannte Ihre Mutter», sagte die Frau und lächelte. «Wir waren Freundinnen in der Schule. Ein richtiges Kleeblatt: Margot Caron, Jeanne Roudeaut und Liliane Henri – das bin ich. Nun, heute heiße ich Morel, nach diesem Mistkerl, mit dem ich vor Urzeiten mal verheiratet war.»

Ihre Miene verfinsterte sich einen Moment, doch dann kehrte das Lächeln zurück.

«Wir Mädchen hatten es faustdick hinter den Ohren», sagte sie spitzbübisch. «Die armen Lehrer an der guten alten École Saint-Pierre hatten ihre liebe Not mit uns.»

Lola lachte. «*Maman* war sicher kein Kind von Traurigkeit, oder?», fragte sie. «Ich erinnere mich, dass sie mit allen ihre Späße getrieben hat.»

«Ihre Mutter war unsere Anführerin», sagte Madame Morel und nickte, «aber Jeanne und ich standen ihr kaum nach. Jeanne hatte das größte Mundwerk von uns. Ich war eher schüchtern, aber man durfte mich nicht unterschätzen, denn für meine Freundinnen tat ich alles, auch, wenn es verboten war.» Wieder huschte ein Schatten über ihr Gesicht. «Ich bedaure es sehr, dass ich nach der Schule nicht mehr viel Kontakt zu ihnen hatte», sagte sie und strich sich über ihren Blazer. «Die erste Liebe, Heirat, Kinder – plötzlich rast die Zeit, wissen Sie? Und dann ist Margot so schrecklich früh verstorben und …» Sie unterbrach sich und sah Lola beinahe ängstlich an. «*Pardon*», sagte sie, «vielleicht sprechen Sie nicht gern darüber – noch dazu mit einer Fremden.»

«Eine Freundin meiner Mutter ist doch keine Fremde», sagte Lola, der die Offenheit dieser Frau gefiel. «Aber Sie haben recht, ich spreche selten über *Maman*. Ich glaube allerdings, es ist Zeit, das zu ändern. Denn wie Sie sagen, die Zeit rast. Und meine Mutter verdient es, dass man sich an sie erinnert.»

Madame Morel nickte und nippte an ihrem Kaffee. «In der Tat, *chérie*», sagte sie. «Wenn man älter wird, dann merkt man, dass das Leben kurz ist. Wir sollten unsere Tage nicht vergeuden, wir sollten sie nutzen, um an das Schöne zu denken. Das sage ich den Kunden in meinem Blumenladen auch immer. Niemand weiß, wie viel Zeit uns bleibt.» Plötzlich flackerte ihr Blick hinüber zum Delikatessengeschäft Les Deux Paradis. Lola folgte ihren Augen und sah, dass Monsieur Slimani dort drüben soeben die Artischocken in ihren Körben anrichtete – mit so andächtigen Handgriffen, als arrangierte er ein Kunstwerk. Sie blickte zwischen ihm und Madame Morel hin und her und verbiss sich ein Schmunzeln. So war das also. Nun, ein Augustmorgen in Paris war ja auch wie gemacht für eine heimliche Liebe.

«*Alors*, ich überlasse Sie Ihrem Kaffee und der guten Aussicht», sagte sie und erntete einen überraschten Blick. Dann färbten sich die Wangen von Madame Morel mädchenhaft rosig.

«Werden Sie nur nicht frech!», sagte die Frau, lachte dabei aber. «Ich wünsche Ihnen einen guten ersten Tag im Café des Artisans.»

«Rufen Sie mich einfach, wenn Sie noch etwas brauchen», sagte Lola und ging zurück ins Café, wo Magali gerade erneut die Kaffeemaschine malträtierte und versuchte, einen zweiten Espresso für den Gast am Fenster zu zaubern – erfolglos. Die Maschine brummte und röhrte, entließ jedoch keinen Tropfen aus ihrem verchromten Gehäuse.

«Lass mich mal», sagte Lola, und etwas in ihrem Ton war offenbar bestimmt genug, dass Magali zwar die Stirn runzelte, dann aber widerwillig zur Seite trat.

Lola kannte das Gerät aus dem Rouge, und die Handgriffe saßen wie im Schlaf. Einer braven Kuh ähnlich, der man die Flanke streichelte, gab die Kaffeemaschine den dampfenden Espresso frei.

«Wow», sagte Magali, und ihre dichten Wimpern flatterten, *«pas mal!»*

«Nein, wirklich nicht schlecht», sagte Lola, nachdem sie den Espresso selbst getrunken hatte. Er war heiß und stark, mit einer bitteren Süße – offenbar kaufte Fabien erstklassige Kaffeebohnen. «Auch einen?», fragte sie Magali. Doch die schüttelte den Kopf.

«Mir wird schlecht von dem Zeug.» Sie senkte die Stimme. «Ehrlich gesagt, mir wird eigentlich im Moment von allem schlecht, außer von eiskalter Cola.» Sie strich sich über den vorstehenden Bauch und schob sich dann mit dem Zeigefinger die Brille wieder auf die Nase.

«Hör mal», sagte Lola, während sie schnell einen weiteren Espresso für den Gast am Fenster zubereitete, «warum nimmst du dir nicht eine Flasche aus dem Kühlschrank und legst dich ein bisschen hin?» Sie hatte hinter der Küche ein kleines Büro gesehen, in dem ein altes Samtsofa stand. «Und wenn ich eine Frage habe, komme ich zu dir, *d'accord?»*

Magali blies sich eine dunkle Locke aus der Stirn und sah sie zweifelnd an. Unter ihren Augen lagen tiefe Schatten.

«Bist du sicher?»

«Absolut», sagte Lola, öffnete den Kühlschrank und entnahm ihm eine Colaflasche, an der Wassertropfen herunterperlten. Sie drückte sie Magali in die Hand und schob die junge Frau dann sanft, aber unnachgiebig in den hinteren Teil des Cafés. «Hier ist noch nichts los, siehst du ja.»

«Merci», hauchte Magali und watschelte mit ihrem Getränk los, eine Faust in den Rücken gepresst.

Lola atmete auf. In wenigen Tagen würde sie sich hier bestens auskennen, und Magali konnte zu Hause bleiben. Dann konnte sie schalten und walten, wie sie wollte.

Zwei Männer kamen herein, verlangten Kaffee und Croissants, und Lola bereitete alles in Windeseile zu und stellte es ihnen an die Bar, wo die beiden wie siamesische Zwillinge ihre Tablets hervorzogen und begannen, Zeitung zu lesen – den Finanzteil.

Kurz darauf betrat eine junge Frau mit honigblondem langem Haar das Café, und Lola beobachtete amüsiert, wie die Männer synchron die Köpfe drehten und ihr mit dem Blick folgten, als sie sich an einen Fensterplatz setzte und dort ihren Laptop aufklappte.

Lola ging zu ihr.

«*Salut*», sagte die Frau mit einem hübschen Lächeln. «Ich hätte gern eine *Noisette* und ein Spiegelei.» Sie zog eine Brille mit riesigen Gläsern hervor, setzte sie umständlich auf und begann, eine Reihe von Bildern auf dem Computer zu öffnen – impressionistische Gemälde, wie Lola über die Schulter sah. Wahrscheinlich war sie eine Studentin aus dem Universitätsviertel um die Ecke.

«Kommt sofort.»

Lola ging in die Küche und hoffte, dass sie die richtige Pfanne benutzte. Aus dem Hinterzimmer kamen sanfte Schnarchgeräusche, und sie bemühte sich, so wenig wie möglich mit dem Geschirr zu klappern. Wenig später trug sie den Frühstücksteller nach vorn, stellte ihn der jungen Frau auf den Tisch und kassierte bei den beiden Männern ab, die mit einem letzten bedauernden Blick zum Fensterplatz das Café verließen. Auch der Bauarbeiter zahlte und ging, sodass Lola nun mit der Studentin allein im Café war. Sie begann, die Kaffeemaschine zu säubern, und ertappte sich dabei, wie sie immer wieder zur Tür sah. Überrascht gestand sie sich ein, dass sie auf Fabien wartete – ohne ihn kam sie sich in seinem Café seltsam vor. Beinahe wie ein Eindringling. Bisher war alles glattgegangen, die Arbeit war nicht schwer und Lola in ihrem Element. Aber Fabiens blaue Augen, seine ruhige Stimme, seine freundliche, warme Art fehlten hier im Café des Artisans. Oder fehlten sie *ihr*?

Noch einmal sah sie durch die Fensterscheiben des Wintergartens nach draußen, wo Liliane Morel sich gerade erhob, ein paar Münzen auf den Tisch legte und ging.

Lola folgte ihr mit den Augen. Madame Morel lief quer über den Platz, am Springbrunnen vorbei. Kurz hielt sie inne und warf ein Geldstück in das kleine Becken, dann schaute sie hinüber zum Feinkostgeschäft. Und selbst von ihrem Platz im Café konnte Lola erahnen, dass sie tief einatmete. Ihre Schultern hoben sich, während ihr Blick unverwandt auf Monsieur Slimanis Geschäft gerichtet war. Jetzt holte Madame Morel einen kleinen Taschenspiegel aus ihrem Blazer und überprüfte verstohlen ihr Aussehen, ehe sie ihn wieder hineingleiten ließ. Dann fuhr sie sich mit der Hand durch die kurzen Haare und ging mit entschlossen wirkenden Schritten bis zum Les Deux Paradis. Sie trat ein, und gleich darauf schloss sich die Tür hinter ihr.

Lola wandte sich lächelnd ab und hing einen Moment ihren Gedanken nach. Unwillkürlich zog sie den Brief von Rose – den letzten, den sie gelesen hatte – aus ihrer Hosentasche. Sie glättete die Seite vorsichtig und begann, ihn noch einmal von vorn zu lesen, und wie schon beim ersten Mal schienen die Worte auf dem zart geblümten Papier wie mit kühlen Händen nach ihrem Herzen zu greifen.

«Hättest du etwas Süßes da?», unterbrach sie eine Stimme, und Lola sah auf. Die Studentin war aufgestanden und kam zum Tresen.

«Was schwebt dir denn vor?», fragte Lola.

«Ich weiß auch nicht. Etwas Gebäck vielleicht?» Die junge Frau spielte mit einer Haarsträhne, die sie sich hinter ein etwas abstehendes Ohr strich, und rollte mit den Augen, als sie zu ihrem Laptop am Fenster deutete. «Ich schreibe meine Doktorarbeit, weißt du? Und ohne ständige Zuckerinfusion schaffe ich es einfach nicht.»

«Ist es so langweilig?», fragte Lola wohlwollend.

Die Frau lachte hell. «Ganz und gar nicht», sagte sie, «aber so furchtbar traurig. Ich schreibe über die Seerosen von Claude Monet – und bei der Recherche bin ich auf die unglückliche Liebe zwischen ihm und Camille Doncieux gestoßen.»

«Die Bilder kenne ich», sagte Lola, «aber von der Frau habe ich noch nie etwas gehört.»

«Eine tragische Geschichte», sagte die Studentin, und in ihren großen braunen Augen hinter den Brillengläsern stand ein schmerzlicher Ausdruck, als leide sie selbst an diesem längst vergangenen Liebesschmerz. «Sie war seine erste Frau, aber ihnen war wenig Glück beschieden.» Sie seufzte. «Jedenfalls könnte ich eine Aufmunterung gebrauchen.»

«Ich gehe mal in die Küche und sehe, was ich tun kann», sagte Lola. Sie wusste genau, dass sie dort nichts Besonderes finden würde. Doch plötzlich hatte sie eine Vision von schmelzender Butter, einer Zuckerkruste auf Mürbeteig und frischen Vanilleschoten. «Bin gleich zurück. Könntest du hier kurz die Stellung halten und mich rufen, wenn jemand einen Kaffee haben möchte?»

«Na klar», sagte die junge Frau. «Ich habe ohnehin vor, mich heute Vormittag hier auszubreiten. Zum Glück ist Fabien nicht da, der sieht es nicht so gern, wenn ich einen Tisch besetzt halte. Er sagt, er betreibe ja keine Bibliothek.»

«Ach, aber solange hier so wenig los ist, macht das doch nichts», sagte Lola.

Die Studentin lächelte dankbar. «Ich bin übrigens Marie», sagte sie. «Marie Michel.»

«Und ich bin Lola», sagte sie und flitzte in die Küche, um ihre Vision Wirklichkeit werden zu lassen.

23

Die Mittagssonne stand hoch über der Place de la Contrescarpe, als Fabien eilig die Rue Blainville entlang auf sein Café zulief. Er hatte feuchte Handflächen, was sicher an den Unmengen Espresso lag, die er seit heute früh bei der Verkostung getrunken hatte. Alles an ihm schien ihm zittrig, und es half nicht, dass er in dem Moment, als er am Brunnen ankam, Lola sah, wie sie in ihren Shorts, über die sie sich *seine* Schürze gebunden hatte, und Boots an den nackten Beinen aus dem Café trat. Sie strich sich eine Ponysträhne aus dem schönen Gesicht und lachte lauthals über etwas, was Fabiens Nachbar Jules, der an seinem Lieblingstisch saß, zu ihr sagte. Fabien blieb wie angewurzelt stehen und versuchte, das Pochen seines Herzens und seine flatternden, kaffeegetränkten Nerven zu beruhigen, ehe er betont langsam auf beide zuging.

«Fabi», sagte Jules und lächelte das Zahnpastalächeln, um das ihn Fabien schon ewig beneidete, «deine neue Aushilfe ist genial!»

«Ja?», fragte er erstaunt.

Lola sah ihn an und grinste. «Tja, ob du's glaubst oder nicht, deine Gäste mögen mich.»

«*Mögen*? Wir *lieben* sie!» Jules warf Lola einen bewundernden Blick zu, der Fabien nervös machte – noch nervöser, wenn das überhaupt möglich war. «Bringst du mir noch so einen hinreißenden Kaffee? Und dazu einen von diesen Butterkeksen.» Er deutete auf ein Tellerchen, auf dem nur noch einige Krümel lagen.

«Butterkekse?», fragte Fabien verständnislos. «So etwas haben wir gar nicht.»

Jules lachte. «Ein paar Stunden ist die Katze aus dem Haus», sagte er und boxte Fabien gegen den Arm, «da tanzen die Mäuse auf den Tischen.»

Lola warf Fabien einen beinahe entschuldigenden Blick zu. «Morgens war wenig los, da hatte ich ein bisschen Zeit.»

«Zum *Backen*?», fragte Fabien und zog Lola mit sich ins Innere des Cafés. Er sah sich suchend im Gastraum um. «Wo ist überhaupt Magali?»

«Zu Hause», sagte Lola. «Sie war schrecklich müde und hat eine Stunde auf dem Sofa geschlafen. Und als sie aufgewacht ist, habe ich sie nach Hause geschickt.»

Fabien schnupperte. Ein Duft nach Butter und Vanille lag in der Luft. «Und seitdem warst du allein im Laden? Bis jetzt?»

«Ja», sagte Lola, «natürlich waren auch Gäste da. Nicht zu knapp, muss ich sagen. Der Kaffee scheint ihnen zu schmecken.»

«Und mit der Maschine ging alles gut?», fragte Fabien. «Wenn du nicht damit zurechtkommst, kannst du einfach Espresso in der Küche kochen, *d'accord*?»

Ein älterer Herr, der am Tresen saß, sah auf. Er schmunzelte Fabien unter seinem Schnurrbart an. «*Monsieur*», sagte er, «die *Mademoiselle* hier ist weit entfernt davon, *nicht* zurechtzukommen.»

Fabien starrte ihn an. Dann blickte er sich erneut um. Auch hier drinnen waren mehrere Tische besetzt, es summte und brummte in seinem Laden, überall auf den Tischen standen benutzte Tassen, Teller und Gläser.

Lola lächelte bescheiden. «Ich bin aber ziemlich froh,

dass du jetzt da bist», sagte sie. «Mit dem Mittagsgeschäft käme ich allein nicht zurecht, fürchte ich.»

«Dann gehe ich mal in die Küche», sagte Fabien. Er war baff, versuchte jedoch, sich nichts anmerken zu lassen. Den ganzen Vormittag hatte er wie auf Kohlen gesessen, weil er daran dachte, dass Magali vermutlich viel zu viel Arbeit am Hals haben würde – und dazu Lola, der sie alles erklären musste. Deshalb war er früher von seinem Termin aufgebrochen als geplant, war die unterirdischen Gänge der Métro entlanggehastet und sogar ein Stück gerannt, damit er schnell zurück zum Café käme. Doch niemand schien ihn vermisst zu haben.

Sprachlos betrat er die Küche, entzündete die Gasflämmchen an seinem Ofen und setzte den großen Topf mit der *Soupe au Pistou* darauf, die er gestern Abend gekocht hatte. Sie entfaltete ihren Geschmack erst so richtig, wenn die betörende Mischung aus süßen Möhren, dicken weißen Bohnen, Tomaten und Knoblauch eine Nacht lang durchgezogen hatte.

Schnell breitete sich der würzige Duft aus und verdrängte den nach Lolas Butterkeksen. Fabien ließ seinen Blick durch die Küche wandern, er blieb am Arbeitstisch hängen, auf dem eine seiner Rührschüsseln stand. Daneben lagen zwei halb volle Bleche mit Keksen. Verstohlen sah Fabien zur Tür – bevor er schnell hinüberging und sich eines der Plätzchen in den Mund schob. Einen Moment schloss er die Augen. Das Gebäck war wundervoll knusprig, die Butter darin schmolz auf seiner Zunge, und das Vanillearoma breitete sich sanft, aber nachdrücklich aus. Unwillkürlich griff er nach einem zweiten Keks. Das zittrige Gefühl in seinen Händen ließ nach, besänftigt vom karamellisierten Zucker und einem Hauch Zimt. Das hier war etwas anderes als der klebrige Früchtekuchen von Magali, den man nur mit literweise Tee hinunterspülen konnte, und auch, wie er zugeben musste, etwas anderes als seine einfallslosen marmorierten Kekse, die er ab und zu backte. Dabei war es nun wahrlich nichts Besonderes, ein wenig Buttergebäck, mehr nicht. Und doch – er hatte schon lange nichts mehr gegessen, was so köstlich war.

«Schmeckt's?», fragte eine Stimme hinter ihm, und er fuhr herum, als habe er von einer verbotenen Frucht genascht. Lola lächelte. «Ich hoffe, es ist dir recht», sagte sie und trat zu ihm, nahm sich ebenfalls eins der Plätzchen und schob es sich in den Mund. «Ich dachte einfach, es wäre nett, den Gästen etwas Frisches zum Kaffee zu servieren.»

«Aber wir haben doch die kleinen Kekse vorne im Glas.» Fabien hörte selbst, dass er klang, als sei er beleidigt. Ein wenig war er es wohl auch.

«Ja, aber ...» Lola unterbrach sich. Sie wollte wahrscheinlich nichts Falsches sagen.

Fabien riss sich zusammen. Was hätte er sich Besseres wünschen können, als dass er eine Aushilfe fand, die auch noch backen konnte wie eine Göttin? Und dann war es nicht nur irgendein Mädchen, sondern Lola. Ausgerechnet Lola, die hier nur wenige Zentimeter entfernt von ihm stand und nach Vanille duftete, nach frisch gemahlenem Kaffee und nach all den Jahren, in denen er sich ihren Duft heraufbeschworen hatte. Und mit einem Mal überrollte ihn die Erinnerung daran, wie sich ihre Lippen auf seinen angefühlt hatten ...

Hastig trat er einen Schritt zur Seite. «Ist schon gut», sagte er. «Danke für deine tolle Arbeit heute, du hast mir den Rücken freigehalten, ganz allein, und das an deinem ersten Tag hier.»

«Nichts zu danken», sagte Lola, und die merkwürdige Höflichkeit, die plötzlich zwischen ihnen stand, schien sie zu verunsichern. «Ich gehe wieder nach vorn, ja?»

Sie drehte sich um, und Fabien sah ihr nach, wie sie durch die Tür verschwand. Einen Moment rührte er sich nicht, spürte nur ihrer Anwesenheit in seiner Küche nach, ehe sich die Erinnerung verflüchtigte.

Da fiel sein Blick auf den Boden, wo Lola eben noch gestanden hatte. Ein Stück Papier lag dort, mehrfach gefaltet und mit schwachem Rosenmuster. Er hob es auf und überlegte nicht lange. Seine Neugier siegte. Vorsichtig faltete er das Papier auseinander und las hastig ein paar Worte.

... Darum denke ich einfach nur an Dich und küsse Dich in Gedanken, stelle mir vor, wie Du vor meiner Tür stehst, nachts, in der Stille. Und wie ich Dich ins Zimmer ziehe und wir wieder nur einander gehören ...

Er brach ab und starrte ins Leere. Am liebsten hätte er den Brief fallen lassen wie etwas, an dem man sich nicht die Finger verbrennen wollte. Doch dann las er weiter, und erst als er die Unterschrift sah, fiel ihm ein riesengroßer Stein vom Herzen. Beinahe hätte er gelacht. Hatte er wirklich für einen Moment gedacht, Lola habe den Brief geschrieben? Oder – er wusste nicht, was schlimmer wäre – jemand anderes hätte die Worte *für sie* geschrieben? Nein, Rose war es gewesen, Rose Caron. Lola hatte ihm doch erzählt, dass ihre Großmutter Briefe hinterlassen hatte.

Anerkennend pfiff Fabien durch die Zähne. Das hätte er dieser alten Dame, die in der Kammer über seiner Wohnung lebte, gar nicht zugetraut – eine solche leidenschaftliche Liebe aus längst vergangenen Tagen. Doch was wusste man schon wirklich über die anderen Menschen? Wer, außer Samir und seiner Mutter, ahnte denn zum Beispiel etwas von der Marter *seines* Lebens, von seiner Sehnsucht nach Lola und seinen sorgsam gehüteten Erinnerungen? Obwohl ... auch ein paar Nachbarn aus dem Quartier rochen sicher Lunte. Doch wie es ihm *wirklich* ging, das konnte keiner wissen.

Gestern Abend, dachte er, während er den Brief wieder zusammenfaltete und in seine Hemdtasche steckte, um ihn später Lola zu geben, war er in dem Wissen eingeschlafen, dass sie in der Wohnung über ihm war. Er hatte sogar gedämpft durch die Decke Musik gehört, ein altes französisches Chanson. Moment! Er zog noch einmal den Brief von Rose hervor und sah schnell hinein – ja! Da stand es: *Ein Taxi wartet unten auf uns.* Das war von Bécaud, und genau dieses Lied hatte Lola gestern Nacht mehrfach vor dem Einschlafen gehört.

Fabien steckte den Brief wieder ein, schmeckte die Suppe ab und rührte gedankenverloren darin herum. Jeder kannte dieses Lied, es war aus den Sechzigern, und schon als er und Lola Kinder gewesen waren, musste es diese hoffnungslos altmodische Patina gehabt haben. Doch Chansons blieben trotzdem merkwürdig zeitlos. Sie begleiteten die Menschen in Paris ungeachtet des Alters, waren Teil der französischen Identität. Auch Jeanne hörte gerne Chansons und sang sie stets lauthals und ziemlich falsch mit. Und selbst Fabien kannte die Worte auswendig und stimmte jetzt ein paar Töne an, während er noch eine letzte Prise Muskatnuss in die Suppe rieb. *Je reviens te chercher, ben, tu vois, j'ai pas trop changé. Et je vois que de ton côté, tu as bien traversé le temps* ... Ja, es stimmte, es traf auch auf ihn zu! Er hatte sich seit damals kaum verändert, er war noch immer am gleichen Platz, hatte sich nur noch mehr verankert in dieser Stadt seiner Kindheit, war hier verwurzelt. Hatte, wie Lola ganz richtig bemerkt hatte, seinen Traum verwirklicht und war trotzdem derselbe geblieben. Und Lola – nun, er *hoffte*, sie möge sich verändert haben, möge eingesehen haben, dass sie hierhergehörte, nach Paris. Und damit endlich in seine Nähe, nach all den Jahren ohne sie. Aber die Zeit hatte auch ihr nichts anhaben können, genau wie in Bécauds Chanson. Sie war nach wie vor schön, schöner als jemals zuvor. Und er musste sich wieder einmal beherrschen, die Suppe nicht einfach Suppe sein zu lassen und nach vorne zu stürzen, wo Lola vermutlich mit seinen Gästen flirtete, sie an sich zu ziehen und vor der versammelten Nachbarschaft auf der Place de la Contrescarpe zu küssen.

Aber natürlich tat er es nicht. Das geschah nur in den alten Filmen, und Fabien war kein Leinwandheld. Deshalb konzentrierte er sich darauf, die Suppe anzurichten, Koriander und Nüsse für das Pesto zu hacken und ab und an den Vanilleduft einzuatmen, der sich unter all den anderen Gerüchen hartnäckig behauptete.

24

Lola schmerzte jeder einzelne Knochen, als der letzte Gast endlich das Café des Artisans verließ und sie die Tür ins Schloss warf. Das Glöckchen klingelte zum letzten Mal, und sie sah sich nach Fabien um, der das Licht gedämpft hatte und gerade die letzten Tische abräumte.

«Und so geht das jeden Tag?»

Er lachte leise, sein Gesicht lag im Halbdunkel. «Nicht ganz», sagte er. «Heute war besonders viel los. Und wenn ich es nicht besser wüsste, würde ich sagen, es lag an dir.»

«Aber du weißt es natürlich besser», sagte Lola. Sie wunderte sich selbst über den spitzen Ton in ihrer Stimme. Wollte sie so unbedingt gelobt werden? Natürlich mochte es Zufall sein, dass die Gäste heute länger geblieben und mehr bestellt hatten als sonst. Sie konnte zwar nicht beurteilen, wie es an anderen Tagen war, aber der feine Schweißfilm auf Fabiens Stirn hatte Bände gesprochen. Genau wie der leere Topfboden, von dem sie soeben noch den allerletzten Rest *Soupe au Pistou* in einen Suppenteller gekratzt hatte. Auch ihre Vanillebutterplätzchen waren längst weggeputzt, ebenso wie das letzte Eckchen Baguette und der ganze Salat – nur noch ein einsames Blatt Rucola schwamm in der riesigen Blechwanne.

«Nein, wahrscheinlich war es genau so», sagte Fabien. «Du warst großartig.» Er stapelte die leer gegessenen Teller auf einem Tablett und brachte es in die Küche.

Lola zuckte bei dem ungewohnten Kompliment zusammen und begann rasch, die Tischdecken mit den Rotweinflecken abzuziehen und auf einem Stapel zu sammeln. Sie wusste bereits, dass diese später noch von den Leuten der Reinigung abgeholt wurden.

Als Fabien zurückkehrte, hielt er am Tresen inne und beobachtete sie. «Du bist wirklich richtig gut, weißt du das?»

Lola durchfuhr ein kleines Glücksgefühl.

«Danke», sagte sie. «Du aber auch. Dass dieses kleine Café mitten in der Woche so brummt, ist doch vor allem dein Verdienst. Die Leute fühlen sich hier wohl.» Sie rieb sich das schmerzende Kreuz. «Ich sollte wohl an meiner Kondition arbeiten, der Job im Rouge, wo man nur Getränke an der Bar abholen und verteilen muss, ist nichts dagegen», sagte sie. «Nicht, dass ich nach ein, zwei Wochen Aushilfe bei dir ein Wrack bin.»

Ein Schatten schien über Fabiens Gesicht zu huschen, doch er sagte nichts, sondern nickte nur stumm und wischte mit einem Lappen den Tresen blank. Lola beobachtete ihn einen Moment dabei. Er hatte schöne Hände mit schlanken Fingern, und da er die Hemdsärmel wie stets aufgekrempelt trug, sah sie die Muskeln an seinem Unterarm spielen. Sein Haar schimmerte im Schein der kleinen Leuchten bronzefarben.

Was war eigentlich los mit ihr?, fragte sie sich beinahe verärgert und machte eine abrupte Bewegung. Es klirrte. *Zut!* Sie hatte ein Weinglas zu Boden gewischt, wo es in viele Scherben zerbrochen war.

«Ich bin ein Tollpatsch», sagte sie zerknirscht und bückte sich. «Beinahe so schlimm wie du neulich», fügte sie hinzu und spielte damit auf ihre Begegnung vor ein paar Tagen an, als Fabien ein Stapel Teller zu Bruch gegangen war.

«Lass mal», sagte er und trat zu ihr. Er ging neben ihr

in die Knie und schob ihre Hände beiseite. «Ich mach das, ich hab Übung darin, Scherben aufzukehren.» Er griff beherzt zu und jaulte in der nächsten Sekunde halblaut auf.

«*Merde!*» Er lutschte am Daumen, aus dem ein paar Blutstropfen getreten waren.

«Zeig her», sagte Lola und nahm seine Hand.

Es war ein kleiner, aber ziemlich tiefer Schnitt, schien ihr, und sie hielt seinen Arm am Ellenbogen hoch und sah sich nach etwas um, womit sie den Schnitt provisorisch verbinden könnte. Eine unbenutzte Serviette lag auf einem der Tische, und sie griff danach und wickelte Fabiens Hand vorsichtig ein.

Plötzlich wurde ihr bewusst, wie nah sein Gesicht an ihrem war, wie warm seine Haut unter ihren Fingern, und jetzt erst hörte sie die Musik, die noch immer aus einem der Lautsprecher rieselte. Sie kannte das Lied, es war damals auf unzähligen Schulpartys gespielt worden. Mazzy Star – *Fade into you*. Der Song, der bereits damals fast schon ein Oldie gewesen war, hatte eine langsame, fast tranceartige Melodie, und die sanfte Stimme der Sängerin, die wehklagend und tröstend zugleich war, erschien Lola auf einmal besonders herzzerreißend.

I wanna hold the hand inside you. I wanna take the breath that's true ...

Lola hörte sich selbst atmen und bemerkte, dass Fabiens Miene todernst war und er sie beinahe ein wenig erschrocken ansah. Sein Gesicht kam noch näher. Und für den Bruchteil einer Sekunde glaubte sie, dass er sie küssen würde. Doch dann zog er sich plötzlich zurück, stand hastig auf und setzte sich auf einen der schönen Bistrostühle, die Lola an ein Café aus dem vergangenen Jahrhundert erinnerten.

Das Schweigen war ohrenbetäubend, und Lola, die noch immer am Boden hockte und spürte, wie ihr das Blut im Kopf rauschte, wusste nicht, was sie tun sollte, um die Situation zu entschärfen. Endlich war das Lied zu Ende, und nach einer winzigen Pause folgte ein alter, harmloser Popsong ohne jeden Herzschmerz.

Da löste sich Lola aus ihrer Erstarrung. Sie stand auf und blickte Fabien an.

«Geht's wieder?», fragte sie.

Er nickte, als sei nichts geschehen. «Ich hol mir schnell ein Pflaster aus der Küche», sagte er. «Und du solltest nach Hause gehen, den Rest schaffe ich allein. Ich hab dir heute ohnehin zu viel zugemutet für den ersten Tag. Zumal du ja gar nicht ewig bleiben willst und nur eine Aushilfe bist, wie du selbst gesagt hast.»

Irrte sich Lola, oder war da eine Schärfe in seine Stimme getreten, die vorher nicht da gewesen war? Vielleicht waren sie aber auch beide nur erschöpft, denn es war spät.

Lola hatte das Gefühl, dass sie die Gelegenheit ergreifen sollte, nach Hause zu kommen, ohne dass die Situation zwischen ihnen seltsam wurde. Sie hatte doch eigentlich nur ein wenig Geld verdienen und nicht eine Liebesgeschichte mit einem alten Schulfreund aufwärmen wollen, die nie richtig begonnen hatte. Und sie hoffte plötzlich, dass es Fabien ebenso ging und sie sich morgen bei Tageslicht wieder arglos begegnen konnten.

Er hielt noch immer die notdürftig verbundene Hand fest und sah sie erwartungsvoll an. Dann runzelte er die Stirn. «Warte», sagte er, «du hast vorhin etwas verloren. Den Brief deiner Großmutter.» Er nickte zu seiner Brusttasche hinab, wo, wie Lola jetzt sah, die Ecke eines Briefpapiers herauslugte.

«Darf ich?» Sie griff danach und zog das beschriebene Blatt hervor. Wieder schien ihr, dass von Fabiens Körper eine große Wärme, ja Hitze ausging, doch diesmal ignorierte sie ihr Gefühl und trat schnell einen Schritt zurück. «*Merci*», sagte sie und lächelte zaghaft. «Ich hoffe, du hast ihn nicht gelesen?»

Fabien zuckte zusammen und schüttelte den Kopf.

Sie lachte. «Bist ein schlechter Lügner», sagte sie, «aber das ist schon in Ordnung. Ich hätte auch reingesehen. Wer hätte gedacht, dass meine schrullige alte *Mamie* ein solches Geheimnis mit sich herumtrug, oder?»

«*Trug?*», fragte Fabien.

Lola erschrak. «So meinte ich es nicht», sagte sie rasch. «Ich bin sicher, sie ist irgendwo da draußen, ein bisschen verrückt wie immer, aber gesund und munter.»

«Bestimmt», sagte Fabien. «Also dann, *bonne nuit*, Lola – und danke für heute. Wir sehen uns doch morgen, oder? In alter Frische?»

«Natürlich», sagte sie und hob die Hand zum Gruß. Unter ihren Schuhen knirschten die feinen Scherben des Weinglases, als sie sich zum Gehen wandte, und einen Moment zögerte sie, Fabien mit dem Chaos allein zu lassen. Doch sie wusste, dass sie gehen sollte. Dieser Abend war für beide voller Minen, in die sie treten konnten, und es wäre besser, es für heute gut sein zu lassen.

Draußen roch es so durchdringend und sehnsüchtig nach Jasmin, dass es Lola den Atem verschlug. Von einem Balkon in der Rue Mouffetard klang Gelächter herüber, und ein paar Musikfetzen mischten sich unter das Rascheln der Blätter im Nachtwind. Lola hob das Gesicht zum schwarzen, wolkenlosen Himmel über dem Platz. Die Bäckerei lag dunkel da, ebenso der Blumenladen Fleurs de

Morel und das Delikatessengeschäft von Monsieur Slimani. Nur im Bistro Chez Patrice glomm noch ein kleines Licht durch die schmutzigen Fenster auf die Straße. Dort genossen sicher noch ein paar späte Gäste ihren Pastis und spielten eine Runde Backgammon.

Doch Lola, die sonst nichts gegen einen Schlummertrunk hatte, mochte sich ihnen nicht anschließen. Sie wollte allein sein, allein mit sich und ihren neuen, seltsam verwirrenden Gefühlen für Fabien Roudeaut.

25

Huch!», rief Lola, als überraschend eine Gestalt aus einer der Wohnungstüren im Treppenhaus schoss.

«*Pardon*», sagte die Unbekannte, während die Tür hinter ihr ins Schloss fiel. «Ich wollte Sie nicht erschrecken.»

Auf dem Treppenabsatz stand eine Frau, stark geschminkt und mit so blondem Haar, dass die Farbe nicht echt sein konnte. Ihr Lächeln aber war breit und vollkommen natürlich. Sie trug ein tief ausgeschnittenes, enges Schlauchkleid und schwindelerregende Pumps in Kanariengelb.

«Sie müssen Lola sein», sagte sie. «Jules meinte schon, es gebe eine Neue bei Fabien im Café. Und dass Sie die Enkelin von der *Madame* unterm Dach seien.»

«Ja, Rose Caron ist meine Großmutter», sagte Lola.

«Und ich bin Nancy», sagte die Blondine und schüttelte – anstelle von Wangenküsschen – Lola die Hand. Diese Geste und ihr leichter amerikanischer Akzent verrieten, dass sie keine Pariserin war. «Ich bin Jules' *girlfriend*.» Sie deutete mit dem Daumen zur Tür hinter sich. Ein winziges Stirnrunzeln folgte. «Jedenfalls so etwas Ähnliches», sagte sie dann. «Aber nicht genug, um über Nacht zu bleiben.»

Ihr Ton war fröhlich und unbekümmert, und sie musterte Lola neugierig.

«Jules sagt, mit Ihnen würden im Café des Artisans neue Saiten aufgezogen, stimmt das? Sie seien ein echter Glücksgriff für Fabien Roudeaut?»

«Keine Ahnung», sagte Lola unbehaglich, «ich weiß ja noch nicht einmal, wie lange ich hierbleibe. Ich helfe Fabien nur aus.»

«Ach so», sagte Nancy. «Und wovon hängt es ab, wie lange Sie bleiben?»

«Eigentlich bin ich nur auf der Suche nach meiner Großmutter. Sie ist verschwunden, und meine Familie und ich, wir machen uns Sorgen.»

«Ach, da wäre ich an Ihrer Stelle ganz *relaxed*», sagte Nancy und zeigte ihr Fotomodell-Lächeln. Sie warf die blonden Haare nach hinten und deutete mit dem Zeigefinger in die Luft. «Dort oben unterm Dach war zuletzt gute Stimmung, soweit ich das mitbekommen habe. *Madame* hat Musik angemacht, und ich habe Stimmen gehört. Ich glaube, sie hatte Besuch, gleich an zwei Abenden hintereinander. Auf jeden Fall war da ein Mann bei ihr.»

«Ein Mann?», echote Lola überrascht. «Sind Sie sicher?»

«Zumindest roch das Treppenhaus nach Herrenparfüm», sagte Nancy entschieden. «Sehr edel und ein bisschen altmodisch, wissen Sie? Einer von diesen schweren Düften, wie in einem alten Film. Obwohl ...» Sie lachte glockenhell. «Man kann das ja im Kino gar nicht riechen. Eigentlich. Aber ich eben doch.»

«Sie riechen die Filme?», fragte Lola.

«*Yes, my dear!*», rief Nancy. «Aber das ist wohl eine Berufskrankheit. Ich bin Schauspielerin.» Sie zwirbelte das Ende einer langen platinblonden Haarsträhne und machte einen oscarreifen Augenaufschlag. Dann verzogen sich ihre Mundwinkel spöttisch. «Oder jedenfalls wäre ich es gern», sagte sie. «So eine richtig gute Schauspielerin wie die französischen Diven, so wie Catherine Deneuve in *Die letzte Metro*, wissen Sie? Bei der hat Truffaut wahrscheinlich höchstpersönlich angerufen und darum gebettelt, dass sie seine weibliche Hauptrolle übernimmt. Aber bei mir reichte es bisher nur für eine Telenovela.» Nancys Augen wurden schmal. «Vielleicht kennen Sie sie ja – *La famille Descartes*? Ich spiele Kimberley, die Austauschstudentin.»

Lola schüttelte amüsiert den Kopf. «Ich komme leider nicht oft zum Fernsehen», sagte sie und hoffte, dass Nancy diese gnädige Lüge nicht durchschauen würde.

Tatsächlich lächelte diese ganz unbekümmert. «Gut so», sagte sie, «es ist der letzte Schrott. Aber man muss leben, *right*?»

Lola nickte und beschloss, das Gespräch zurück aufs eigentliche Thema zu lenken. «Sie sind also sicher, dass meine Großmutter einen Besucher hatte?»

«Ganz sicher», sagte Nancy. «Ich bin oft bei Jules, und die Wände sind dünn. Man hört, wer so alles im Treppenhaus auf und ab geht. Außerdem beobachtete ich vom Fenster aus erst kürzlich, wie Madame Caron und ihr Begleiter in ein Taxi einstiegen.» Nancy schob die Unterlippe vor. «Es war draußen zwar schon dunkel, daher weiß ich nicht genau, wie er aussah. Aber er wirkte gepflegt, ein bisschen klein vielleicht und ziemlich kahl, und er hielt ihr die Tür auf und trug ihren Koffer.»

«Dann haben Sie meine Großmutter wohl als Letzte hier gesehen», sagte Lola verblüfft. «Und sie ist wirklich mit diesem Mann fortgefahren? Ich hatte so etwas vermutet, aber es ist doch überraschend.» Sie knabberte an ihrer Lippe. «Wissen Sie, *Mamie* hat immer allein gelebt, ich weiß nicht einmal, wer der Vater meiner Mutter war.»

«Und sie weiß es auch nicht?», fragte Nancy.

Das Flurlicht erlosch, und Lola drückte schnell auf den Lichtschalter.

«Meine Mutter? Oh, ich kann sie leider nicht mehr fragen», sagte sie leise. «Sie ist vor vielen Jahren gestorben.»

Nancy sah betroffen aus. «*I'm sorry*», sagte sie schnell, «das wusste ich nicht.»

«Woher auch?» Lola winkte ab. «Es ist lange her.»

«Egal wie lange ... so etwas wirkt für immer in uns», sagte Nancy. «Auch wenn wir denken, wir seien darüber hinweg – so etwas prägt uns. Es macht aus uns, wer wir sind, oder?»

Lola musterte die blonde Frau nachdenklich. So oberflächlich sie vielleicht auf den ersten Blick wirkte – offenbar war sie es nicht.

«Ich muss jetzt ins Bett», sagte Lola, «aber es war nett, mit Ihnen zu reden. Und Sie haben mir wirklich sehr geholfen.»

«War mir eine Freude!» Nancy stöckelte mit beeindruckender Sicherheit in ihren gelben Schuhen die Treppen hinunter und hinterließ eine Wolke aus Maiglöckchenduft. «Ich wohne übrigens im Haus auf der anderen Seite der Place de la Contrescarpe», rief sie noch über die Schulter. «9 Rue Mouffetard, Nancy Black. Die Tür ist kaputt, sie steht also immer offen, typisch Quartier Latin – charmant, aber heruntergekommen.» Sie kicherte. «Dasselbe behauptet die Regisseurin von *La famille Descartes* hinter meinem Rücken von *mir*. Aber ich werde ihr schon noch das Gegenteil beweisen. Irgendwann gehe ich in Cannes über den roten Teppich.» Mit einer dramatischen Geste warf sie ihre Haare nach hinten. «Kommen Sie doch mal rum, wenn Sie Lust auf einen *Apéro* haben, ich habe immer eine große Auswahl Whisky da. Am liebsten trinke ich *Laphroaig*.»

Wieder musste Lola schmunzeln. Whisky war das Letzte, was sie vertrug. Doch sie winkte Nancy über das Geländer zu.

«Danke», sagte sie, «das mache ich bestimmt bald mal.»

«Natürlich nur, wenn Sie dann nicht schon längst wieder über alle Berge sind», hörte sie noch einmal Nancys Stimme von unten. Dann klackerten nur noch die Absätze, bis schließlich die schwere Haustür geöffnet wurde und gleich darauf mit einem dumpfen Geräusch zufiel. In diesem Moment ging das Flurlicht wieder aus, und Lola stand allein im dunklen Treppenhaus.

onjour, Maman», sagte Fabien, das Handy unters Kinn geklemmt, während er sich im Blumenladen von Liliane Morel umsah. «Ich wollte dich kurz etwas fragen.»

Er stand inmitten eines kleinen Ozeans aus violetten Astern, weißen Lilien, orangefarbenen Gerbera und dunkelroten Rosen. Es roch nach frischer Blumenerde und Leben.

Liliane, die hinter einem Tisch mit einer zerkratzten Arbeitsplatte stand, nickte anstelle eines Grußes nur in seine Richtung und wandte sich dann wieder einem riesigen Bündel rosafarbener Nelken zu, die sie zusammen mit einem weißen Kraut, dessen Namen Fabien nicht kannte, zu einem Strauß zusammenband. Ihr zartes Gesicht war ernst und konzentriert.

Fabien lächelte ihr zu und bat mit einer Geste um einen Moment Zeit. Er wollte zuerst mit seiner Mutter zu Ende telefonieren, die vor ein paar Tagen nach Brest zurückgeflogen war und nun wieder in ihrem Häuschen in Le Conquet in der Küche saß. Das hörte er an dem plärrenden Küchenradio im Hintergrund, das ein Chanson von Jacques Brel spielte.

«Es geht um Rose Caron», sagte er, «du sagtest doch neulich, als du hier warst, du könntest dir vorstellen, wohin sie so plötzlich gefahren ist. War das nur so dahingesagt, oder stimmt das?»

Jeanne wollte wissen, ob er sich jetzt als Detektiv betätigen würde, und er ließ den liebevollen Spott über sich ergehen.

«Ich dachte nur», sagte er, «da du *Madame* und ihre Tochter ja so lange kanntest, wüsstest du vielleicht etwas.» Er senkte die Stimme, als ihm plötzlich bewusst wurde, dass Liliane Morel mithören konnte, auch wenn sie höflicherweise so tat, als sei sie angelegentlich mit ihrem Strauß beschäftigt. «Wir Nachbarn hier machen uns alle Sorgen.»

Er glaubte keine Sekunde, dass ihm seine Mutter diese Notlüge abnahm. Natürlich wusste sie, dass er um Lolas willen fragte. Und als Jeanne diesen Verdacht jetzt äußerte, knickte er ein.

«Schon gut, *Maman*», sagte er. «Zieh mich ruhig auf. Aber ich dachte ... wenn du etwas wüsstest, wäre es toll, mehr darüber zu erfahren.»

Er lauschte, dann riss er die Augen auf. «Bist du sicher?», fragte er. «Einfach so? ... Ich weiß nicht, wie ich ihr das erklären soll, geschweige denn, sie von der Idee überzeugen kann.»

Noch einmal hörte er sich an, was Jeanne zu sagen hatte, dann seufzte er. «Ja, vielleicht», sagte er. «Ich melde mich bald. Jedenfalls vielen Dank! *Bisous*.»

Er legte auf und starrte nachdenklich auf das Blumenmeer, das ihn umgab. Die Blüten schienen ihm zuzunicken, als feuerten sie ihn an, den Vorschlag seiner Mutter in die Tat umzusetzen. Doch wie sollte er das nur anfangen?

«*Bonjour*, Liliane.» Endlich wandte er sich an die Floristin. «Ich brauche mal wieder einen schönen großen Strauß für den Tresen im Café. Einen, der jeden Gast anlacht, der hereinkommt. Aber du musst mir helfen, ich bin wie immer völlig überfordert von deinem Angebot.»

«Mal sehen», sagte Liliane und legte die Nelken ab. Sie

kam um den Tisch herum, schritt in dem kleinen Laden auf und ab und murmelte halblaut etwas vor sich hin, was er nicht verstand, als würde sie sich im Geiste Notizen machen.

«So», sagte sie schließlich und griff in einen Kübel mit zartrosa Blumen, «erst einmal eine große Portion Anemonen. Sie stehen für die Freundschaft, und davon kann man ja nie genug bekommen, richtig?» Ihre Augen glitzerten verräterisch, sie schien diebischen Spaß an ihrer Aufgabe zu haben. «Außerdem ist die Anemone nicht nur die Blume der Freundschaft, sondern auch die der Liebe. Und damit perfekt für das Café des Artisans, oder?» Sie lächelte und ordnete die Stängel in ihre Armbeuge. «Man hört ja, dass sich deine neue Kellnerin ganz hervorragend eingewöhnt hat», fügte sie noch hinzu. «Und das nach nur einem Tag! Erstaunlich, wirklich, Fabi – was für ein Glück für dich!»

Fabien zog es vor zu schweigen. Er betrachtete die Anemonen, als sei er unglaublich interessiert an der Form ihrer Blütenblätter. «Und weiter?», fragte er, während er über das Pflaster an seiner Hand strich.

«Warte mal», sagte sie und ließ suchend den Blick schweifen. «Dazu kommen ein paar Mimosen. Sie stehen auch für die Freundschaft, aber für eine zarte Variante, eine, die noch im Wachsen begriffen ist.»

Wieder schnellten ihre Augen zu Fabien, als wartete sie auf eine Reaktion, mit der er sich endgültig verraten würde.

«Ich glaube, das wird mir jetzt alles ein bisschen zu rosa. Hast du noch etwas anderes?»

«Ja, hier sind Thymianzweige», sagte Liliane und griff nach ein paar starken Stängeln mit dunkelgrünen Blättern.

«Sie duften nicht nur gut, sondern verleihen auch Stärke. Die kannst du gut gebrauchen, habe ich recht? Stärke und Mut, genau wie die Brombeerzweige hier.» Der Strauß in ihrem Arm wurde immer dichter, die Zweige schmiegten sich an die zarten Blumen, und sogar Fabien, der keine Ahnung von Floristik hatte, gefiel dieses Zusammenspiel. Schon wollte er die Arme danach ausstrecken, da traf ihn Lilianes tadelnder Blick.

«Nicht so hastig», sagte sie. «Es fehlen auf jeden Fall noch Lilien. Sie sind die Blumen der Hoffnung – und die solltest du nicht aufgeben, auch wenn du dir wahrscheinlich die Zähne an dieser Nuss namens Lola ausbeißen wirst.»

Jetzt konnte sie nicht mehr an sich halten und kicherte so heftig, dass Fabien von ihrer Albernheit angesteckt wurde.

«Schön, dass du deinen kleinen Spaß mit mir hast», sagte er, halb lachend, halb verzweifelt. «Dabei sitzt du doch selbst im Glashaus, oder? Plagst du dich nicht auch gerade mit der Liebe herum?»

Da flog eine mädchenhafte Röte auf Lilianes Wangen, und sie lächelte – nicht verlegen, nicht schmerzlich, sondern zufrieden. «Wir werden sehen», sagte sie. «Für mich scheint sich das Blatt schon gewendet zu haben. Jedenfalls kann ich dir von meiner reichlichen Hoffnung heute etwas abgeben, wenn du möchtest.»

Mit diesen Worten trug sie ihre duftende Last zum Tisch, schnitt die Enden der Stängel mit einem scharfen Messer ab und band alles in Windeseile zusammen. Es war ein prächtiger Strauß, voller Leben und Frische – und nun, da Fabien auch wusste, wofür die einzelnen Blumen standen, voller Verheißung.

«Wie geht es deiner Mutter?», fragte Liliane, die endlich das Thema wechselte, während Fabien bezahlte. «Ihr habt gerade telefoniert, oder?»

«Danke, es geht ihr ganz gut», sagte er. «Vielleicht fahre ich für ein, zwei Tage zu ihr in die Bretagne.»

«Oh!» Liliane hob die Augenbrauen. «Und deine neue Kellnerin passt auf den Laden auf?» Sie deutete über den Platz in Richtung Café des Artisans.

Fabien nahm ihr den Blumenstrauß ab. «Mal sehen», sagte er und hob die Achseln. «Wenn deine Lilien hier ganze Arbeit leisten, kommt sie vielleicht sogar mit.»

Ehe Liliane etwas erwidern konnte, drehte er sich um und ging rasch aus dem Blumenladen. Beinahe wäre er über den schwarzen Kater gestolpert, der draußen herumstrich, doch er fing sich im letzten Moment und eilte, den Kopf so hoch erhoben wie möglich, zum Café hinüber.

27

Pierre humpelte über den Markt in der Rue Mouffetard und bemühte sich immer wieder um einen
beruhigenden Gesichtsausdruck, wenn ihn die Blicke der
Passanten voller Mitleid trafen. Alles halb so wild, wollte
er ihnen gern zurufen, doch leider wäre das eine Lüge.
Sicher, sein Fuß heilte zusehends. Und nichts war ge-
brochen, *Monsieur le Docteur* hatte nur eine Prellung di-
agnostiziert, doch diese war äußerst schmerzhaft. Der
Arzt hatte ihn aber mit ausreichend Schmerzmitteln ver-
sorgt, und seitdem ging es Pierre etwas besser. Er musste
nicht einmal mehr seinen provisorischen Verband tragen,
sollte den Fuß nur noch etwas schonen. Doch da er sein
Geschäft nicht aussetzen konnte, leistete er diesem Rat
keine Folge, sondern backte schon wieder wie wild Lebkuchenherzen und verkaufte sie auf den Straßen des Vier-
tels.

Immerhin hatte er sich einen leichten Campingstuhl
besorgt, den er von Straßenecke zu Straßenecke trug, um
sich ab und an hinsetzen zu können – so wie die älteren Besucher im Louvre es taten, wenn sie sich zwischen
Botticelli und da Vinci ausruhen mussten. Seinem Umsatz
war das lahme Bein eigentlich sogar zuträglich, dachte
Pierre, denn es gab eine Menge Touristen, denen er wohl
leidtat, und er versorgte sie nur zu gern mit naseweisen
Sprüchen und Zitaten, deren Sinn die wenigsten von ihnen verstanden. Am besten liefen jetzt im August, während der größten Besucherschwemme kurz vor der *Rentrée*, die *Paris, je t'aime*-Herzen. Pierre hatte gestern Nacht

extra noch einen großen Vorrat angelegt und heute schon eine ordentliche Menge verkauft.

Alles in allem ging es also aufwärts. Doch während die Schmerztabletten das Pochen in seinem Fuß linderten, so wirkten sie leider kein bisschen gegen das Ziehen in seinem Herzen. Marianne hatte nichts mehr von sich hören lassen, aber anders als sonst in solchen Phasen (die ihm durchaus nicht unbekannt waren) wuchs ihre Sehnsucht diesmal offenbar nicht nach wenigen Tagen. Der Spruch *Aus den Augen, aus dem Sinn*, den Pierre sogar auf eins seiner Herzen geschrieben und es anschließend wie ein Gegengift verschlungen hatte, entfaltete keine Wirkung. Je länger er sie vermisste, desto öfter glaubte er, ihr Gesicht im Getümmel zu entdecken, ihren Duft zu riechen, meinte er plötzlich, ihre Stimme hinter sich zu hören. Aber wenn er herumwirbelte und sich dann einen Schmerzenslaut wegen seines Fußes verbiss, war niemand da.

In der Poissonnerie arbeitete jetzt ein griesgrämiger alter Mann, von dem sicher niemand gern Austern und Langusten kaufte. Mariannes Zauber war auch dort verflogen. Für Pierre war sie verloren.

«*Zut!*», fluchte er – ein zahmes, viel zu zahmes Wort für seine Wut, doch er hatte von klein auf gelernt, keine Kraftausdrücke zu gebrauchen. Und das hatte er nun davon. In einer Stadt, in der jeder mit verbalen Fäkalien nur so um sich warf, wirkte er mit seinen harmlosen Flüchen so altmodisch wie ein Relikt aus alten Zeiten. Trotzdem konnte er sich nicht überwinden, etwas daran zu ändern. Schließlich war er ein Mann der schönen Worte, und das würde er nicht drangeben wegen einer Frau, die wohl schon längst seinen Namen vergessen hatte.

«*Bonjour*, Pierre», sagte da eine Frau ganz in seiner

Nähe, und er blickte auf. Nein, das war nicht Mariannes dunkles Timbre, sondern die Stimme von Lola Mercier, der Zuckerbäckerin, wie er sie bei sich nannte.

«Ah, Mademoiselle Mercier!» Er deutete eine Verbeugung an, was auf dem Klappstühlchen, auf dem er sich an einer Ecke niedergelassen hatte, sicher wenig elegant aussah. «Welch eine Augenweide an einem düsteren Tag.»

Lola ließ ihren Blick zur Sonne hinaufwandern, die unermüdlich auf den Marché Mouffetard hinabfunkelte.

«*Merci*», sagte sie, «sehr freundlich.» Um ihre Mundwinkel zuckte es, doch sie war nett genug, sich nicht über ihn lustig zu machen. «Wie gehen die Geschäfte?»

«Ich kann nicht klagen», sagte er. «Mein Hinkebein bringt mir viele Extrapunkte ein, wie mir scheint. Immerhin etwas!»

«Ich habe ein schlechtes Gewissen, weil ich Sie nach nur einem Tag mit der Arbeit im Stich gelassen habe.» Sie guckte zerknirscht.

«Nicht nötig, *Mademoiselle*», beteuerte er. «Sie haben mir sehr geholfen. Ich habe mir sogar erlaubt, meine Rezeptur nach Ihrem Vorbild ein kleines bisschen anzupassen – etwas mehr Zimt, weniger Zucker, dafür erwärmter Honig ... Und ich muss zugeben, dass meine Herzen viel besser sind als zuvor.» Er senkte die Stimme. «Verraten Sie das nur nicht meiner Großmutter.» Er deutete ängstlich zum Himmel hinauf, als könnte seine *Grandmère* Augustine dort oben erzürnen, weil er das heilige Familienrezept verwässerte. Aber wenn das Gebäck von dieser Zuckerbäckerin hier nun einmal leckerer war, warum nicht?

«Keine Sorge», flüsterte Lola und zwinkerte ihm zu. «Ich schweige. Und es freut mich immer, wenn ich etwas beitragen kann.»

«Wie geht es denn *Ihrer* werten Großmutter?», fragte er. «Ist sie wieder aufgetaucht?»

«Leider nein», sagte Lola, sie schien jedoch weniger besorgt als neulich. «Ich habe aber das Gefühl, dass sie es sich dort, wo sie gerade ist, gut gehen lässt. Eigentlich habe ich sogar schon überlegt, ob ich aufhören sollte, nach ihr zu suchen und alle Leute nach ihr auszufragen. Ich hoffe einfach, sie weiß, was sie tut.»

Pierre wiegte seinen Kopf hin und her. «Mag sein», sagte er. «Aber sind Sie denn nicht neugierig, was passiert ist?»

«Natürlich!», rief Lola und riss die Augen auf. «Furchtbar neugierig sogar.»

«Dann geben Sie nicht einfach auf», sagte Pierre. «Davon abgesehen würde *ich* wollen, dass meine Familie – im Falle meines spurlosen Verschwindens – nach mir suchen würde. Wenn ich denn hier in Paris eine hätte.»

Er räusperte sich, um die Bitterkeit, die sich in seinen letzten Satz geschlichen hatte, zu überspielen.

«Sie haben recht», sagte Lola nachdenklich. Sie hielt das Gesicht mit geschlossenen Lidern in die Sonne. Nach einer Weile öffnete sie die Augen wieder.

«Zeigen Sie mal Ihre neuesten Sprüche», sagte sie dann. «Wenn mir einer gefällt, kaufe ich Ihnen eins der Herzen ab – schließlich will ich auch wissen, was Sie da so zustande gebracht haben.»

Pierre überhörte geflissentlich die Spur Überheblichkeit in ihren Worten und fächerte die Herzen, die um seinen Hals hingen, eins nach dem anderen vor ihr auf.

Sie las, lächelte hier und da, schüttelte aber jedes Mal den Kopf. «Da ist keins dabei, das für mich bestimmt ist», sagte sie.

«Ich weiß.» Pierre schmunzelte und griff nach einer Tasche unter seinem Klappstühlchen. Darin war der Nachschub, der ihm zu schwer geworden war. «Denn nicht *Sie* suchen sich das Herz aus», sagte er streng, «sondern *ich* wähle die Worte für Sie, *Mademoiselle*.» Er suchte, vorsichtig, um keines der fragilen Gebäckstücke zu zerbrechen, und zog schließlich eines der Herzen hervor. Es hatte ein tiefrotes Band.

Pierre hängte es Lola um den Hals, jedoch verkehrt herum, sodass sie es nicht lesen konnte.

«Es ist ein Geschenk. Nehmen Sie es mit nach Hause und widerstehen Sie der Versuchung», sagte er. «Essen Sie es nicht auf und lesen Sie es nicht zu früh. Vielleicht hilft es Ihnen in einem wichtigen Augenblick.»

«*D'accord*», sagte Lola und wirkte erstaunt, sagte aber nichts weiter dazu. Sie zog die leichte Strickjacke, die sie heute zu ihrer Jeans trug, vorsichtig über das Herz, als wollte sie es beschützen – oder sich selbst daran hindern, die Vorderseite anzusehen.

«Sie werden also noch länger in Paris bleiben?», fragte er.

Sie nickte. «Vorerst. Ich habe sogar einen Job gefunden. Einen richtigen.» Sie lächelte. «Im Café des Artisans, kennen Sie es?»

«Fabien Roudeauts Café», sagte Pierre. «Vorher betrieb es der alte Monsieur Durand, aber seit Jahren ging es immer weiter abwärts. Bis Monsieur Roudeaut kam und endlich wieder etwas daraus machte. Ein bemerkenswerter junger Mann.»

Lolas Wangen hatten sich eine Winzigkeit gefärbt.

«Das stimmt», sagte sie. «Fabi ist ein alter Bekannter aus Schultagen», fügte sie hinzu, als sei eine weitere Erklärung nötig. «Und er braucht einen Ersatz für seine Kellnerin Magali.»

«Oho!», rief Pierre. «Die süße Magali! Sie hat in der Vergangenheit im Viertel immer wieder für Aufsehen gesorgt, konnte sich wohl nicht recht entscheiden, wem ihr Herz gehörte. Aber seit Neuestem ist sie doch sesshaft geworden, nicht wahr?»

«Ich schätze schon», sagte Lola, und eine winzige Falte erschien zwischen ihren Augenbrauen. «Wissen Sie denn noch, wem ... ihr Herz ... vorher gehört hat?»

Pierre lächelte. «Nun, eine Zeit lang dachten wir hier, es könnte etwas aus ihr und Fabien werden. Es hätte gut gepasst. Denn warum ein so attraktiver junger Mann so lange allein ist, versteht ja keiner. Und als Magali bei ihm anfing, blühte er auf. Aber das Schicksal hatte eben andere Pläne mit ihnen.»

Nachdenklich betrachtete er Lola und unterdrückte ein Lächeln. Nein, er hatte sich nicht getäuscht. Der Zuckerbäckerin war es offenbar nicht egal, wie es um Fabien Roudeauts Herz bestellt war. Jetzt knabberte sie schon wieder nervös an ihrer Unterlippe, und ihre Wangen flammten erneut auf. Alles an ihr schien zu glühen, ihre grünen Augen, ihre Haut ... Selbst das kastanienbraune, kurz geschnittene Haar sprühte Funken in der Sonne.

Gnade Gott demjenigen, der ihrem Herzen in die Quere kommt, dachte Pierre und spürte einen leichten Schauder. Das Mädchen hatte Feuer!

«Der junge Mann beschäftigt Sie wohl sehr?», fragte er vorsichtig.

In dem schwachen Versuch, Desinteresse zu zeigen, zuckte sie nur mit den Achseln. Doch dann streckte sie die Waffen. «Ich weiß auch nicht», erwiderte sie. «Noch vor ein paar Tagen hätte ich gesagt, dass es mich kein biss-chen interessiert, was mit Fabien ist. Ich kenne ihn ja eigentlich kaum, nicht richtig jedenfalls. Aber jetzt ...» Sie unterbrach sich und sah Pierre hilflos an.

«... jetzt ist alles anders», sagte er. «Ich verstehe. Aber – wenn ich fragen darf – was steht denn noch im Weg?»

Da lachte sie, trotzdem klang es nicht froh. «Ich!», sagte sie. «Immer nur ich. Darin bin ich eine Meisterin.» Dann legte sie die Hand über den Mund, als sei sie erschrocken darüber, was sie preisgegeben hatte. «Und das ist auch wieder typisch», fuhr sie fort, «denn wer weiß? Vielleicht steht da ja noch viel mehr im Weg, auch von seiner Seite aus. Am Ende bilde ich mir nur alles Mögliche ein.»

«Meiner Erfahrung nach», sagte Pierre leise und erhob sich ächzend, «bildet man sich selten solche Dinge ein. Meistens ist da, wo man etwas spürt, auch wirklich etwas. Die Frage ist nur, ob man diesem Gefühl Futter gibt, es nährt und hegt und vielleicht sogar freilässt oder ob man die Tür schnell wieder schließt.»

«Und was ist das Richtige?», fragte Lola. «Woher weiß man, welche Entscheidung man treffen soll?»

«Man weiß es nicht», sagte er. «So einfach ist das. Man kann das eine oder das andere tun – und weiß erst am Ende, ob es richtig war. Und eigentlich ist selbst das Unsinn, denn es geht ja alles immer weiter, nichts endet je, nichts ist abgeschlossen. Alles verändert sich andauernd, und wir glauben nur, dass irgendwann ein Abschluss kommt, ein Schlussstrich oder Resümee. Doch das ist nicht der Fall.»

«Wie verwirrend ...» Lola seufzte und fuhr sich müde durchs Gesicht. «Und irgendwie auch beängstigend, finden Sie nicht? Denn dann sind wir alle ja eigentlich jeden Tag in Gefahr.»

«Das ist wahr», sagte Pierre, schulterte die Tasche mit den Lebkuchenherzen und klemmte sich das Klappstühlchen unter die Achsel. «Wir können jeden Tag alles verlieren – wenn wir bereit sind, unser Herz an etwas zu hängen. Das ist der Preis. Aber ich habe ihn immer gern bezahlt, egal, wie hoch er war. Denn eins dürfen Sie nicht vergessen.»

Er sah sie an und hätte ihr gern übers Haar gestreichelt, wie sie da so mit hängenden Schultern und sehnsuchtsvollem Gesicht vor ihm stand.

«Was?», fragte sie, ein Fünkchen Hoffnung im Blick.

«Wir können mit etwas Glück auch jeden Tag alles gewinnen.»

28

Nach einer langen Schicht im Café des Artisans stiegen Lola und Fabien gemeinsam die Treppe im Haus Nummer 7 hoch. In der dritten Etage lächelte Lola ihm zu und hob kurz die Hand zum Abschied.

«Wir sehen uns übermorgen», sagte sie, denn montags war das Café des Artisans geschlossen.

«Hast du Hunger?», fragte Fabien da, und Lola, die schon einen Fuß auf der Stufe ins nächste Stockwerk hatte, hielt inne und drehte sich um.

«Ich weiß nicht.» Sie überlegte. «Ich hab den ganzen Tag im Café genascht, ich glaube, ich falle einfach ins Bett.»

«Ist gut», sagte Fabien achselzuckend und wandte sich ab, den Schlüssel schon im Schloss. «Ich dachte nur, ein Omelett vielleicht oder so, ich mache mir jedenfalls eins.»

Seine Stimme klang gleichgültig, aber Lola glaubte doch, eine winzige Gespanntheit darin zu hören, ob sie die Einladung annehmen würde. Sie gab sich einen Ruck.

«Warum nicht?», sagte sie. «Oben habe ich ohnehin nichts, ich schaffe es nie, richtig einkaufen zu gehen.»

«Na, dann komm.» Er hielt ihr die Tür zu seiner Wohnung auf. «Ich kann ja nicht zulassen, dass meine Angestellte», er unterbrach sich, «nein, meine *Aushilfe* entkräftet schlafen geht, oder?»

Lola stupste ihn für seine Neckerei in die Seite und trat ein. Sie war neugierig, wie er lebte. Die Wohnung schien nicht gerade klein, sie hatte einen geräumigen Flur, von dem mehrere Türen abgingen. Auf den Holzdielen lagen bunte Kelims, ansonsten waren die Räume spärlich möbliert, wie sie mit einem Blick in eins der angrenzenden Zimmer sah.

«Die Küche ist ganz hinten», sagte Fabien und schob Lola sanft durch die letzte Tür im Flur. Durch eine kleine Balkontür schien der Mond herein. Ein alter, sichtlich oft benutzter Gasherd stand hier, daneben ein antikes Küchenbüfett, das jemand frisch abgeschliffen hatte. An den Wänden hingen ein paar in die Jahre gekommene Regale.

Fabien knipste das Licht an und deutete auf einen Tisch mit zwei Stühlen.

«Setz dich doch», sagte er, «möchtest du ein Glas Wein?»

«Warum nicht?», sagte Lola und ärgerte sich im selben Moment, dass sie offenbar nur diese eine rhetorische Frage parat hatte. «Sehr gern, *merci*», fügte sie daher schnell hinzu.

Fabien nahm die Flasche, die auf dem Tisch stand, und goss zwei Gläser halb voll mit Rotwein, eines stellte er Lola hin und prostete ihr zu. Sie kostete. Es war ein einfacher, etwas schwerer Merlot.

Dann ging Fabien zum Regal, drückte auf einen Knopf an einem kleinen Radio, und leise Musik erfüllte den Raum. Seufzend lehnte Lola sich zurück und streckte die Füße aus. Seit heute Mittag hatten sie im Café geschuftet, es hatte kaum eine Minute zum Ausruhen gegeben. Magali war auf Fabiens Drängen zu Hause geblieben, und das würde jetzt so bleiben, bis das Baby kam. Daher waren es nur sie beide gewesen, und der Laden hatte gebrummt. Trotzdem hatte Lola erneut jede Sekunde genossen – das Herumwirbeln, die Scherze mit den Gästen, der Duft nach gutem Essen und die summenden Gespräche waren wie ein Lebenselixier für sie. Eigentlich hatte sie während der Schicht heute ein paar *Macarons* zubereiten wollen, doch es war keine Zeit dafür geblieben. Aber sie wollte Fabien bald darauf ansprechen, ob es ihm recht wäre, wenn sie sich in dieser Richtung etwas austobte. Als Lola an die knusprigen *Meringues à la noix de coco* dachte, an die *Pains au chocolat* und *Tartelettes* aus frischen Birnen, die sie zaubern wollte, stieg ein überwältigendes Glücksgefühl in ihr auf. Sie sprudelte über vor Rezeptideen, jetzt, da sie sich vorgenommen hatte, endlich wieder das zu tun, was sie so liebte.

Verstohlen betrachtete sie Fabien, wie er am Herd stand, Eier verquirlte und diese anschließend in die zischende Butter in einer Pfanne goss – alles mit der schlafwandlerischen Sicherheit, die sie in den letzten zwei Tagen in der Küche des Cafés an ihm hatte beobachten können. Er hatte ein schönes Profil, leicht zerzaustes Haar nach dem langen Arbeitstag und einen großen Rotweinfleck auf dem Hemd, das ihm zerknittert über dem Hosenbund hing. Seine Hände waren die eines Pianisten, dachte Lola und senkte ihre Nase schnell tiefer in ihr Rotweinglas.

«Du hast es hier sehr gemütlich», sagte sie, um das Schweigen zwischen ihnen zu durchbrechen.

«Danke», sagte er und öffnete die Balkontür.

Lola stand auf, das Weinglas in der Hand, und trat hinaus auf den winzigen Vorbau. Mit einer Hand hielt sie sich am schmiedeeisernen Gitter fest. Es war der gleiche Blick über die Häuser und Dächer wie aus dem Fenster der *Chambre de bonne*, nur eben ein Stockwerk tiefer. Und auch hier glitzerten die vielen kleinen Lichter des Quartier Latin zu ihr herauf wie ein Gruß von Paris persönlich. Die Dunkelheit war samtig, und weit hinter den Häusern, wo erst vor Kurzem die Sonne endgültig untergegangen war, schmolz das Schwarz in ein gräuliches Violett und bewahrte so noch einen Rest des sommerlichen Glimmens.

Lola spürte, dass Fabien hinter sie trat, doch dann zischte das Omelett, und er ging wieder hinein und nahm die Pfanne vom Herd.

«*À table, chérie*», sagte er mit leisem Lächeln.

Auch sie schmunzelte. Es klang so vertraut, als äßen sie jeden Abend zusammen, als gehörte Lola hierher. Als wäre es eine Selbstverständlichkeit für ihn, sie zu bekochen.

Mit einem wohligen Schauder trat sie wieder an den Tisch, wo Fabien gerade zwei Porzellanteller platzierte und auf jedem ein Omelett anrichtete. Dazu gab es Baguette.

«Voilà», sagte er und hob entschuldigend die Hände, «mehr ist es leider nicht.»

«Alles ist wunderbar.» *Vor allem du*, dachte Lola, sagte es aber nicht. Stattdessen lauschte sie plötzlich wie elektrisiert auf die Musik, die leise durch die Küche klang. Es war *Perfect Day* von Lou Reed, ein so berührender Song, dass sie immer das Gefühl hatte, weinen zu müssen. Er erinnerte sie so sehr an ihre Jugend, an nächtelanges Zusammensein, an weinselige Abende auf den Brücken hoch über der Seine, zu denen immer irgendjemand Musik mitgebracht hatte und ein anderer ein paar Flaschen aus dem Weinkeller der Eltern. Es war eine Zeit der endlosen Sommer gewesen – und viel zu viel Sehnsucht.

Sie spürte ihre Nerven flattern, und etwas zog sich in ihr zusammen. Was war nur in sie gefahren? Was hatte sich in den wenigen Tagen, die sie mit Fabien verbracht hatte, denn überhaupt verändert? Was verband sie? Ein kleiner Flirt in der Jugend, ein einziger Kuss – aber danach waren viele Jahre des Nichtsehens gefolgt, Jahre ohne einander. Jahre, die einfach so an ihr vorbeigezogen waren, furchtbar schnell. Und doch schien es, als wäre damals, auf jener Bank im Park von Versailles, ein Funke in ihr entzündet worden, der lange Zeit unbemerkt und tief in ihr drin vor sich hin geglommen hatte. Und nun hatte ihr Wiedersehen wie ein Holzspan dafür gesorgt, dass der Funke ein Feuer entfachte.

Reiß dich zusammen, sagte sich Lola stumm und versenkte ihre Gabel in das Omelett, das goldgelb und buttrig schimmerte. *Sonst brennt hier bald alles lichterloh.*

Sie wollte nichts riskieren. Denn endlich kamen sie und Paris sich wieder näher, seit so langer Zeit fühlte sie sich an einem Ort wieder ein bisschen zu Hause. Wie konnte sie nur auf den Gedanken kommen, das erneut aufs Spiel zu setzen?

«Schmeckt gut», sagte sie einsilbig.

«Danke.» Auch Fabien stocherte wortkarg in seinem Essen. Er goss ihnen Rotwein nach.

Lauschte er ebenso auf das Lied? *Oh, it's such a perfect day*, sang Lou Reed sanft, *I'm glad I spent it with you.*

Fabien legte das Besteck weg und sah sie an.

«Weißt du eigentlich noch, damals ...?», fragte er vorsichtig, und selbst im schwachen Licht der Lampe, die über dem Herd brannte, bemerkte Lola seine Verlegenheit. «Ich wollte dich schon immer fragen, warum ...» Er unterbrach sich und stürzte ein halbes Glas Merlot herunter.

Natürlich wusste sie sofort, was er meinte. Aber sie hatte doch gerade beschlossen, sich nicht von ihren zwiespältigen Gefühlen überwältigen zu lassen. Und auf einmal schien es ihr der größte Fehler überhaupt, sich zu erkennen zu geben.

«Was denn?», fragte sie daher so arglos wie möglich und schob sich schnell eine große Portion Ei und Baguette in den Mund. Mit vollen Backen kaute sie, verschluckte sich dann allerdings und hustete. Erst nach zwei großen Schlucken Wein kam sie wieder zu Atem. Sie spürte Fabiens Blick auf sich, wagte aber nicht, den Kopf zu heben.

«Ach, vergiss es», sagte er und stand auf.

Er trug seinen Teller zur Anrichte und stellte ihn ins Spülbecken. Dann drehte er sich um.

«Ich wollte dich eigentlich etwas anderes fragen», sagte er, und wieder hatte er diese betont gleichgültige Stimme. «Meine Mutter Jeanne ... es geht ihr nicht so gut, und ich überlege, für ein, zwei Tage zu ihr zu fahren.»

«Oh», sagte Lola, «das tut mir leid zu hören. Was hat sie denn?» Sie aß den letzten Bissen und stand ebenfalls auf, den Teller in der Hand.

«Nichts Schlimmes, glaube ich.» Fabien machte eine ausweichende Geste. «Ein verknackstes Handgelenk, wenn ich sie richtig verstanden habe. Aber es wäre wohl besser, ich würde einmal nach dem Rechten sehen.»

Lola nickte. «Meine Antwort ist *ja*!», sagte sie schnell und trank ihren Wein aus. Sie schielte zur Flasche, doch darin war nur noch ein kümmerlicher Rest, und sie wollte Fabien nicht bitten, noch eine neue Flasche zu öffnen.

Er starrte sie an. «Was meinst du damit?»

«Na, du willst mich doch bitten, dass ich mich solange um das Café kümmere», sagte Lola. «Mach ich gern! Nur mit dem Mittagessen hab ich Sorge, das schaff ich wohl nicht ohne dich. Mit meinen Kochkünsten ist es nämlich nicht weit her, fürchte ich. Die Gäste müssten also *Eclairs* und *Confiserie* zu Mittag essen.»

«Warte mal ...», sagte Fabien, doch sie sprach schnell weiter.

«Vielleicht kannst du etwas vorkochen?», fragte sie. «Eine *Casserole* oder einen Braten, den könnte ich auch kalt servieren. Oder nein, warte, ich habe eine andere Idee, ich –»

«Bist du bitte mal eine Sekunde still?», unterbrach Fabien sie.

Er trat auf sie zu und griff nach dem Teller, den sie noch immer in den Händen hielt, um ihn ihr abzunehmen. «Ich wollte etwas anderes fragen.»

Lola hielt den Atem an. «Ja?»

«Eigentlich dachte ich, du möchtest vielleicht mitkommen?»

Sie war kurz sprachlos. Dann fing sie sich. «Mitkommen? Wohin? Zu deiner Mutter?»

«Ja, in die Bretagne», sagte er schnell, eine Spur zu schnell. Er drehte sich um, stellte den Teller ab und hantierte am Spülbecken. «Der Ort heißt Le Conquet, und es ist sehr hübsch dort, es würde dir gefallen … nur für einen Tag, höchstens zwei. Länger ginge es ohnehin nicht, weil ich die Party für mein Jubiläum am kommenden Freitag vorbereiten muss. Das Café des Artisans unter meiner Leitung wird drei Jahre.»

«Fabien?», sagte Lola, und er verstummte und wandte sich langsam zu ihr um. «Warum genau sollte ich mit dir fahren, um deine Mutter zu besuchen? Ist das nicht ein bisschen seltsam? Schließlich kennt sie mich kaum.»

Er schlug sich an die Stirn. «Ach so, ja, eigentlich kam mir die Idee überhaupt erst, weil Jeanne mir erzählt hat, dass sie deine Großmutter kennt. Sie und deine Mutter waren früher Freundinnen, wusstest du das?»

«Ja», sagte Lola, «Madame Morel aus dem Blumenladen hat es mir gestern erzählt. Aber glaubst du wirklich, dass deine Mutter mir helfen kann? Was kann sie schon wissen?»

Er hob langsam die Schultern und ließ sie wieder fallen. Sein Lächeln war jetzt verschmitzt.

«Warum findest du es nicht heraus? Sie hat dich jedenfalls herzlich eingeladen.»

«Obwohl es ihr nicht gut geht?»

Jetzt wirkte er verlegen. Fahrig griff er sich ans Kinn.

«Nun, richtig schlimm ist es nicht», sagte er ausweichend. «Vielleicht fühlt sie sich auch nur ein wenig allein dort auf dem Land. Eine Abwechslung würde ihr sicher guttun, ein Besuch aus der Stadt – wahrscheinlich reicht das schon, damit sie wieder auf die Beine kommt.»

«Wenn du meinst», sagte Lola, alles andere als überzeugt.

Irgendwie nahm sie ihm die Geschichte mit seiner verletzten und bedürftigen Mutter nicht richtig ab. Aber natürlich wäre es in der Tat interessant, zu hören, was Jeanne über die Familiengeschichte der Merciers wusste. Schon immer hatte Lola das Gefühl gehabt, dass man ihr nicht alles erzählte. Dass es da unausgesprochene Dinge in der Vergangenheit gab, mit denen ihr Vater sie nicht behelligen wollte und die er deshalb nicht preisgab. Doch was, wenn das alles auch noch etwas mit dem Verschwinden von Rose zu tun hatte? Lola spürte, dass sie endlich wissen wollte, worum es ging.

«Aber was ist mit dem Café?», fragte sie. «Jetzt, wo es gerade so gut läuft?»

«Ich könnte für einen Tag schließen», sagte Fabien unbekümmert. «Und morgen, am Montag, ist ja ohnehin Ruhetag. Am Dienstag müssten die Leute von der Place de la Contrescarpe eben woanders frühstücken. Nur eine

Nacht, höchstens zwei, dann wären wir wieder in Paris.» Er sah auf seine Fußspitzen. «Ein bisschen Urlaub hat doch jeder mal verdient, oder?»

«Urlaub? Und ich dachte, du willst dich um deine Mutter kümmern?» Lola konnte es sich nicht verkneifen, ihn ein wenig aufzuziehen. Gleichzeitig musste sie zugeben, dass sie große Lust hatte, mit Fabien in die Bretagne zu fahren. Es klang nach einem tollen Roadtrip. Und vielleicht würde sie mit Madame Roudeauts Hilfe ja wirklich ein wenig Licht ins Dunkel um *Mamies* seltsames Verhalten bringen können?

«Ja, ich kümmere mich auch um meine Mutter», sagte Fabien und lächelte. «Und du könntest sie nach Herzenslust ausfragen. Möglicherweise hat sie ja doch eine Idee, wo deine Großmutter steckt.»

Lola überlegte. Das Mondlicht floss jetzt silbern von draußen herein. Und Lou Reed war abgelöst worden von einem alten Chanson, das ihr vage bekannt vorkam, allerdings nicht denselben Sturm in ihr auslöste wie das Lied zuvor.

«*Bon*», sagte sie schließlich. «Ich komme mit. Aber nur wenn ich dich und deine Familie wirklich nicht störe!»

Fabien versuchte offenbar mit aller Macht, seine Freude zu verbergen, doch es gelang ihm nur schlecht. In seinem Gesicht zuckte es.

Schnell räusperte er sich und sagte ebenfalls nur: «*Bon.*» Dann machte er sich an den Abwasch.

Lola betrachtete seinen Rücken.

«Und wie fahren wir dorthin?», fragte sie.

«Ich leihe mir Samirs Auto», sagte er über die Schulter, als habe er das alles schon genau geplant. «Und wenn es für dich okay wäre, würde ich morgen gern gleich ganz früh aufbrechen. Du kannst ja jetzt ein paar Sachen packen, und ich hänge noch ein Schild ans Café.»

«Ganz früh schon?» Sie zögerte, doch dann gewann ihre Abenteuerlust die Oberhand. «Also gut», sagte sie, «machen wir es so. Ich bin lange nicht am Meer gewesen, jedenfalls nicht im Norden.»

«Nimm eine Jacke mit», sagte er, «in der Bretagne geht immer ein starker Wind, selbst jetzt im August. Aber gerade das mag ich – das Wilde an der Landschaft dort. Man fühlt sich viel freier als in Paris.» Er verschloss seine Lippen, als habe er zu viel gesagt.

«Also, gute Nacht, Fabien», sagte Lola. «Wir sehen uns morgen.» Sie lächelte ihn an. «Vielen Dank fürs Essen – und für die Einladung zu diesem Abenteuer.»

Erst als sie ging und die Wohnungstür hinter sich zugezogen hatte, fiel ihr auf, wie zweideutig ihre letzten Worte geklungen haben mussten. Leichtfüßig und eine Spur aufgekratzt eilte sie die Treppen hoch, um in den Kleidern ihrer Großmutter nach einer Jacke zu suchen.

Dieses Auto ist typisch Samir», sagte Lola lachend, als sie ihre Reisetasche durch das offene Verdeck des Cabrios auf den Rücksitz plumpsen ließ. Sie stieg vorne in den knallroten Renault 19 ein und schnallte sich mit einem etwas schlaffen, altersschwachen Gurt an. «Liebenswert, bunt – und eine Spur irre.»

Fabien, der auf der Fahrerseite saß, lachte ebenfalls. «Hoffen wir, dass das Wetter hält», sagte er. «Das Verdeck schließt nämlich nicht, wie er mir leider vorhin erst eröffnet hat.»

Lola sah hinauf zum Himmel, der sich hellblau und wolkenlos über ihnen erstreckte. «Wir könnten Glück haben.»

«Ja, noch sind wir in Paris ...» Fabien ließ den Motor an, der kurz etwas stotterte und dann anfing, geschmeidig zu schnurren. «Aber an der Küste herrschen andere Gesetze.» Er musterte sie von der Seite. «Ich hoffe, du hast so ein Greta-Garbo-Tuch mitgebracht, das du dir um die Haare schlingen kannst, wie in einem alten Film.»

Lola schüttelte den Kopf. «Leider nicht», sagte sie, «aber immerhin ist meine Sonnenbrille retro.» Sie holte ein Etui aus ihrer Tasche und setzte die Brille auf. Die riesigen Gläser bedeckten ihr halbes Gesicht, und sie rekelte sich wie eine Hollywood-Schauspielerin auf dem Sitz.

«Ja, das geht natürlich auch», sagte Fabien amüsiert und richtete den Blick wieder auf die Straße. «Dann mal los, wir haben eine lange Fahrt vor uns.»

Er fädelte sich in den morgendlichen, noch sehr spärlichen Verkehr ein und fuhr die Rue Mouffetard nach Süden, dann einmal links und einmal rechts, bis er auf die Rue Monge einbog. Lola wunderte sich, dass auch in der Nähe des Marché Mouffetard zu dieser frühen Stunde noch nichts los war, aber dann fiel ihr ein, dass heute Montag war. Viele der kleineren Geschäfte hatten geschlossen, die Straßen lagen still da, und auch von Pierre Leco war nichts zu sehen. Dafür klingelten die Glocken von Saint-Médard einen Abschiedsgruß, als der rote Renault vorbeibrummte.

Sie gelangten auf die große Avenue des Gobelins, kamen über die Place d'Italie und kreuzten den stark befahrenen Stadtring Périphérique. Nach und nach ließen sie Paris hinter sich. Auch die Häuser der Banlieues wurden allmählich niedriger – Cachan, Antony, Le Beau Vallon.

Samirs kleines Auto sauste schließlich Richtung Südwesten, bis die Umgebung ländlicher wurde und sie durch grüne und gelbe Felder fuhren. Auf einigen blühten Sonnenblumen, die sich wie ein gelbes Meer im Wind wogten, andere lagen als Spätsommerwiesen da, mit roten Mohnblumen als Tupfen im Grün.

Zum Glück war der Wind warm, dachte Lola und fuhr sich durch die Haare, die schon ordentlich zerzaust waren und bei jeder Kurve gegen ihr Gesicht peitschten. Für sie hätte es nicht unbedingt ein Cabrio sein müssen auf der weiten Fahrt in die Bretagne, doch da es nun so war, genoss sie den Fahrtwind und die Sonne, die langsam höher stieg.

Lola lehnte sich zurück, schloss die Augen und spürte das rotgoldene Licht, das sich schwer auf ihre Lider legte.

Als sie aufwachte, war es Mittag. Sie fuhren immer noch, doch die Landschaft hatte sich verändert, war rauer ge-

worden, mit bewaldeten Hügeln und windverwehten, knorrigen Bäumen. Lola blinzelte. Im Vorbeifahren las sie ein Hinweisschild – *Rennes*, stand darauf. Sie waren also schon in der Nähe der Hauptstadt der Bretagne. Sie musste eine ganze Weile geschlafen haben.

Links von der Straße erhob sich eine alte Festung aus einem Wäldchen, und über ihnen zog eine lange Reihe Gänse über den weiten, weithin bedeckten Himmel.

«Guten Morgen, Schlafmütze», sagte Fabien laut gegen den Fahrtwind, der das Steuer mit einer Hand hielt und mit der anderen seine Augen gegen die Sonne abschirmte. «Endlich bist du wach! Ich wollte mir die ganze Zeit deine Sonnenbrille ausleihen, habe es aber nicht gewagt, sie dir im Schlaf von der Nase zu reißen.»

Lola lächelte und reichte sie ihm. Als er sie aufsetzte, musste sie laut lachen. Er sah mit den großen getönten Gläsern zwielichtig und affektiert aus – aber trotzdem unheimlich anziehend, gerade weil er sich selbst nicht so ernst nahm.

«Steht dir hervorragend», sagte sie und streckte sich. «Tut mir leid, dass ich nicht die unterhaltsamste Mitfahrerin war. Die letzten Tage in deinem Café haben mich ganz schön geschafft.»

«Keine Sorge», sagte er, «ich fahre gern in Ruhe. Und du sahst so friedlich aus, dass ich dich um keinen Preis wecken wollte.»

«Lässt du die Brille jetzt auf?», fragte sie und grinste.

Er sah sie todernst durch die dunklen Gläser an. «Wieso? Was dagegen?» Doch um seine Mundwinkel zuckte es. Er tippte sich mit dem Zeigefinger an die Brille, als sei er sehr zufrieden mit sich und seinem neuen Outfit, und blickte wieder auf die Straße.

«Gleich machen wir eine Pause», sagte er. «Ich bekomme langsam Hunger.»

«Ich auch!» Lola bemerkte erst jetzt, *wie* hungrig sie war.

«Die Strecke führt durch ein hübsches kleines Städtchen am Meer. Ich kenne da ein tolles Restaurant direkt an der Küste. Wie wäre ein Mittagessen dort?»

«Gern!», sagte Lola. «Woher kennst du den Laden?»

«Ein Freund von mir arbeitet dort als Koch», sagte Fabien. «Wir haben zusammen gelernt, aber er hatte keine Lust auf ein Restaurant in Paris. Ihn zog es immer schon ans Meer.»

«Klingt gut», sagte Lola, deren Magen jetzt knurrte.

Sie betrachtete die Landschaft, während Fabien den Renault weiter nach Westen steuerte, bis er schließlich von der Hauptstraße abbog und durch eine kleine Ortschaft fuhr. Die Häuser hier waren entweder mit Fachwerk versehen oder bestanden noch aus den alten, grauen Granitsteinen, die für die Bretagne typisch waren, mit gemauerten Schornsteinen und Gaubenfenstern, die aus den dunkelgrauen Dachziegeln herauswuchsen. Dazwischen schmiegten sich kleine, halbwilde Gärtchen voller Rosen und purpurfarbenem Phlox.

Endlich hielt Fabien vor einem besonders alt aussehenden, schmalen Gebäude aus Felssteinen, über dessen Tür ein geschmiedetes Schild im Wind klapperte – *La Vieille Tour*, stand darüber, *Zum alten Turm*. Es lag leicht erhöht, dahinter schien direkt ein kleiner Weg hinunter zum Wasser zu führen. Lolas Herz hüpfte. Die Reise entpuppte sich tatsächlich immer mehr als ein herrlicher Urlaubstrip, führte sie an so schöne Orte, wie sie es gar nicht hatte vorhersehen können. Das Meer rauschen zu hören, war wunderbar. Eine Möwe kreischte über ihr und raste dann im Sturzflug zur Erde hinab.

Fabien parkte, stieg aus und sah Lola erwartungsvoll an. «Kommst du?»

Sie nickte, strich ihr Jeanskleid glatt und kletterte aus dem Wagen. Gemeinsam umrundeten sie das Haus und gelangten in den Garten des Restaurants. Eiserne Tische mit geschwungenen Beinen und schöne alte Stühle waren hier wie zufällig ins Gras gestellt, bildeten jedoch auf den zweiten Blick ein hübsches, wohlarrangiertes Bild. Beinahe jeder Platz war besetzt, nur am Rand stand noch ein eingedeckter, freier Tisch, als wartete er auf Lola und Fabien. Das weiße Tischtuch flatterte im Wind, der direkt vom Meer unterhalb der Dünen kam – graublau lag es da, wie flüssiges Blei unter einem wilden Himmel voller grauweißer, einander jagender Wolken, durch die ab und zu ein heller Sonnenstrahl blitzte.

«Wow!» Lola stand wie angewurzelt da. «Ich habe den Norden bisher zu Unrecht unterschätzt.»

«Du bist eben eher der südliche Typ, schätze ich», sagte Fabien, «nicht umsonst warst du jahrelang in Bordeaux am Südatlantik. Mir liegt ja das hier mehr, dieses Raue, Wilde und zugleich Liebliche.»

«Und ich verstehe, warum», sagte Lola, die sich nicht sattsehen konnte an dem Wechselspiel von glitzerndem Meerwasser und leuchtend gelb bewachsenen Landzungen, die ins Wasser hineinragten. Ein paar Möwen staksten langbeinig im Schlick herum, der hinauf bis an den Sandstreifen führte. Und in der Luft lag ein köstlicher, salziger Duft.

«Matthieu!», rief Fabien und ging auf einen jungen Mann zu, der in schwarzer Kochschürze an einem der

Tische mit einem Paar sprach. Ihre leer gekratzten Teller zeugten davon, dass die Küche hier gut war.

«Fabi!», rief der Mann überrascht und entschuldigte sich bei den Gästen. Er kam mit ausgebreiteten Armen auf sie zu. «*Mec*, was machst du denn hier?»

«Bin auf dem Weg zu Jeanne.» Fabien umarmte seinen Freund, und als die beiden Männer sich voneinander lösten, sagte er: «Darf ich vorstellen ... Das ist Lola.»

Lola las im Gesicht von Matthieu ein gewisses Erstaunen, und seine Augenbrauen hoben sich, während er auch sie musterte. Dann breitete sich ein Lächeln auf seinen Zügen aus.

«Ist das wahr?», fragte er und küsste Lola auf beide Wangen. «Etwa *die* Lola?»

Sofort färbte Fabiens Gesicht sich im kühlen Wind eine Spur rosig. «Äh, ja, eine frühere Schulfreundin», sagte er und räusperte sich. «Vielleicht habe ich sie mal erwähnt?»

Matthieu sah ihn mit offenem Mund an, schloss ihn dann aber schnell wieder. Nun zeigte seine Miene gespielte Unwissenheit.

«Ähm ... *oui*, kann sein ... na, jedenfalls schön, dass ihr den Weg zu mir gefunden habt. Seid ihr hungrig?»

«Sehr!», sagte Lola schnell. «Es riecht köstlich.»

«Das sind die *Coquilles Saint-Jacques*», sagte Matthieu stolz, «in Weißwein und Butter geschwenkte Jakobsmuscheln mit *Fondue de poireaux*.»

«Ich liebe Lauch», sagte Lola, «ja, das hätte ich gern.»

«Zweimal», sagte Fabien. «Und zwei *kleine* Gläser *Crémant*, ich muss noch fahren.»

«Kommt sofort!» Matthieu klatschte in die Hände. «Ich würde gern mit euch essen, aber hier ist zu viel los.» Er nickte zum freien Tisch hinüber. «Setzt euch doch», sagte er. «Wenn ich kann, komme ich noch mal raus und sehe nach, ob es euch schmeckt.»

Er lächelte Lola zu und zwinkerte kaum merklich in Fabiens Richtung, ehe er zurück ins Restaurant eilte. Lola und Fabien setzten sich. Gleich darauf kam eine Kellnerin und stellte einen Krug Wasser und zwei hohe Gläser mit perlendem *Crémant* vor sie hin.

«Der Chef lässt ausrichten, alles geht aufs Haus», sagte sie und entfernte sich wieder.

Lola machte große Augen.

«Auf unsere Reise!», sagte Fabien und hob sein Glas. Er stieß es leicht gegen Lolas und trank.

Lola sah, dass seine Hand eine Winzigkeit zitterte, als sei er nervös. Und sie war es jetzt auch, merkte sie plötzlich. Eben im Auto hatte zwischen ihnen eine gelöste Stimmung geherrscht – zwei alte Bekannte auf gemeinsamer Fahrt mit zufällig dem gleichen Ziel. Doch hier, an diesem weiß gedeckten Tisch mit der atemberaubenden, romantischen Aussicht, den Sektgläsern in der Hand und nach Matthieus vielsagendem Blick, spürte Lola plötzlich, wie wenig zufällig das alles war. Fabien schien seinem alten Freund von ihr erzählt zu haben, schon vor Jahren offenbar, und sicher nicht nur so nebenbei. Was also hatte er über sie gesagt, dass es Matthieu dazu veranlasste, beim Klang ihres Namens vor Überraschung derart nach Luft zu schnappen? Und war es Zufall, dass Fabien dieses Restaurant ausgewählt hatte, nur weil es auf ihrer Route nach Le Conquet lag? Oder hatte er gewusst, wie sehr dieser Ort sie bezaubern würde? Wollte er ihr etwas bieten, sie beeindrucken? Das wäre zwar lieb gemeint von ihm, aber auf einmal war es Lola zu viel – es setzte sie unter Druck. Am liebsten wäre sie wieder ins Auto gestiegen, hätte an einer Tankstelle haltgemacht und ein paar Schokoriegel gekauft – wenn dafür weiter nur der fröhlich-flapsige Ton zwischen ihnen herrschen würde anstatt der merkwürdigen Spannung, die sie jetzt spürte.

Einsilbig unterhielten sie sich, bis das Essen kam. Die Jakobsmuscheln waren hinreißend, ein Gedicht, ebenso die knusprigen, goldgelb gebackenen Blätterteig-Pasteten, und der *Crémant* perlte perfekt dazu auf der Zunge. Und dennoch sehnte sich Lola plötzlich weit weg.

Fabien legte die Gabel weg. «Du bist so still», sagte er, «schmeckt es dir nicht?»

«Doch», versicherte sie und trank schnell ihr Glas aus. «Ich denke nur an meine Großmutter.» Sie wusste sich nicht besser zu helfen, als zu dieser Notlüge zu greifen. «Und ich bin etwas nervös, ob deine Mutter mir etwas erzählen kann.»

«Ja», sagte Fabien und sah auf einmal verstimmt aus. Er schob den Teller fort und legte die Serviette daneben. «Deswegen bist du ja mitgekommen, um meine Mutter auszufragen.»

Es hörte sich vorwurfsvoll an, fand Lola, dabei war genau das doch seine Idee gewesen. Aber vielleicht bildete sie es sich auch nur ein. Sie suchte nach Worten, aber ihr fiel einfach nichts ein. Und so sah sie nur über das Meer, auf dessen Wasser sich jetzt die Nachmittagssonne spiegelte, die endgültig hinter den dicken Wolken hervorgekommen war.

Endlich kam die Kellnerin und räumte ab.

«Matthieu lässt sich entschuldigen», sagte sie. «Er kann nicht mehr aus der Küche weg.»

«Sag ihm, dass es toll geschmeckt hat», bat Fabien, obwohl auf seinem Teller die Hälfte der Muscheln liegen geblieben waren. «Wir sind schon wieder auf dem Sprung.»

Schweigend gingen sie zum Renault zurück und stiegen ein. Während der Fahrt schien die Sonne immer heller und wärmer, gleichzeitig nahm aber auch der Wind zu. Fabien hatte Lolas Sonnenbrille auf die Ablage an der Windschutzscheibe gelegt, und obwohl Lola sah, dass ihn das Licht blendete, setzte er sie nicht mehr auf. Es war, als hätte sie ihm den Spaß verdorben, als wäre ihre gemeinsame Albernheit von heute früh dahin. War es am Ende ein Fehler gewesen, der gemeinsamen Reise zuzustimmen? Würde es einen handfesten Krach geben, bevor ihre Freundschaft sich entwickeln konnte?

Lola starrte aus dem Auto auf die vorüberziehende Landschaft und begann zu bereuen, dass sie wieder einmal impulsiv eine Entscheidung getroffen hatte – nur dass sie diesmal die Konsequenzen fürchtete. Denn auch wenn diese Reise mit Fabien unter dem Vorzeichen eines zwanglosen Kurztrips geplant gewesen war, so schien es ihr auf einmal, als läge auf der ganzen Aktion ein Gewicht, das drohte, sie in die Tiefe zu ziehen.

30

*S*päter am Nachmittag kamen sie an. Den restlichen Weg über hatten sie wenig gesagt, doch nach und nach war die Stimmung zwischen ihnen wieder etwas leichter, lockerer geworden. Sie hatten ein paar alte Lieder im Radio gehört, sich ein *Eclair* aus einer Bäckerei geteilt, vor der sie ohnehin noch einmal kurz anhielten, weil Fabien einen Kaffee brauchte, und sich über unverfängliche Dinge unterhalten – die Nachbarschaft an der Place de la Contrescarpe, Samirs Marotten, das Café.

«Wenn wir wieder in Paris sind, kümmere ich mich um diese Party, von der ich dir erzählt habe», hatte Fabien während der kurzen Pause gesagt, «mein dreijähriges Jubiläum. Und dabei könnte ich deine Hilfe gebrauchen.»

Lola hatte natürlich zugesagt, und so waren die restlichen Kilometer zwar nicht ausgelassen, aber doch einigermaßen friedlich verlaufen.

Als sie schließlich an Brest vorbeifuhren und auf den Küstenort Le Conquet zuhielten, in dessen Nähe Jeanne lebte, hatte Lola die Hoffnung zurückgewonnen, dass diese Fahrt doch noch das werden konnte, was sie sein sollte. Ein kurzer Ausflug in die Natur, ans Meer, und eine Gelegenheit für Lola, mehr über Roses Vergangenheit zu erfahren, über die sie noch immer zu wenig wusste.

«*Voilà*, da sind wir», sagte Fabien und hielt vor einem kleinen Anwesen etwas oberhalb des Ortes. Das Haus war, wie alle anderen hier, aus groben Felssteinen errichtet, und es wirkte sehr alt. Die Fensterrahmen waren aus Holz, von dem an vielen Stellen die Farbe abgeplatzt war.

Und das eiserne Gartentor, das auf einen kleinen Kiesweg führte, hing etwas schief in den Angeln. Doch im Garten blühte eine verschwenderische Blumenpracht – wilde, dunkelrote Kletterrosen, die sich an einem geschmiedeten Bogen entlangrankten, Geranien in üppigen Beeten und dichte Hortensienbüsche mit schweren Blüten in Violett, Blau und Rosa, die sich an die Granitmauer lehnten, als sei ihnen ihre Last zu schwer, um sie allein zu tragen.

Lola stieg aus und griff nach ihrer Tasche, bevor es Fabien tun konnte. Er biss sich auf die Lippe, sagte jedoch nichts, sondern schwang sich nur seine Umhängetasche über die Schulter, ehe er ihr voraus durch das quietschende Törchen trat. Die Holztür stand einen Spalt offen. Hier auf dem Land kannte man sich offenbar und schloss nicht ab.

Fabien musste sich ein wenig bücken, um sich nicht den Kopf am Türrahmen zu stoßen. Lola folgte ihm. Drinnen herrschte gedämpftes Zwielicht, die Sonne fiel in einem schmalen Streifen durch ein kleines Fenster auf den abgetretenen Steinboden, der ein wunderschönes Muster aus tiefblauen und weißen Terrazzofliesen hatte. Einige waren mit der Zeit geborsten, und zwischen den Fliesenstücken hatten sich dunkle Risse gebildet.

«Maman?», rief Fabien, doch niemand antwortete.

Achselzuckend sah er sich nach Lola um. «Komm mit in die Küche», sagte er und ging voraus.

Sie betraten einen überraschend großen Raum mit ebenso schönem Terrazzoboden wie im Flur, doch hier war er rot und weiß. Zwei kleinere Fenster und eine Terrassentür gingen zum hinteren Garten hinaus. Die Tür stand offen und ließ warme, sommerliche Luft herein, die einen Duft nach Kräutern mit sich trug. Die Mitte des Raums nahm eine massive Kochinsel mit einem großen Herd ein, der noch recht neu wirkte. In einer Ecke stand ein kleiner Kamin, und an den Wänden, die auf der unteren Hälfte mit tiefblauen und gelben Kacheln mit Blumenmuster bedeckt waren, sah Lola einen schweren, antiken Holzschrank und vermutete, dass er mit Geschirr gefüllt war. Auch der große Esstisch mit den sechs Stühlen war aus Holz, und an jedem Platz lag ein handgenähtes Kissen, das an den Rändern mit weißer Spitze gesäumt war.

«Wie hübsch es hier ist!», sagte sie und meinte es ehrlich. Dies war die malerischste Küche, die sie je gesehen hatte, und sie entsprach so exakt ihren Vorstellungen von einem alten bretonischen Bauernhaus, dass ein warmes Prickeln ihren Körper durchflutete. Fabiens Mutter musste sehr viel Arbeit in die Einrichtung und die Sanierung dieses Häuschens gesteckt haben. Lola sah, dass nicht alles perfekt war – auch hier blätterte Lack von den Fensterläden, und die verputzten Wände über den Kacheln waren nicht strahlend weiß, sondern etwas vergilbt –, aber gerade diese kleinen Makel machten den Charme aus. Es war nicht hochglanzsaniert, sondern atmete die Luft vergangener Jahrzehnte, ja, Jahrhunderte.

Fabien folgte ihrem Blick. «Du hast recht», sagte er und lächelte, «meine Mutter hat Geschmack. Und sie stammt von hier, daher weiß sie genau, wie es sein muss in einem solchen Haus.»

«Aber sie lebte zwischendurch viele Jahre in Paris?»

«Ja», sagte er, «als sie meinen Vater heiratete, ging sie von hier fort. Doch jetzt ist sie froh, Paris endlich hinter sich lassen zu können. Es war nie der Ort, an dem sie sich zu Hause gefühlt hat.»

«Aber für dich ist es dein Zuhause, oder?» Lola trat zur Wand und strich mit den Fingerspitzen über die glatte Ke-

ramik, zeichnete das Lilienmuster nach, das auf die Flie-
sen gebrannt war. «Oder sehnst du dich auch nach dem
Leben auf dem Land, in dieser Idylle?»

Er schnaubte und schüttelte den Kopf. «Auf keinen Fall»,
sagte er entschieden. «Das ist nicht *mein* Traum, sondern
der meiner Mutter.»

«Wird hier von mir gesprochen?»

Eine Frau spähte durch die offen stehende Terrassentür zu ihnen herein. Lolas erster Gedanke war, dass sie in
dieses Haus gehörte wie eine Perle in eine Auster. Madame
Roudeaut trug einen dunkelroten, langen Rock und eine
geblümte Bluse, an deren Ausschnitt man ihre braun ge-
brannte Haut sehen konnte. Die wilden, grauweißen Locken hatte sie mit einem schwarzen Samtband lose zurück-
gebunden. Als sie aus dem Garten eintrat, fügte sie sich so
vollkommen in die schöne alte Küche, die leuchtenden
Farben und die Mischung aus Nostalgie und Moderne ein,
als habe eine Innenarchitektin sie gleich passend zur Einrichtung erschaffen.

«*Bonjour, Maman*», sagte Fabien und ging zu ihr. Er umarmte und küsste seine Mutter, und sie wuschelte ihm liebevoll durch die Haare, als sei er ein kleines Kind. Fabien
ertrug es mit Fassung. Dann wandte sie sich an Lola.

«Willkommen», sagte sie mit ihrer dunklen, warmen
Stimme, «wie schön, dass Sie mitkommen konnten. Sie
sehen Ihrer Mutter ähnlich, wissen Sie das?»

«Das höre ich öfter», sagte Lola und fand sich in der
nächsten Sekunde in einer Umarmung mit Fabiens Mutter
wieder. Verblüfft ließ sie sich auch noch auf die Wangen
küssen und spürte dann, wie Madame Roudeaut von ihr
abließ und sie musterte.

«Aber nicht die Mundpartie», sagte sie. «Margot hatte

einen sanften, zarten Mund, aber Sie ... Sie scheinen eine sehr entschiedene junge Frau zu sein.»

«*Maman!*», sagte Fabien unbehaglich. «Lass doch Lola erst mal ankommen, ehe du eine psychologische Diagnose stellst, ja?»

«*Pardon!*» Seine Mutter lachte und sah dabei aus wie ein Mädchen. «Kommen Sie, ich zeige Ihnen erst mal Ihr Zimmer. Ich habe oben zwei Gästezimmer, in einem schläft Fabien immer, wenn er hier ist, und das andere habe ich für Sie hergerichtet.»

«Wunderbar», sagte Lola, die erleichtert war, dass die Frage, ob Fabien und sie in einem Zimmer schlafen würden, gar nicht erst aufkam. «Das ist sehr freundlich von Ihnen.»

«Wissen Sie», sagte Madame Roudeaut, als sie voranging und Lola ihr durch den dämmrigen Flur und die Treppe hoch in den ersten Stock folgte, «ich fühle mich mit diesen Förmlichkeiten etwas unbehaglich. Schließlich kannte ich Ihre Mutter sehr gut, als wir jung waren, und Sie sind demnach beinahe so etwas wie eine Patentochter für mich ... Wollen wir uns nicht duzen?»

«Gern», sagte Lola, die dasselbe Gefühl hatte. Eine so herzliche Frau wie Jeanne zu siezen, kam ihr merkwürdig vor.

«*Merveilleux!* Dann wäre das geklärt. Und hier», sie stieß eine niedrige Holztür auf, «ist dein Zimmer.»

Lola blickte hinein. Ein breites Bauernbett mit weißer Daunendecke erwartete sie, ein alter Schrank mit ovalem Spiegel und ein wolliger Teppich auf den ansonsten eher zerschrammten Holzdielen. Vor dem kleinen Fenster hing eine Gardine aus Leinen, darauf waren rosarote Blumen gestickt.

«Die Bettdecke sieht sehr dick aus», sagte Jeanne, «aber du wirst dich wundern, wie kalt die Nächte hier an der Küste sind. Und dann bist du froh über ein paar Daunen.»

«Da bin ich sicher», sagte Lola und stellte ihre Tasche ab. «Danke, Jeanne!» Sie lächelte. «Ich hoffe, ich überfalle dich hier nicht – vielleicht hättest du lieber einen Abend allein mit deinem Sohn verbracht?»

«Ach was!» Jeanne winkte ab. «Den habe ich doch gerade vor ein paar Tagen schon gesehen, als ich in Paris war.»

«Das wusste ich gar nicht», sagte Lola. Ihr Blick wanderte zu den Händen von Fabiens Mutter, sie suchte nach einem Verband oder einem Hinweis darauf, dass ihr Handgelenk verletzt war. Aber da war nichts. Jeannes Hände waren kräftig und braun gebrannt, mit dunkler Erde unter den Nägeln von der Gartenarbeit. Lola biss sich auf die Lippen.

«Ich habe ein kleines *dîner* vorbereitet», sagte Jeanne, die nichts bemerkt zu haben schien. «Ich hoffe, du bist keine Vegetarierin? Es gibt nämlich *Bœuf à la bretonne* aus Rinderbrust. Ich habe es schon gestern gekocht, damit es heute Abend richtig schmeckt.»

«Das klingt herrlich», sagte Lola. «Sag Bescheid, wenn ich dir noch helfen kann.»

«Vielleicht höchstens beim Dessert.» Jeanne wandte sich zum Gehen und sagte über die Schulter: «Da bin ich immer etwas einfallslos. Aber jetzt pack erst mal aus.»

Lola hörte ihre Schritte auf der Treppe nach unten und dann die gedämpften Stimmen von Jeanne und Fabien aus der Küche. Sie ließ sich aufs Bett fallen und sah nach draußen in den unsteten Himmel über der Bretagne. So war das also. Fabiens Mutter war kerngesund, er hatte sie angeschwindelt, damit sie mit ihm hierherfuhr. Ein winziges bisschen ärgerte sich Lola, dass sie ihm so einfach auf den Leim gegangen war. Doch unter diesem Gefühl lauerte etwas anderes – ein unbestimmtes Kribbeln, so, als wüsste sie plötzlich, dass etwas Wunderbares geschehen konnte. Sie kannte dieses Gefühl aus der Kindheit, ein Flattern des Zwerchfells beim Gedanken an einen Geburtstag, an den ersten Schnee, der in Paris so selten war, an das Ritual der *Galette des Rois* zum Dreikönigstag ... und nun begrüßte es sie wie einen alten Freund.

Sie konnte Fabien nicht böse sein. Er hatte sich sehr angestrengt, um sie aus Paris an diesen schönen Ort zu locken, um ihr nahe zu sein. Und Lola schwankte zwischen Furcht und Euphorie. Furcht davor, was geschehen könnte. Und Euphorie bei dem Gedanken daran, *dass* etwas geschehen könnte. Zum ersten Mal, seitdem sie heute in das alte Auto von Samir gestiegen war, erlaubte sie sich, an Fabien auf dieselbe Weise zu denken wie gestern Abend in seiner Küche in der Rue Mouffetard, als er sie zum Essen gerufen hatte. Nicht nur wie an einen früheren Schulfreund, mit dem es keine Komplikationen geben durfte, sondern wie an einen Mann, der ihr viel bedeuten könnte.

Obwohl sie heute Mittag in diesem viel zu schicken Restaurant unter den Augen seines Freundes Matthieu plötzlich schrecklich unsicher gewesen war, so spürte sie hier in Le Conquet, wie die Stärke der Felssteinmauern und die Geborgenheit, die das alte Haus ausstrahlte, langsam auf sie übergingen. Und sie fragte sich aufgeregt, wie es weitergehen würde.

ch habe ewig keinen *Chouchen* getrunken», sagte Lola und nippte erneut an ihrem Glas mit dem trüben Apfelhonigwein. Sie saßen zu dritt am alten Bauerntisch in der Küche. In dem kleinen Kamin in der Ecke prasselte ein Feuer, und der Flammenschein warf geheimnisvolle Schatten auf die Kacheln. «Zuletzt wahrscheinlich mit meinem Vater, als wir vor Jahren in den Ferien am Meer waren. Im Norden der Bretagne, in Cancale, glaube ich. Weiß der Himmel, wie es dazu kam. Es ist das einzige Mal, an das ich mich erinnere.»

«Émile ist wohl kein typischer Urlauber, oder?», fragte Jeanne und lächelte. Sie goss Lola und Fabien nach und schenkte sich selbst einen zweiten *Kir breton* ein – Cidre mit Cassislikör.

«Nein», gab Lola zurück, «und wir hatten außerdem auch nie besonders viel Geld. *Papa* hat eigentlich immer gearbeitet, und ich habe die Ferien im Étoile verbracht. Es ...» Sie unterbrach sich, weil sie plötzlich fürchtete, es könnte wie eine Beschwerde klingen. «Es hat mich auch nie besonders gestört», fügte sie mit Nachdruck hinzu und trank noch einen tiefen Schluck von dem süßsauren Aperitif.

Jeanne lachte leise. «Nun, aber das Fernweh hat dich dann später doch noch gepackt, wie ich hörte. Vielleicht hat das etwas damit zu tun, dass du als Kind immer in Paris bleiben musstest?»

Lola zuckte die Achseln. «Kann sein», sagte sie. «Aber mein Vater hat sich immer sehr bemüht, dass es mir an nichts fehlt. Ich hatte meine Bücher, meine Musik – und Aurélie, die Konditorin in der Hotelküche.»

«Dieser Frau verdanken wir dann wohl den herrlichen Nachtisch dort drüben.» Jeanne zeigte auf die Butterküchlein, die auf der Kochinsel auf einem blau-weißen Porzellanteller abkühlten. «Dass du überhaupt *Kouign amann* backen kannst als Pariserin – allein der Duft!»

«Aurélie stammte aus der Bretagne», sagte Lola, «deshalb kenne ich viele Rezepte von hier. Aber ich weiß nicht, ob sich meine Küchlein mit den Originalen vergleichen lassen.»

«Ich habe gesehen, dass du ordentlich gesalzene Butter in den Teig gegeben hast», sagte Jeanne und lächelte. «Ich denke, jeder Bretone wäre stolz auf dich. Und wir drei werden heute Abend aus der Küche die Treppen hinauf rollen müssen.»

Lola sah zu Fabien. Er war merkwürdig schweigsam, nippte an seinem Apfelwein und hörte nur zu. Allerdings war es auch nicht leicht, gegen seine Mutter zu Wort zu kommen.

Jeanne stand auf. «*Alors*, lasst uns essen», sagte sie und räumte die Salatschüsseln fort, als sei die Vorspeise kein richtiger Gang gewesen. Sie ging zum Herd, streifte ein Paar Topfhandschuhe über, nahm den dunkelroten *Le Creuset* hoch und stellte ihn in die Mitte des Tisches. Als sie den Deckel des gusseisernen Topfes öffnete, strömte ein betörender Geruch in Lolas Nase. Es duftete nach frischem Fleisch, Artischocken, Butter und dem süßlichen Bier, in dem die Rinderbrustscheiben geschmort worden waren. Dazu ein zimtiges Aroma, denn Jeanne hatte nach bretonischem Rezept Lebkuchen mit im Topf ziehen lassen.

«*Bœuf à la bretonne*», sagte Fabien und hielt sein Gesicht in den Dampf, «das muss ich auch mal wieder zubereiten.»

«Ich verstehe jetzt, woher du deine Begeisterung fürs Kochen hast», sagte Lola und sah zu, wie Jeanne Fleischstücke, Gemüse und Soße auf die Teller häufte.

«Ja, aber Fabien ist inzwischen viel besser als ich», sagte Jeanne unbekümmert und stellte zu guter Letzt auch eine Portion vor sich ab. «Hat mich längst überflügelt mit seiner Sterneküche.» Sie setzte sich und sah ihn an. «Und jetzt bin ich jedes Mal ganz nervös, wenn ich für dich koche, mein Sohn.»

«Es schmeckt immer hervorragend», sagte Fabien und lachte. «Kein Grund, dich zu verstecken.» Er goss reihum Pinot noir in die Weingläser.

Jeanne sah ihn liebevoll über den Tisch hinweg an. «Auf euch», sagte sie und erhob ihr Glas. «Wie schön, dass ihr heute hier seid!»

Sie tranken und begannen dann zu essen. Einige Minuten genossen sie schweigend, und Lola spürte, wie ihr der schwere Wein schon ein wenig zu Kopf stieg. Doch sie mochte das Gefühl und nahm noch einen Schluck.

«Das schmeckt wirklich wunderbar», sagte sie. «Normalerweise kochst du wohl nicht so aufwendig?»

«Für mich allein nicht», sagte Jeanne, «aber oft kommen die Nachbarn rüber, dann kochen wir zusammen. Es gibt hier eine sehr nette kleine Gemeinschaft in Le Conquet, und ich bin nicht einsam.»

«Und wenn doch, dann kommst du einfach nach Paris», sagte Fabien, dessen Wangen ebenfalls vom Wein und der Wärme des Kaminfeuers gerötet waren.

Lola ertappte sich dabei, wie sie ihn eine Sekunde zu

lang anstarrte, und senkte dann schnell den Kopf über ihren Teller, als sie Jeannes Blick spürte.

«Bist du denn wieder richtig in Paris angekommen?», fragte Jeanne sie, und Lola sah auf. «Fabien sagte mir, dass dein Aufenthalt keinen freudigen Anlass hatte? Ihr seid auf der Suche nach Rose?»

«Ja», sagte Lola, «*Mamie* ist spurlos verschwunden, und Émile macht sich Sorgen. Ich natürlich auch!»

«Und ihr habt noch immer keinen Anhaltspunkt?»

Lola schüttelte den Kopf. Sie zögerte. «Ich habe ein paar alte Briefe gefunden», sagte sie schließlich und schaute kurz zu Fabien, doch der schien sehr beschäftigt damit, ein Artischockenstück aufzuspießen. «Fabien hat sie gesehen, stimmt's?»

Er sah auf und hob abwehrend die Hände. «Ich habe nur ein paar Sätze gelesen», sagte er, «und ich konnte mir keinen Reim darauf machen.»

«Was sind das denn für Briefe?», warf Jeanne ein.

«Meine Großmutter muss sie einst an einen Mann geschrieben haben», sagte Lola. «Ich fand sie in einem Versteck oben in ihrer *Chambre de bonne*.»

«Und sie hat sie nicht abgeschickt? Wie viele sind es denn?», fragte Jeanne. Sie hatten alle drei die Gabeln hingelegt, und Jeanne und Fabien sahen Lola erwartungsvoll an.

«Insgesamt drei», sagte Lola. «Ich habe aber den dritten noch nicht gelesen – er liegt oben bei den anderen in meiner Tasche im Gästezimmer.»

«Und worum geht es in den anderen beiden?»

«Um die Liebe», sagte Lola einfach. «Rose war offenbar in den späten Sechzigerjahren sehr verliebt in einen Mann namens Benoît. Doch etwas machte ihre Beziehung unmöglich, er verließ sie, verließ Paris, und sie schickte die Briefe an ihn offensichtlich auch nicht ab, sondern schrieb sie vielleicht nur für sich und schob sie dann am Ende unter eine lose Diele in ihrem Appartement in der Rue Mouffetard.»

«Benoît ...», sagte Jeanne und holte tief Luft. «Ich kannte einmal einen Benoît im Quartier. Sein Nachname war Leroux.»

«Ja?», fragte Lola überrascht. «Woher kanntest du ihn?»

«Aus der Kirche an der Place Georges Moustaki, am unteren Ende der Rue Mouffetard», sagte Jeanne. Sie nahm einen Schluck Wein und leckte sich gedankenverloren die Lippen.

«Du warst früher in der Kirche?», fragte Fabien überrascht. «Ich dachte, unsere Familie sei gar nicht religiös gewesen.»

«Doch, meine Eltern waren katholisch», sagte Jeanne. «Genau wie Margot und ihre Mutter Rose. Margot und ich waren Klassenkameradinnen, das wisst ihr ja. Und wir gingen auch gemeinsam zum Kommunionsunterricht in Saint-Médard. Und dort lernten wir ihn kennen.»

«Wen?»

«Benoît Leroux. Also ...» Jeanne zögerte. «*Père* Benoît.»

Lola starrte sie nach wie vor an.

Auch Fabien wirkte überrascht. «Er war ein Priester?», fragte er ungläubig.

«Allerdings.» Jeanne lächelte bei der Erinnerung. «Wir Kinder mochten ihn gern. Er war ein sympathischer Mann, hatte ein freundliches Lächeln – ganz anders als viele Priester damals, er hatte nichts Strenges an sich. Doch eines Tages war er fort. Unser Kommunionsunterricht fiel aus. Man sagte uns, dass *Père* Benoît versetzt worden sei. In eine andere Gemeinde im Süden, in der Nähe von Nizza.»

«Hatte er etwa eine Affäre mit meiner Großmutter?» Lola starrte sie an. «Wurde er deswegen versetzt?»

Jeanne hatte ihre Gabel wieder aufgenommen und schob nun den Rinderbraten auf dem Teller hin und her. «Ich vermute es», sagte sie. «Nein, ich bin sogar ziemlich sicher. Denn ich hörte damals ein Gespräch mit an, das nicht für meine Ohren bestimmt war.» Sie lächelte, doch es wirkte schmerzlich. «Zwei Tage vor seinem Verschwinden war ich in der Sakristei, um ein Gesangbuch zu holen – die anderen saßen alle schon in den Bänken. Hinter dem Samtvorhang, wo sich der Kelch mit den Hostien und das große Kreuz befanden, hörte ich Stimmen – *Père* Benoît und ... Rose Caron.» Sie sah zu Lola. «Deine Großmutter und der Priester stritten. Ich hörte nur wenige Sätze ... *Sie ist dein Kind!*, sagte Rose aufgebracht, und *Père* Benoît fragte mit verzweifelter Stimme: *Was soll ich denn tun?* Dann fiel ein Gegenstand zu Boden, und ich rannte davon, ehe sie mich entdecken konnten.»

«*Incroyable*», sagte Lola und trank zwei große Schluck Rotwein. «Das hätte ich nicht erwartet. Das heißt ja ...»

«Ein Priester war dein Großvater», beendete Fabien den Satz für sie. Er sah sie teilnahmsvoll an. In seinen Augen schimmerte das Licht des Kaminfeuers.

Lola fühlte einen leisen Schmerz. Doch weshalb?, dachte sie. Was ging sie das alles denn noch an? Dann kam ihr ein Gedanke.

«Hat meine Mutter es gewusst?», fragte sie.

Jeanne presste die Lippen zusammen. «Ich habe es ihr erzählt, ja», sagte sie schließlich und wirkte sehr zerknirscht. «Hätte ich doch meinen Mund gehalten!»

«Wieso?»

«Nun, ich war zu jung, ich verstand nicht, was für eine Ungeheuerlichkeit diese Wahrheit bedeutete. Ich wollte es ihr einfach nur erzählen, wie sich Kinder eben spannende Neuigkeiten berichten. Doch es ging ja um *sie*.» Jeanne hielt inne. «Margot wurde furchtbar wütend, schlug sogar nach mir und schrie mich an. Das seien Lügengeschichten, behauptete sie, sie glaube mir kein Wort. Ich wolle sie nur in der Nachbarschaft schlechtmachen.» Sie seufzte. «Erst viel später habe ich verstanden, was es für Margot bedeutet haben muss, in den Siebzigerjahren ohne Vater aufzuwachsen, ohne eine Spur ihres Erzeugers und nur mit einer Mutter wie Rose, die es ihr auch nicht immer leicht machte. Sie muss sich schrecklich gefühlt haben, als ich ihr diese ungeheuerliche, schmachvolle Wahrheit enthüllte.»

«Und was geschah dann?», fragte Lola.

«Es war das Ende», sagte Jeanne achselzuckend. «Margot sprach nicht mehr mit mir. Zuerst dachte ich, es sei einer unser blöden Streite und sie würde sich schon wieder beruhigen. Doch es hielt an. Unser Kleeblatt – Margot, Liliane und ich – war zerbrochen. Fortan standen nur Liliane und ich auf dem Schulhof der École Saint-Pierre zusammen. Margot hielt sich von uns fern. Es war, als hätte ich mit meiner Entdeckung etwas aufgescheucht, das es ihr unmöglich machte, weiter mit mir befreundet zu sein. Dabei war ich ja eigentlich nur die Botin – aber mein gedankenloses Geplapper hatte Margots Vertrauen in mich erschüttert.»

«Vielleicht hat sie auch mit ihrer Mutter gesprochen, mit Rose», sagte Fabien nachdenklich. «Und diese hat ihr dann den Umgang mit euch verboten, damit die Wahrheit nicht ans Licht kam.»

«Das dachte ich zunächst auch», sagte Jeanne, «doch wenige Wochen später traf ich Madame Caron auf der Straße. Sie fragte mich, ob etwas zwischen ihrer Tochter und mir vorgefallen sei. Ich stotterte so herum und ahnte, dass Margot ihr nichts gesagt hatte. Sie hatte wohl entschieden, alles mit sich selbst auszumachen.» Sie lächelte Lola entschuldigend zu. «So war deine Mutter», sagte sie, «immer stur wie ein Maultier. Immer mit dem Kopf durch die Wand.»

Lola lachte leise. «Kommt mir bekannt vor», sagte sie. «*Mamie* ist genauso, und ich, nun ...» Sie nippte an ihrem Wein und schielte kurz verlegen zu Fabien hinüber. «Das bedeutet aber, dass meine Mutter das Geheimnis ihrer Herkunft kannte. Doch sie hat offensichtlich nie mit jemandem darüber gesprochen. Mein Vater jedenfalls weiß nichts von diesem Benoît Leroux und all den Verwicklungen. Oder er hat es gut vor mir verborgen.»

«Ich denke, Margot wollte es nicht wahrhaben», sagte Jeanne verhalten. «Es ist ja auch schwer, mit diesem Wissen zu leben. Dass es da einen Vater gab, den sie sogar kannte, in dessen Kirche sie ein und aus ging – und den sie trotzdem nicht *Papa* nennen durfte.» Sie wischte sich über die Augen, die auf einmal feucht schimmerten. «Ich bedaure mein Verhalten von damals sehr», fügte sie hinzu. «Und noch mehr bedaure ich, dass ich nicht wenigstens später, als Erwachsene, versucht habe, unsere Freundschaft wieder aufleben zu lassen. Ich dachte immer mal wieder daran, Margot anzurufen oder anzusprechen, wir begegneten uns ja öfter im Quartier. Doch etwas hielt mich davon ab. Sie strahlte eine große Strenge aus, deine Mutter, und ich traute mich nicht, an die alten Geschichten zu rühren. Sie wirkte aber sehr glücklich mit Émile, und noch mehr, als du auf die Welt kamst, Lola. Ich habe euch immer aus der Ferne beobachtet und gedacht, dass niemand von uns so sehr eine glückliche Liebe verdient hat, eine richtige Familie, wie Margot Caron, die nun schon Mercier hieß. Was für ein Jammer, was für ein Unglück, dass sie so früh sterben musste.» Jeannes Stimme brach, und sie zog aus der Tasche ihres geblümten Rocks ein Stofftuch und schnäuzte sich.

Lola spürte einen Kloß im Hals, doch sie war geübt darin, ihre Gefühle im Zaum zu halten – vor allem wenn es um den Tod ihrer Mutter ging. Auf einmal bemerkte sie, wie Fabiens Hand sie unter dem Tisch berührte, und dankbar erwiderte sie den Druck seiner warmen Finger, ehe sie ihn wieder losließ.

Er räusperte sich. «Aber was geschah denn nun wirklich?», fragte er und fuhr sich mit der Hand, die sie eben noch getröstet hatte, verlegen durchs Haar. «Rose und dieser Priester hatten also etwas miteinander. Sie wurde schwanger und bekam das Kind, und die beiden lebten noch jahrelang nebeneinanderher, im gleichen Quartier? Und niemand bemerkte etwas?»

«Ach, weißt du», sagte Jeanne, die ihre Emotionen wieder im Griff zu haben schien, «das gab es doch öfter. Viele katholische Priester erliegen der Versuchung nach Nähe. Dieses Zölibat ist einfach unmenschlich! Ich glaube, diese Erkenntnis hat mich auch letztlich dazu getrieben, aus der Kirche auszutreten und den Glauben meiner Familie nicht an dich weiterzugeben. Es ist eine verlogene Religion, die mit zweierlei Maß misst, und ich wollte nicht länger Teil davon sein. Heute bin ich sicher, dass dieses Gefühl seinen Ursprung im Schicksal von Margot und Rose Caron hatte.»

Lola überlegte. «In den beiden Briefen schien es mir, als

sei Benoît nach ihrer Affäre Ende der Sechzigerjahre zunächst verschwunden», sagte sie, «und dann irgendwann zurückgekehrt. Ist es möglich, dass er um eine Versetzung zurück ins Quartier Latin gebeten hatte, um seiner Familie wenigstens ein Stück weit nah zu sein? Und dass jemand nach Jahren misstrauisch wurde und man entschied, ihn erneut zu versetzen, weit fort diesmal?»

«Das kann gut sein», sagte Jeanne. «Man muss vielleicht hinzufügen, dass Margot ihm sehr ähnlich sah – der gleiche Hautton, die gleiche Haarfarbe. Möglicherweise fiel das irgendwann in der Gemeinde auf, oder jemand plauderte. Ihr wisst ja, wie die Nachbarschaft ist.»

«Ich sollte endlich auch noch ihren letzten Brief lesen», sagte Lola, plötzlich entschlossen. «Ich muss herausfinden, was damals geschehen ist. Und ob uns das auf ihre Spur von heute bringt.»

Sie sah erst Fabien und dann Jeanne an. In beiden Gesichtern las sie Zustimmung – und noch etwas: eine warme, fast zärtliche Verbundenheit.

Lola räusperte sich. «Ist es schon Zeit für das Dessert?», fragte sie. «Ich könnte etwas Süßes vertragen.»

32

Die Dunkelheit stand vor dem kleinen Fenster des Gästezimmers. Lola hatte beide Flügel geöffnet, damit die kühle Nachtluft hereinströmen konnte. Und mit ihr zog ein zarter Rosenduft ins Zimmer und mischte sich mit dem Geruch nach Lavendel, der von der Bettwäsche aufstieg. Am schwarzen Himmel hob sich ein fast voller Mond ab, eine bleiche Scheibe mit unlesbaren Mustern. Von fern war das regelmäßige Rauschen des Meeres zu hören, ansonsten herrschte tiefe Stille.

Lola lehnte am Fensterbrett. In den Händen drehte und wendete sie das dünne Briefchen ihrer *Mamie*. Im Mondlicht schimmerte es hell, aber um die Worte darauf lesen zu können – es waren nicht viele –, hätte Lola ein Licht anschalten müssen. Doch sie zögerte.

Ja, sie wollte den letzten Brief lesen, wollte verstehen, was damals geschehen war, wie Roses Geschichte weitergegangen war. Gleichzeitig hatte sie eine große Scheu davor, noch tiefer in deren Geheimnisse einzudringen. Es war schließlich allein *ihre* Sache!

Allerdings nicht ganz, dachte Lola, immerhin ging es auch darum, wer ihr eigener Großvater war, der Vater ihrer Mutter. Hatte sie selbst nicht ein Recht darauf, diesen nicht unwichtigen Teil ihrer Herkunft zu kennen?

Unentschlossen stand sie da und starrte nach draußen. Es war ein intensiver Abend gewesen. Nach dem Essen hatten sie zu dritt das Geschirr abgewaschen und eine zweite Weinflasche geleert, dazu den salzig-süßen Butterkuchen gegessen und noch einige Mutmaßungen über

Roses Vergangenheit und ihren Verbleib in der Gegenwart angestellt. Irgendwann hatte Jeanne in die Hände geklatscht und gesagt, sie gehe jetzt schlafen. Auch Fabien und Lola hatten schnell erklärt, schrecklich müde zu sein – nicht, ohne noch einen letzten, unsicheren Blick miteinander zu tauschen. Doch nach kurzem Zögern war Lola hinter Jeanne her die Treppe hinaufgestiegen und hatte Fabien unten allein zurückgelassen.

Sie hatte sich für die Nacht umgezogen, und nach und nach waren die Geräusche des nächtlichen Hauses verstummt. Nun lag es vollkommen still da. Ein wenig irritierte es Lola, dass keine weiteren Schritte die Treppe heraufkamen, was wohl bedeutete, dass Fabien noch nicht schlafen gegangen war. Aber was tat er jetzt dort unten, ganz allein? Und warum stand sie selbst auf einmal hellwach und aufgekratzt in diesem fremden Zimmer, dessen Bettzeug so geheimnisvoll im Mondlicht leuchtete?

Als sie noch einmal nach unten lauschte, meinte sie, leise Musik zu hören – doch die Melodie kam nicht aus der Küche, sondern aus dem Garten. Lola beugte sich aus dem Fenster. Eine weibliche Stimme schien direkt unter ihr zu singen, sanfte Bässe pulsierten um das stille Haus am Meer. Sie lauschte – und dann sah sie das Display eines Handys leuchten. Jetzt erkannte sie auch das Lied. Es war *Éblouie par la nuit* von *Zaz*, und Lolas Herz zog sich zusammen. *Je t'ai attendu 100 ans … Ich habe hundert Jahre auf dich gewartet …* Und ehe Lola wusste, was sie tat, legte sie den Brief ihrer Großmutter aufs Fensterbrett, schlüpfte in ihre Sandalen, öffnete vorsichtig die Tür und schlich die Treppe hinab. Sie trug nur Pyjamahosen und ein Top, doch eine innere Aufgeregtheit wärmte sie.

In der Küche leuchtete noch ein schummriges Lichtlein, sonst war alles dunkel. Als sie in den Garten trat, knirschten kleine Steinchen unter ihren Sohlen.

«Sagtest du nicht, du seist müde?», fragte sie, als sie Fabien entdeckte. Er saß, den Rücken an die Hauswand gelehnt, im Gras und hatte das Handy, aus dem noch immer die Musik perlte, neben sich gelegt. Hastig sah er auf. Sie konnte in der Dunkelheit nur ahnen, dass er lächelte.

«Und du?», fragte er zurück, ohne zu antworten.

«*Touché!*» Lola stand ein wenig unschlüssig herum und sog die frische Luft ein. Sie wusste nicht, was sie sagen sollte, wusste nur eins – sie wollte noch nicht schlafen gehen. Etwas war zwischen ihnen beiden, etwas, das noch auf seine Einlösung wartete. Seit der Missstimmung im Restaurant stand es unausgesprochen zwischen ihnen. Während des Essens mit Jeanne war es dann nicht mehr so deutlich spürbar gewesen, war überdeckt worden von ihrer Gegenwart, von den Gesprächen über Rose und den leckeren Speisen.

Der dunkle Wein floss langsam durch Lolas Adern, sie spürte, wie er sie träge und gleichzeitig hellwach machte. Es kribbelte in ihrem ganzen Körper.

Si j'en ai perdu la tête … J'ai t'aimé et même pire, sang die Stimme im Gras. *Als ich meinen Verstand verlor … Ich habe dich geliebt und noch Schlimmeres …*

Fabien sprang auf. Er trat zu ihr, sie sahen sich an, und Lolas Kribbeln wurde stärker.

«Du hast das Meer hier noch gar nicht gesehen», sagte er. «Machen wir einen Spaziergang?»

«Ich habe nicht mal einen Pullover an», sagte Lola.

Doch er streckte nur die Hand nach ihr aus, und diesmal nahm Lola sie, nicht verstohlen unter dem Tisch, sondern ganz offen, und hielt sich an ihm fest. Fabien griff nach einer fein gewebten Decke, die über einem Mäuerchen lag, und legte sie Lola um die Schultern.

«Keine Sorge», sagte er, «es sind nur ein paar Schritte, dann beginnt schon der Sandstrand.»

Das Telefon ließ er im Gras liegen, und die Musik wurde leiser, als sie sich vom Haus entfernten. Lola hörte noch die letzten Takte des Liedes, das sie so gut kannte.

Sie gingen durch den Garten, schlüpften durch eine kleine Hecke und liefen dann über ein raschelndes Feld. Schließlich standen sie an einem dunklen Strandaufgang.

Jetzt hörte Lola das Meer nicht nur, sondern sie roch es auch – salzig, wild, nach Algen und nassem Sand. Das Kribbeln war kaum noch auszuhalten, eine starke Unruhe war in ihr und drängte herauf, wollte durch ihre Kehle dringen wie ein Juchzen. Oder ein Weinen?

«Alles in Ordnung?», fragte Fabien neben ihr. Er hielt noch immer ihre Hand fest. «Diese alten Geschichten sind ganz schön verwirrend, oder? Ich meine, die Frauen deiner Familie haben einiges erlebt, wovon du nichts wusstest.»

«Lass uns nicht über die Vergangenheit reden», sagte Lola. Ihre Stimme klang heiser. Sie wusste selbst nicht, warum sie so sicher war, dass dies nicht der Moment war, über Rose und ihre Mutter Margot zu sprechen – sie fühlte einfach, dass sie nicht an sie denken wollte, nicht jetzt, nicht hier … Sie wollte mit Fabien allein sein, ohne die Gespenster der Vergangenheit. Später, morgen, in Paris konnte sie weiter nachdenken. Doch nicht mehr heute Nacht. Im Gegenteil – es war Zeit, die ständig kreisenden Gedanken aufzuhalten und den Kopf auszuschalten.

Sie fasste seine Hand fester, und er erwiderte den Druck, hob den Arm sogar einen Moment hoch und küsste sacht ihre Finger, ehe er sie wieder sinken ließ, seinen Griff jedoch nicht löste. So liefen sie, Hand in Hand, durch ein kleines Wäldchen, und die Stille der Nacht wurde nur ab und zu vom gleichmäßigen Rauschen des Meeres unterbrochen und vom Wind, der in den Baumkronen sang und pfiff. Nun spürte Lola, dass hier ein anderes Klima herrschte als in Paris. Eine Brise griff nach ihr, fuhr unter die dünne Decke um ihre Schultern, und sie schauderte, doch es war kein Frösteln, eher eine flatterige Ahnung. Und als spürte Fabien das, ließ er ihre Hand nun los und legte einen Arm fest um ihre Taille. Schweigend gingen sie weiter. Der Untergrund unter Lolas dünnen Sohlen wurde weicher, sandiger, jeder Schritt ein bisschen schwerer. Dann endlich öffnete sich das Wäldchen und gab den Blick auf den Atlantik frei. Am wolkenlosen Himmel schien der Mond so hell, dass sie alles erkennen konnte – das kleine, geschlossene Strandcafé, dessen Markise im Wind flatterte, die Surfbretter, die im Holzgestell hingen und auf den nächsten Tag warteten, der Strand, der beinahe weiß vor ihnen aufleuchtete. Und das Meer, dessen Wasser in langen, schäumenden Wellen kam und ging, kam und ging – wie ein stummer, kraftvoller Refrain, der niemals endete.

Lola streifte achtlos ihre Sandalen ab und ließ sich von Fabien weiterführen, über den Sand, den viele Fußspuren zierten. Es war ein warmer Sommertag gewesen, voller Badegäste, Wasserplanschen und Surfspaß, voller Sonne und Wassertropfen auf gebräunter Haut. Doch jetzt lag alles still und einsam da, der Ozean hatte seinen Strand wieder. Nur Lola und Fabien standen hier und starrten sprachlos auf den dunklen Horizont und die Lichtreflexe, die auf der Gischt tanzten, während die Wellen, die sanft über den Sand leckten, ihre nackten Füße und die vielen herumliegenden Steine umspülten. Lola fiel der Traum ein, den sie vor ein paar Nächten gehabt hatte – glänzende, nasse Steine, ein Strand und ein weiter wolkiger Himmel.

Da wusste sie, dass es Zeit war. Zeit, den Verstand zu verlieren, wie *Zaz* eben im Garten gesungen hatte, und sich endlich hineinzustürzen in diese Nacht. In diese Reise ins Unbekannte, die sie nicht nur an einen fremden Ort geführt hatte, sondern mitten hinein ins Herz ihrer Vergangenheit. Sie spürte Fabiens Wärme neben sich, die nackte Haut seines Armes an ihrem, und sie wusste schon nicht mehr – hatte sie zuerst die Arme um seinen Hals geschlungen oder er seine beiden Hände an ihre Taille gelegt und sie zu sich gezogen? Hatte er zuerst mit seinem Mund nach ihren Lippen gesucht oder sie ihn geküsst? Es war egal. Die Decke glitt von ihren Schultern und fiel in den Sand. Nichts zählte mehr als die Berührung. Sein Körper, sein Duft – vertraut und fremd zugleich –, sein Atem, der jetzt schneller ging und sich mit ihrem mischte, während sie zusammen in den nassen Sand sanken. Der Boden war kalt, und einen Moment hielt Lola die Luft an, doch im nächsten Augenblick spürte sie die Kälte nicht mehr. Sie spürte nur noch Fabiens warme Hände, die mit einem Mal überall waren, die sie hielten, streichelten, herausforderten. Und seinen Mund, mit dem er sie liebkoste, während der salzige Arm des Ozeans durch alle Schichten drang und sie umspielte.

Lola schloss die Augen. Sie erinnerte sich plötzlich ganz genau an diesen Tag vor vielen Jahren, an den Kuss, mit dem alles begonnen hatte, an die Erdbeeren, den Duft von Fabiens Haar. Doch dann rollte, wie eine Woge des Meeres, die Gegenwart über sie herein und verdrängte die Erinnerung. Dies war die Wirklichkeit, der Moment im Jetzt, in dem sie und Fabien hier im Schutz der Nacht am Strand verschmolzen – zu einem Herzschlag, einem Körper. Und das fühlte sich so gut an, so intensiv und richtig, dass sie sich ihm ganz hingab. Es blieben nur das Meer, der Himmel, der riesengroße Mond. Und dann nichts mehr als Fabien und sie.

33

Am nächsten Morgen war alles anders.

Lola wachte mit einem bleiernen Kopfschmerz auf. Das Laken war voller Sand, und ihre Schulter schmerzte, weil sie unbequem gelegen hatte. Als sie sich aufrappelte, fand sie sich im Gästebett wieder. Allein. Sie erinnerte sich, dass sie und Fabien in der vergangenen Nacht, als sie nach dem Ausflug ans Meer wieder unten im Garten angekommen waren, flüsternd beschlossen hatten, jeder in seinem Bett zu schlafen, damit sie nicht gleich morgens Jeanne Rede und Antwort stehen müssten. Und als Lola jetzt, taumelnd vor Müdigkeit und mit einem dumpfen Gefühl im Magen, die Treppe herabstieg und sofort Fabiens Mutter in die Arme lief, war sie heilfroh über diesen Entschluss.

Jeanne schien bestens geschlafen zu haben. Sie trug einen knallroten Morgenmantel, ihr silbergesträhntes Haar legte sich frisch gewaschen wie eine dichte Decke über ihre Schultern und federte bei jedem ihrer Schritte. Geschäftig schlug sie Eier in eine gusseiserne Pfanne und röstete Brot im Ofen. Doch selbst der köstliche Duft konnte Lolas Magendrücken nicht vertreiben.

«Kaffee?», fragte Jeanne anstelle eines Morgengrußes.

Irrte sich Lola, oder betrachtete Jeanne sie ein wenig argwöhnisch – und wurde der Ausdruck in ihrem Gesicht dann von einem wissenden Lächeln abgelöst?

«*Merci*», sagte Lola und nickte. Sie ließ sich auf einem der Küchenstühle nieder.

Als Jeanne eine randvolle Tasse vor ihr abstellte, umklammerte Lola sie mit beiden Händen und schlürfte vorsichtig. Ein wenig weckte das Gebräu ihre Lebensgeister, obwohl sie normalerweise Espresso am Morgen vorzog. Doch sie wollte nicht wie ein verzogenes Gör wirken, lieber trank sie noch einen Schluck. Sie schloss kurz die Augen, ehe sie sie wieder öffnete und in den Garten hinaussah.

Draußen war alles Licht. Jetzt, im Hellen, sah man erst richtig, wie schön Jeannes Garten war – etwas verwunschen und in überbordender Farbigkeit. Oleander, Astern und ein wahres Rosenmeer, dazwischen kleinere Wiesenblumen und wildes Gebüsch. Lola starrte gedankenverloren nach draußen.

Sie fragte sich, was dieses nagende Gefühl in ihr war, das ihr den herrlichen Ferienmorgen beinahe vergällte. War es denn nicht das gewesen, was sie wollte? Doch!, sagte sie sich, mehr als alles andere. Und war es denn nicht wunderbar gewesen? Doch!, musste sie wieder in ihrem stummen Zwiegespräch mit sich selbst zugeben, mehr als das.

Sie und Fabien hatten sich geliebt, als gäbe es kein Morgen, und jede Sekunde war erfüllend gewesen. Aber genau dieses *Als gäbe es kein Morgen* war das, was Lola heute früh, im hellen Licht betrachtet, Sorgen bereitete. Zugegeben, in der Fiebrigkeit der Nacht, mit ordentlich Pinot noir im Blut und im Schutze der Dunkelheit, die sie zusammen mit dem bretonischen Meer furchtlos gemacht hatte, schien es eine gute Idee zu sein, sich mit Fabien in den Wellen zu wälzen. Seine Küsse – unwillkürlich tastete Lola nach ihren Lippen, die sich geschwollen anfühlten – waren mehr als berauschend gewesen. Doch die Vorstellung, ihm gleich hier in der Küche, in der Helligkeit der Vernunft wiederbegegnen zu müssen, unter den aufmerksamen Augen seiner Mutter, war zu viel für sie. Auch die lange Fahrt mit ihm im Auto nach Paris würde kein Zuckerschlecken werden. Viele Stunden konnte man sich da anschweigen oder, noch schlimmer, das obligatorische Gespräch führen, das unweigerlich auf eine solche Nacht folgen musste. Alles würde sich um die eine Frage drehen: *Und jetzt?*

Lola wusste, dass sie darauf keine gute Antwort hatte. Noch nicht jedenfalls.

«*Bonjour!*»

Als sie Fabiens Stimme hörte, sah sie auf. Bei seinem Anblick spürte sie ein kleines Flattern – seine blauen Augen blickten ebenfalls müde drein, wie ein Spiegelbild ihrer selbst, er sah dennoch sehr gut aus in dem frischen Hemd, dessen oberer Knopf offen stand. Und dass er unrasiert war, ließ ihn männlicher, entschlossener wirken.

«Gibt es Frühstück?», fragte er seine Mutter.

Jeanne lachte. «Das hast du schon als Junge immer als Erstes gefragt, ohne Morgenküsschen. Und leider habe ich es versäumt, dich zu erziehen.»

«*Pardon, Maman.*» Er küsste sie flüchtig auf die Wange. Dann trat er an den Herd und begann, mit dem Pfannenwender die Eier umzudrehen. «Ich mach das schon», sagte er, «setz du dich ruhig zu Lola und trink auch einen Kaffee.»

«Schon besser ...» Jeanne lachte erneut und goss sich ebenfalls eine Tasse voll. «Ich gehe nur eben einen Moment in den Garten», sagte sie, «die ersten Stunden des Tages sind die schönsten.»

«Du willst nur eine rauchen», sagte Fabien spöttisch, und seine Mutter zog eine Grimasse und holte eine zerdrückte Packung Gitanes hervor.

«Diese Dinger werden dich am Ende umbringen.» Fabien warf ihr einen missbilligenden Blick zu, während es in der Pfanne siedete und spritzte.

«Wie recht du hast, mein lieber Sohn», flötete Jeanne, «aber lass mir wenigstens noch heute mein kleines, sündhaftes Vergnügen, ja? Die Sünde macht doch am meisten Spaß, wenn sie gefährlich ist, oder?»

Lola erstarrte auf ihrem Stuhl, und auch Fabiens Rücken wirkte mit einem Mal seltsam steif.

Ohne ein weiteres Wort ging Jeanne durch die geöffnete Terrassentür, und kurz darauf zog Tabakduft in die Küche.

«Das Omelett ist etwas missglückt», sagte Fabien, als er die Pfanne zu Lola an den Tisch trug. Er gab ihr von dem Ei und verteilte den Rest auf die beiden anderen Teller, die bereitstanden. «Morgen bekommst du wieder mein Original im Café des Artisans.» Er schmunzelte. «Ich habe übrigens lange überlegt, wie ich mein Café nennen will, damals, als ich den Laden übernommen habe», fügte er hinzu und legte ihr eine Hand auf die Schulter. Er beugte sich zu ihr und küsste ihren Nacken, und sie ließ es geschehen.

«Ach ja?»

«Ja, dieser alte Name ist vielleicht ganz charmant, aber ich wollte eigentlich etwas anderes. Kürzer, frecher, einfach passender. Und jetzt weiß ich es.»

Lola sah ihn an und vermochte das flaue Gefühl in ihrem Bauch nicht zu leugnen. Fabien lächelte breit, doch sie hatte das Gefühl, zwei Zügen bei einer Kollision zuzusehen – quälend langsam und doch unaufhaltsam. Sie wusste, was er jetzt sagen würde.

«Was hältst du von Café Lola?»

Sie öffnete den Mund, wollte ihn zurückpfeifen, wollte ihm sagen, dass er sich gedulden müsse, bevor er gleich seinen Laden nach ihr benannte. Wollte ihn warnen, vor sich selbst warnen – dass sie noch nicht entschieden hatte, wie es weiterginge. Dass diese Nacht mit ihm unten am Meer unwirklich schön gewesen war, unbeschreiblich romantisch und aufregend. Aber dass sie Zeit zum Nachdenken brauchte, dass sie nach wie vor nicht sicher war, was nun passieren würde. Mit ihr, mit ihm, mit Paris. Doch als sie seine Freude sah, seine Begeisterung, da konnte sie es nicht. Und so schwieg sie nur und lächelte gequält.

Plötzlich merkte sie auf. Sie roch etwas Verbranntes, und da qualmte es auch schon aus dem Ofen.

«Das Baguette!», sagte sie hastig.

Fabien rief: «*Merde!*», lief zum Ofen und holte rasch die Brotscheiben hervor, die an den Rändern tüchtig angesengt waren. «Ich mache uns schnell neue», sagte er. «Und dann gehe ich in den Keller, wo noch ein Glas *Caramel au beurre salé* sein müsste. Warte, ich hole es schnell.»

Lola sah ihm zu, wie er erst Baguette schnitt und dann durch die Tür in den Flur verschwand. Sie stöhnte leise und schob den Teller mit dem Ei von sich. Und plötzlich sehnte sie sich unbeschreiblich nach einer von Jeannes verbotenen Gitanes.

34

Na, wie war die Reise mit deinem *Chouchou*?», fragte Samir und grinste breit. Er stand nur mit Unterhemd und engen Shorts bekleidet in der Tür der Hausmeisterwohnung und streckte die Hand aus.

Fabien ließ den Autoschlüssel hineinfallen und schob ihn sanft, aber bestimmt zur Seite.

«Lass die blöden Sprüche», sagte er und ging, ohne zu fragen, in die Wohnung seines Freundes. «Ich brauche sofort was zu trinken.»

«Aber, *mon cœur*, es ist nicht aufgeräumt!», rief Samir in gespielter Verlegenheit hinter ihm her, doch Fabien kümmerte sich nicht darum.

Das Appartement hatte nur zwei Räume, eine dunkle Kammer zum Schlafen, die Fabien noch nie betreten hatte, und ein Wohnzimmer, in dem es auch eine kleine Kochzeile gab. Der Fußboden stammte noch aus dem 19. Jahrhundert, und die Steinmosaike waren an beinahe jeder Fliese zerbrochen. Die Einrichtung hatte Samir weitgehend von der alten *Concierge* übernommen, die Möbel waren hauptsächlich aus Teakholz, dunkel und mit vielen kleinen Glasscheiben an den Vertikos und gedrechselten Löwenköpfen auf den Stuhllehnen. Doch Samir hatte dem morbiden Chic etwas genommen, indem er psychedelische Kunstdrucke, alte *James Bond*-Filmplakate und ein monströses Terrarium hinzugefügt hatte. Darin lebte eine orange gemusterte Bartagame namens Monsieur Flic. Mehrere Wasserpfeifen standen herum, und der Duft nach Apfeltabak erfüllte den kleinen Raum, sodass Fabien schwindlig wurde.

Er ließ sich auf die weiße Kunstledercouch fallen, die zwischen einen antiken Teetisch und ein Tropenholzregal gequetscht war, und schloss einen kurzen Moment die Augen.

Samir kam hinter ihm her und trat gleich ans Regal, in dem sich ein beeindruckendes Sammelsurium an Flaschen befand.

«Lass mich mal überlegen», sagte er und fuhr mit dem Finger die Etiketten entlang, «du brauchst etwas Richtiges. Kein Bier, kein *Crémant* ... Ah!» Er zog eine verstaubte Flasche Cognac hervor, die vermutlich auch noch aus den alten Tagen von Madame Blanche, der früheren Hausmeisterin, stammte. Summend goss er zwei Gläser halb voll und hielt ihm eines hin.

Fabien trank. Er schüttelte sich bei dem scharfen Geschmack, doch nahm sogleich noch einen Schluck. Das Brennen in seiner Speiseröhre war trotz allem wohltuend, es lenkte ihn ab von dem Kloß in seinem Hals.

«So schlimm?», fragte sein Freund und warf sich auf einen knallpinken Sitzsack, den er unter dem Tisch hervorholte. «Hat dein perfekter Plan also nicht so funktioniert, wie du es dir vorgestellt hast?»

«Wie man's nimmt», sagte Fabien. «Die Hinfahrt war etwas seltsam, aber als wir ankamen, wurde es richtig schön. Meine Mutter und Lola haben sich gut verstanden, sie haben über Lolas Familie gesprochen.»

«Auch über Madame Caron?», fragte Samir und deutete mit dem Finger zur Decke. «Habt ihr etwas herausgefunden?»

Fabien nickte. «Offenbar gab es da eine alte Liebesgeschichte zwischen *Madame* und einem Priester.»

«Nein!», rief Samir und hieb sich mit der Hand aufs Knie. «Wie in *Dornenvögel*?»

Langsam hob Fabien die Schultern und ließ sie wieder fallen. Er hatte diese alte Serie nie gesehen.

«Kann sein», sagte er. «Jedenfalls hatten wir einen wunderschönen Abend, gutes Essen, viel Wein. Und Jeanne ... na, du kennst ja meine Mutter. Sie mag die Menschen, und die Menschen lieben sie. Auch Lola.»

«Aber liebt Lola *dich*?», fragte Samir mit übertriebenem Augenaufschlag. «Das ist doch die Frage, *mon ami*.»

Fabien seufzte. «Ich hab keine Ahnung. Wir sind nachts zum Strand gegangen und da ... also, für einen Moment dachte ich, vielleicht könnte sie ...»

Samir starrte ihn an. «Nachts? Am Strand? Nur du und Lola?»

Schweigend trank Fabien seinen Cognac.

«*Oh, là, là*», sagte Samir und schlug die Hand vor den Mund. Dann verstummte auch er. Ohne zu fragen, stand er auf, nahm die Flasche und goss nach.

«*La belle et le bad boy*», sagte er schließlich und stieß Fabien freundlich in die Seite. «Also doch. Endlich!»

«Von wegen!», protestierte Fabien. «Am nächsten Morgen war alles noch komplizierter als vorher. Lola war total einsilbig beim Frühstück. Jeanne hat natürlich etwas gemerkt, aber sich netterweise nichts anmerken lassen – ganz entgegen ihrer sonstigen Gewohnheit.» Er grinste schief. «Dann sind wir nach Paris zurückgefahren. Sechs Stunden zu zweit in deiner Karre – ohne ein vernünftiges Wort.» Er sah Samir an. «Du musst übrigens dieses Verdeck reparieren lassen», sagte er. «Bald kommt der Herbst. Und schon jetzt habe ich einen steifen Nacken nach der Fahrt.»

«*Bla, bla*», sagte Samir, «lenk nicht ab. Ihr habt euch also gestritten?»

«Nein!», rief Fabien und knallte sein Cognacglas auf das alte Tischchen. «Nicht mal das! Wir haben uns angeschwiegen und das Thema vermieden. Einmal habe ich einen Versuch gestartet, bei einer Tankpause, doch bevor ich ausdrücken konnte, was ich wollte, hat sie mich unterbrochen. Hat gesagt, wir sollten jetzt nicht darüber reden und erst mal wieder in Paris ankommen.»

«Und was hast du gesagt?»

«Ich habe versucht, sie zu küssen. An einer Autobahnraststätte. *Sehr* romantisch. Aber sie hat abgewehrt, so, als sei ihr das alles zu viel. Und dann hat sie gesagt, ich solle Geduld haben. Sie müsse erst nachdenken.»

«Das klingt nicht gut», sagte Samir und verzog die Mundwinkel. «Wenn man zu viel nachdenkt, geht meistens alles den Bach runter.» Als er Fabiens Gesichtsausdruck sah, hob er schnell die Hände und fügte hinzu: «Nur meine Erfahrung, Bruder!»

Fabien stöhnte. «Diese Nacht ... sie war einfach perfekt. Ich verstehe nicht, wie es zwischen zwei Menschen nach einer solchen Nacht trotzdem so schwierig sein kann.»

«Einfach perfekt, hm?» Samir sah ihn mit einem so mitleidigen Blick an, dass es Fabien ganz mulmig wurde. «Du musst mit ihr sprechen, Fabi.»

«Ich weiß», sagte er und zuckte mit den Schultern. «Aber ich habe Angst. So lange habe ich gewartet, so lange war sie nur mein Wunschtraum. Dann hat mich die Wirklichkeit eingeholt. Und weißt du, was das Schlimmste ist? Die Wirklichkeit war noch besser als meine Fantasie! Aber was, wenn Lola das alles nicht so sieht? Was, wenn sie ihre Sachen packt und wieder verschwindet?» Er vergrub sein Gesicht in den Händen. «Das ist es nämlich», sagte er verzweifelt. «Sie hat bestimmt Angst, dass ich jetzt Nägel mit Köpfen machen möchte. Dass ich sie hier in Paris fesseln will, einen Kniefall plane und sie nie mehr fortlassen möchte.»

«Und?», fragte Samir lächelnd. «Hat sie damit nicht recht?»

Fabien starrte ihn an. Dann trat er nach dem Tischchen, sodass sein Glas darauf gefährlich schwankte. «Ja! *Merde!*»

«He!», rief Samir. «Lass deine Wut nicht an den antiken Möbeln von Madame Blanche aus, ja?»

Er setzte sich neben ihn und legte ihm einen Arm um die Schulter.

«Du sitzt tief wirklich in der *merde, chéri*», sagte er. Und dann schwiegen sie beide und tranken die Cognacflasche aus.

35

Mäuschen!», rief Ninette und winkte Lola mit wilden Bewegungen heran. Sie trug ein viel zu enges Kleid und hatte einen überdimensionalen Sonnenhut auf dem Stuhl neben sich abgelegt.

Lola ging zu dem Tisch vor Chez Patrice, an dem Ninette bereits vor einer großen dampfenden Schale *Soupe d'oignons aux Halles* saß. Die Pariser Zwiebelsuppe bei Patrice war legendär, und Lolas Lebensgeister erwachten, als sie sich nach zwei Wangenküsschen neben Ninette setzte und den herrlich intensiven Duft einsog.

«Für mich auch, bitte», sagte sie zum kleinen Jean, der aus der Tür des Bistros herausgetreten war, um ihre Bestellung aufzunehmen. «Und eine Karaffe Wasser, bitte.»

«Du hast ja noch mehr Farbe bekommen, *poussin*», sagte Ninette, als sie wieder allein waren, und musterte sie. «Warst du weg?»

«Nur ganz kurz», sagte Lola, die ihrem Vater und seiner Freundin nichts von ihrem Kurztrip in die Bretagne erzählt hatte.

Jean brachte die zweite Zwiebelsuppe an den Tisch, und sie aßen mit großem Genuss. Ninette trank dazu einen Grauburgunder aus einem kleinen Glas, doch Lola hielt sich heute lieber an Wasser.

«*Papa* muss wahrscheinlich noch arbeiten?», fragte sie, und Ninette nickte.

«Ich versuche seit Langem, ihn zu überzeugen, dass er kürzertritt», sagte sie, «aber du kennst ihn ja. Das Hotel ist sein Leben.»

Lola nickte und schlürfte weiter ihre Suppe. Gedankenverloren sah sie sich um. Die Terrasse des Bistros war gut gefüllt, sie erkannte einige Gesichter. Zwei Tische weiter saßen Liliane Morel und Monsieur Slimani, zwei Gläser Aperol vor sich und beide ein verklärtes Lächeln im Gesicht. Das Café des Artisans dagegen war noch geschlossen. Fabien und sie waren erst heute Nachmittag in der Stadt angekommen, und er hatte Samir zuerst das Auto bringen und dann die kleine Party zum Geschäftsjubiläum vorbereiten wollen, die in wenigen Tagen stattfinden sollte. Dabei hatte er Lola nicht in die Augen gesehen, so, als habe er Angst, dass sie ihm gleich eröffnen werde, er dürfe mit ihr nicht rechnen. Doch sie hatte mit fester Stimme gesagt, dass sie da sein werde und dass er sich darauf verlassen könne, dass sie ihn nicht hängen lasse.

Wenn sie jetzt daran dachte, kam ihr die Bemerkung schon wieder doppeldeutig vor. Und vielleicht war sie auch genau so gemeint gewesen?

«Du träumst ja, Engelchen», sagte Ninette, und Lola blickte schuldbewusst auf.

«Was hast du gesagt?»

«Ich habe dich gefragt, ob es dir recht war, dass wir heute hier zusammen essen. Bei uns in der Rue Monge lässt du dich ja kaum blicken, deshalb habe ich dich vorhin angerufen. Ich wollte nämlich etwas mit dir besprechen.»

«Ja, es tut mir leid», sagte Lola zerknirscht. «Es ist einfach gerade alles ziemlich viel.»

«Was denn?» Ninette kratzte die Suppenschale aus und nippte am Wein.

«Ich habe als Aushilfe drüben im Café angefangen.» Sie deutete auf das verschlossene Café des Artisans. «Und dann die Sache mit *Mamie* ...» Lola überlegte. Schließlich zog sie die Briefe aus ihrer Rocktasche. Sie legte die dünnen, geblümten Seiten auf das Bistrotischchen. «Diese drei Briefe hier hat Rose vor vielen Jahren geschrieben, ich habe zwei davon gelesen. Und ich glaube, ich habe etwas herausgefunden.»

Ninette hob die gezupften Augenbrauen. Mit ihrem rundlichen Gesicht und dem erstaunten Ausdruck sah sie aus wie ein Kind.

«Und zwar?»

«Es ... gab in Roses Vergangenheit eine ... Liebesgeschichte», begann Lola zögerlich. Sie zeigte auf die beschriebenen Seiten. «Ich glaube, hier drin finden wir die Antwort auf die Frage, wer mein Großvater war.»

«Weißt du», sagte Ninette und schob ihren Suppenteller fort, «vielleicht will ich es gar nicht so genau wissen.» Sie nahm die Briefe auf und hielt sie Lola hin. «Steck das lieber wieder weg, es geht mich nichts an. Und ich finde, du solltest den dritten Brief auch nicht lesen.»

Lola sah sie erstaunt an, doch sie schob die Briefe gehorsam zurück in ihre Tasche. Sofort waren die Gewissensbisse wieder da, weil sie in *Mamies* Privatsachen geschnüffelt hatte. Vielleicht hatte Ninette recht?

«Aber *du* wolltest doch unbedingt, dass wir herausfinden, wo *Mamie* ist», sagte sie in dem hilflosen Versuch, sich zu rechtfertigen.

«Ja», sagte Ninette, «weil ich mir große Sorgen gemacht habe. Ich wollte sichergehen, dass sie wohlauf ist.»

«Und jetzt?»

«Jetzt weiß ich es.»

Lola starrte Ninette perplex an. «Aber woher?»

«Ich habe hier etwas für dich, *poussin*. Deswegen wollte ich dich sehen.»

Ninette kramte in ihrer riesigen, ausgebeulten schwarzen Ledertasche und zog eine Postkarte hervor. Oder nein, vielmehr sah Lola jetzt, dass es ein Foto war, auf steifen Karton geklebt. Dort stand in Roses Handschrift: *Urlaubsgrüße aus Nizza.*

Adressiert war die Karte an *Famille Mercier, Rue Monge* ... Lola nahm sie, drehte sie um und betrachtete das Foto. Es zeigte Rose in einem blauen Kleid, das Lola noch nie an ihr gesehen hatte, barfuß am Strand. Ein sommerliches Tuch hatte sich von ihrem Hals gelöst und flatterte im Wind. Die Sonne schien, ihr weißes Haar leuchtete, und das Meer war jadegrün. Zu ihren Füßen standen auf einer kleinen Picknickdecke eine Flasche *Brut* und zwei Sektflöten, daneben lag ein Herrenhut aus Stroh mit einem dunklen Band.

Ungläubig starrte Lola ihrer Großmutter in die Augen. Rose hatte die Arme erhoben, sie schien lachend das Foto abwehren zu wollen, und ihr sorgfältig geschminkter Mund zeigte unverfälschte Fröhlichkeit. Eine solche Lebensfreude ging von diesem Bild aus, dass Lola sich unwillkürlich fragte, wer der Fotograf war, der auf der anderen Seite der Linse gestanden hatte. Und sie ahnte es.

«Benoît», sagte sie leise.

«Was, *chérie*?», fragte Ninette.

«Ach, nichts», sagte Lola schnell. «*Mamie* ist also in Nizza? Und es geht ihr gut?»

«Offenbar ja», erwiderte Ninette. «Und ehrlich gesagt, reicht mir das. Ich bewundere sie sogar. Sie tut endlich, was wir alle viel öfter tun sollten.»

«Und was?»

«Was ihr guttut. Sie tut genau das, was sie will», sagte Ninette. «Ohne zu fragen, ohne sich zu sorgen. Wer weiß, was geschehen wäre, wenn sie uns gefragt hätte, was wir von dieser Reise hielten? Vielleicht hätten wir versucht, es ihr auszureden.» Sie schnalzte anerkennend. «Aber sie hat sich nicht zurückhalten lassen. Endlich, nach all den einsamen Jahren ...» Sie deutete zur Nummer 7 hinauf. «Endlich *lebt* sie. Es wurde höchste Zeit.»

Sie nahm Lola das Foto aus der Hand und betrachtete es ebenfalls. «Wenn ich so darüber nachdenke», sagte sie, «werde ich Émile endlich auch zu einer Reise in den Süden überreden. Er könnte etwas Sonne vertragen. Und ich auch.»

«*Papa* am Strand?», fragte Lola zweifelnd. «Das habe ich so gut wie nie erlebt. Das ist nichts für ihn.»

Ninette betrachtete sie spöttisch. «Denk nicht, dass du alles von deinem Vater weißt», sagte sie. «Du wärst überrascht ... Außerdem ist das Leben kurz, *ma chère*. Weißt du das denn nicht?»

Aus einem Impuls heraus griff Lola ungefragt nach Ninettes Weinglas und trank einen Schluck. Überraschenderweise schmeckte es ihr. Der Kater von gestern schien sich zurückzuziehen.

«Hoffentlich verkühlt *Mamie* sich da nicht im Wind», sagte sie und deutete auf ihre barfüßige Großmutter. «Und dieser Mann, mit dem sie offensichtlich dort ist – wer weiß, was das für einer ist. Ich wüsste zu gern, ob ...»

«*Assez*, Mäuschen», unterbrach Ninette sie. «Schluss mit dieser Unkerei.» Sie zog Lola an sich und gab ihr einen schmatzenden Kuss auf den Scheitel. «Wann hörst du auf, überall Schatten zu sehen, wo die Sonne scheint? Lass doch die alten Geschichten von Rose, und benutze sie nicht als Ausrede. Als Entschuldigung dafür, dich nicht um das kümmern zu müssen, was in deinem eigenen Leben geschieht.» Mit diesen Worten stand sie auf und zog sich das zu enge Kleid um ihre Rundungen zurecht, bevor sie sich den großen Sonnenhut aufsetzte. Auf ihrem Gesicht lag ein breites Lächeln, und plötzlich hatte Lola wieder das Gefühl, dass Ninette sie betrachtete, wie es eine Mutter tun würde. Stolz, liebevoll und eine Spur besorgt.

«Es ist nicht so leicht, wie du denkst», sagte sie und hörte, wie trotzig, ja beinahe kratzbürstig ihre Stimme klang. Und mit einem Mal wurde ihr klar, dass sie mit dieser Reaktion ja wohl die perfekte Tochter abgab. Unwillkürlich erwiderte sie Ninettes Lächeln.

In diesem Moment trat Fabien drüben aus dem Haus mit der Nummer 7. Als er an ihnen vorbeiging, hob er langsam die Hand zum Gruß und ließ sie wieder sinken. Dann schloss er das Café auf und verschwand im Gastraum – klirrend fiel die Tür hinter ihm zu.

«Also, *poussin*», sagte Ninette, deren Blick zwischen Lola und dem Café des Artisans hin- und herglitt, und gab ihr eine kleine Kopfnuss. «Wann fängst du endlich mal an mit dem Glücklichsein?»

ls der Abend kam und Lola allein in der *Chambre de bonne* saß, wusste sie nichts mit sich anzufangen. Sie grübelte. Die Sehnsucht nach Fabien, nach seinen Händen, seinem Lächeln und seiner Stimme setzte ihr zu – mehr, als sie gedacht hätte. Doch immer, wenn sie drauf und dran war, einfach zu ihm zu laufen, ins Café zu stürzen und sich ihm in die Arme zu werfen, hielt etwas sie zurück. Mit wie vielen Männern hatte sie dieses Spiel schon gespielt? Einen Reigen aus Anziehung und Abstoßung, aus Flirt und Zappelnlassen – und sie hatte es meistens genossen. Denn wenn etwas schiefging, konnte sie sich stets auf das Sicherheitsnetz verlassen, das «erzwungene Gleichgültigkeit» hieß. Doch nicht immer tat dieses Netz ihr gut. Manchmal hätte sie schon gern mehr Nähe erfahren, hätte sich fallen lassen wollen. Denn aller zur Schau gestellten Unabhängigkeit zum Trotz hatte sie sich durchaus nach Zugehörigkeit und echten Gefühlen gesehnt – und sich den Schmerz nach einer Trennung bisweilen auch nur mit viel Disziplin verbeißen können.

Meistens jedoch hatte sie sich für souverän genug gehalten. Nur mit Fabien funktionierte das nicht. Bei ihm herrschten andere Regeln. Und Lola kannte sie nicht.

Schon immer hatte sie gewusst, dass es nicht funktionieren würde, mit ihm nur eine Affäre zu haben. So war sie ihm ausgewichen, hatte sich gezwungen, sich von ihm fernzuhalten – um ihm nicht wehzutun. Aber heute lagen die Dinge anders. Fabien und sie waren beide erwachsen.

Dies war kein Spiel, es war das wirkliche Leben – und es hatte längst begonnen.

Lola fühlte sich wie vor der Anzeige in der Gare Montparnasse, wenn die Züge rauschend einfuhren und sich die Schilder mit den vielen Destinationen am Bahnsteig rasend schnell änderten. Bisher hatte sie sich geweigert, in einen gewissen Zug einzusteigen, doch plötzlich beschlich sie das Gefühl, wenn sie es jetzt nicht täte, würde sie für immer allein auf diesem Bahnhof stehen und warten. Niemand würde kommen und sie abholen. Sie würde den Weg nicht mehr finden und einsam bleiben.

Auf dem Fensterbrett lag die Scherbe, die sie vor ein paar Tagen vor Fabiens Café aufgehoben hatte. Sie schimmerte im Abendlicht. Diese Sommerabende in Paris waren so schön, so sehnsüchtig und vertraut zugleich. Doch wollte sie wirklich wieder hier leben? Konnte sie es, nach allem, was hier geschehen war? Wäre sie nicht sicherer in der Gleichgültigkeit, in der schönen Monotonie ihres anderen Lebens in Bordeaux? Dort war sie nicht das Mädchen, deren Mutter viel zu früh gestorben war, nicht die Enkelin einer verhärmten alten Dame. Allerdings würde sie dort immer die Frau bleiben, die sich niemals traute, über ihren eigenen Schatten zu springen.

Lola streckte die Hand aus, nahm die Scherbe und fuhr vorsichtig über die raue Bruchstelle des Porzellans. Wieder dachte sie an Fabien, an ihre gemeinsamen Stunden der vergangenen Nacht, die Wärme seiner Haut. Und an seinen Blick, als er ihr heute Morgen von dem Wunsch erzählt hatte, sein Café umzubenennen. Nach ihr! Dann fiel ihr ein, wie er sie angesehen hatte, als sie heute auf der Heimfahrt so kühl zu ihm gewesen war, als sie sich nicht einmal von ihm küssen lassen wollte. So viel Schmerz hatte in seinen Augen gelegen. Es zog ihr das Herz zusammen, sich daran zu erinnern. Dabei *wollte* sie ja, dass er sie küsste, *wollte* ihn umarmen und ihm sagen, dass sie bei ihm bleiben würde. Warum nur war das so verflucht schwer für sie? Lola bekam keine Luft mehr.

Als sie aufstand, um ein Fenster zu öffnen, raschelte das Papier von Roses Briefen in ihrer Rocktasche. Lola dachte an Ninette und ihre Worte. Hatte die Freundin ihres Vaters recht, benutzte sie *Mamies* Geschichte, um ihre eigene ignorieren zu können? Und durfte sie den letzten Brief wirklich nicht lesen? Aber dann würde sie vielleicht nie ganz verstehen, was wirklich geschehen war. Und plötzlich erkannte sie, dass sie mit der Vergangenheit nur abschließen konnte, wenn sie alles wusste.

Entschlossen zog sie die ungelesene Seite hervor, faltete sie auseinander und glättete das Blatt notdürftig. Dann begann sie zu lesen – und war überrascht. Dieser Brief war nicht, wie die anderen beiden, im vergangenen Jahrhundert datiert, sondern begann einfach ohne Datum.

Cher Benoît,

mehr als fünfzig Jahre sind vergangen. Du schreibst, dass Du frei bist, endlich frei, und dass Du immer noch auf mich wartest. Und ich will Dir so gern glauben. Doch wie sollen wir all die Jahre aufholen? Wie sollen wir diese Lücke füllen? Eine Lücke, die mein ganzes Leben bestimmt hat – diese Sehnsucht, dieser Schmerz, und ja, auch die Wut auf Dich. Weil Du nicht stärker warst und den Umständen nicht die Stirn geboten hast, sondern den einfachen Weg gegangen bist. Du würdest es anders sehen, ich weiß. Aber für mich fühlte es sich so an.

All die verlorenen Jahre stehen nun zwischen uns, und ich schreibe diesen Brief, weil ich Dich kaum noch kenne. Ich habe Angst, ihn abzuschicken, genau wie bei den anderen. Du bist mir fremd geworden, und doch weiß ich, dass Du noch immer einen Platz in meinem Herzen hast. Aber so viel ist geschehen. Seit Margots Tod schien es mir, dass auch dieses letzte Band zwischen Dir und mir durchtrennt wurde. Was hält uns denn nun noch zusammen? Die Liebe? Dieses seltsame Gespenst, dem wir Menschen uns immer wieder unterwerfen? Ich weiß nicht, ob ich noch daran glaube. Andererseits – was hält mich noch hier in Paris außer der Vergangenheit, die mich jeden Tag wie ein Mühlstein um den Hals hinabzuziehen droht? Margot ist nicht mehr, und auch Émile, der sich noch immer bemüht, braucht mich nicht mehr. Dann ist da noch Lola. Ich wünschte, sie wäre öfter bei mir, aber sie geht ihrer eigenen Wege. Ich bewundere sie dafür, aber ich weiß auch, dass sie am Ende, wie alle Menschen, einen Ort brauchen wird, an dem sie zu Hause sein kann.

Lieber Benoît, meinst Du wirklich, wir sollten uns sehen? Sollten herausfinden, was noch von uns geblieben ist? Sollten es wagen, uns erneut zu begegnen?

Fünfzig Jahre ... und doch nur ein Lidschlag, scheint mir manchmal. Das Leben ist kurz, chéri!

Ich schicke den Brief nicht ab. Aber ich werde Dich anrufen. Heute wage ich es noch nicht. Aber vielleicht morgen?

Immer
Deine Rose

Lola strich über das dünne Papier. Auch wenn der Brief kein Datum trug, wusste sie doch, dass er erst kürzlich geschrieben sein musste, erst wenige Wochen alt war. Offenbar hatte Rose die Telefonnummer von Benoît gewählt. Er war ihretwegen nach Paris gekommen, wie in dem Lied von Gilbert Bécaud.

Lola dachte an den Herrenhut auf dem Foto, das Ninette ihr gezeigt hatte, und an das strahlende Gesicht ihrer Großmutter. Rose lächelte, während sie selbst hier im halbdunklen Zimmer stand und über die Dächer von Paris schaute. Dann wusste Lola, was zu tun war. Sie ging zu der losen Diele, kniete sich hin und schob die Briefe vorsichtig wieder unter das Holz.

Verdammt, dachte sie halb grimmig, halb bewundernd, wenn sogar die achtzigjährige Rose die Vergangenheit ruhen lassen und nach all den Jahren wieder Nähe zulassen konnte – warum sollte es ihr dann nicht auch gelingen?

Noch während sie auf dem Boden saß, zog sie ihr Telefon hervor und schrieb Robert rasch eine Nachricht. Sie sah ihn vor sich, wie er hinter der Bar im Rouge stand, Gin Tonics mischte und mit einer Hand nach seinem Handy fischte. Wie er mit zusammengekniffenen Augen im Licht der Neonschrift ihre Nachricht las: Lieber Robert, warte nicht auf mich. Paris hat mich wieder. Melde mich bald, bisous! xxx

Würde er betrübt sein? Verärgert? Oder würde er sich für sie freuen? Nun, das konnte er ihr erzählen, wenn sie ihn bald anriefe, für heute Abend musste das reichen.

Lola stand auf, machte unschlüssig ein paar Schritte durchs Zimmer und ließ sich schließlich in den Schaukelstuhl fallen. Etwas Hartes war da, unter dem Kissen. Sie rutschte zur Seite, hob es hoch und zog den Gegenstand hervor. Es war das Lebkuchenherz von Pierre Leco, das daruntergerutscht war. *Lesen Sie es nicht zu früh*, hörte sie die

Stimme des Korsen und musste lächeln. Also, wenn jetzt nicht der richtige Augenblick war, wann dann?

Sie hob das Herz ins Licht der Leselampe. Es hatte eine kleine Bruchstelle, weil sie daraufgesessen hatte. Die Worte, die dort standen, überraschten sie, es war kein Liedtext, kein Gedicht, keine wortreiche Weisheit. Nur ein einfacher Satz, in dicker, dunkelroter, zuckriger Schrift: *Content de te revoir à Paris!* – Willkommen zurück in Paris!

s war die Nacht vor der Party, und Fabiens Vorfreude war ins Bodenlose gesunken. Er hatte seit zwei Tagen keine Gelegenheit gehabt, in Ruhe mit Lola zu reden. Zwar war sie heute früh pflichtschuldig im Café aufgetaucht, hatte ihm sogar ein paar Küsschen auf die Wange gehaucht, doch der Laden war so gut besucht gewesen, dass sie den ganzen Tag nur aneinander vorbeigewirbelt waren. Einmal, während einer kurzen Flaute nach dem Mittagsbetrieb, hatte er sie in der Küche angetroffen, wo sie wie eine Wahnsinnige *Macarons* in allen Farben des Regenbogens buk. Sie hatte eine Spritztüte in der Hand – und einen violetten Streifen Zuckerguss auf der Wange.

«Die sind für morgen», sagte sie, als sei das selbstverständlich.

«*Merci!*» Mehr fiel ihm nicht. Da rief schon wieder jemand im Laden vorn nach ihm, und er ging widerstrebend, ließ sie im Chaos aus Mandelteig und süßer Cremefüllung zurück, obwohl er ihr am liebsten für den Rest seines Lebens zugesehen hätte.

Am Abend dann wollte er sie gerade fragen, ob sie mit zu ihm in die Wohnung käme, um zu reden, als sein Telefon klingelte. Magali war dran. Sie hatte etwas zu früh einen kleinen Jungen bekommen, der Noah genannt werden sollte, und sie erzählte ihm so anschaulich und wortreich von ihrer Sturzgeburt und Dingen wie Plazenta und Nabelschnur, dass ihm ganz schummrig wurde. Währenddessen ging Lola an ihm vorbei, winkte und formte mit den Lippen ein stummes *Bonne nuit*. Als er das Gespräch mit Magali nach einigen Glückwünschen beendete und Lola schnell nachging, war sie draußen nicht mehr zu sehen gewesen. Später am Abend dann hatte er sich ein Herz gefasst und war hinaufgestiegen zur kleinen Dachkammer von Madame Caron. Doch Lola hatte ihm nicht geöffnet, alles war still geblieben.

Wo steckte sie nur?, dachte er jetzt missmutig, während er unter der Dusche stand und den Schmutz des Tages und die Enttäuschung von sich abzuspülen versuchte. Er würde noch wahnsinnig werden, wenn sie sich ihm weiter entzog.

Inzwischen war er sogar schon so weit, dass er sich lieber eine Abfuhr holen würde – obwohl der Gedanke daran wie ein Faustschlag in den Magen war –, bevor er so weitermachen musste. Die Ungewissheit war quälend, und er hatte permanent zittrige Hände und ein Gefühl, als bekäme er Fieber. Er hielt das nicht mehr aus. Zehn Jahre lang, nein, noch viel länger hatte er es ertragen, sich nach ihr zu sehnen – doch jetzt schaffte er keine weiteren zehn Stunden mehr.

Noch immer war von oben kein Lebenszeichen zu hören, und auch auf der Treppe vernahm er keine Schritte. Lola schien nicht nach Hause zu kommen.

Verzweiflung wallte in ihm auf, als er sich mit einem Handtuch trocken rieb und in Shorts und T-Shirt schlüpfte.

Traf sie sich etwa mit einem anderen? Vielleicht mit diesem Typen von neulich, mit dem sie am Jardin du Luxembourg herumgestanden hatte? Würde sie ihm das wirklich antun? Fabien ballte die Fäuste und presste sie auf seine brennenden Augen. Schlimm genug, dass er in dieser Vorhölle festhing, musste sie dann auch noch dafür sorgen, dass er sich fühlte wie in einer kitschigen Seifen-oper? Das war einfach unter seiner Würde!

Unruhig tigerte Fabien durch die Wohnung. Er machte Musik an und wieder aus, trank viel zu viel Wein, dachte dann wieder an die verdammte Party morgen, zu der er die halbe Nachbarschaft eingeladen hatte und von der er nun nicht wusste, wie er sie überstehen sollte, ohne durch-zudrehen. Und doch gab es da in ihm einen winzigen Rest Hoffnung – immerhin würde Lola auch kommen. Das hatte sie versprochen, das war sie ihm einfach schuldig. Vielleicht ergab sich dann endlich der richtige Moment, eine schummrige Ecke oder wenigstens ein gemeinsames Glas Wein? War doch noch nicht alles verloren?

Als er diese Folter zwischen Hoffen, Warten und schlimmsten Befürchtungen nicht mehr aushielt, schnapp-te er sich seinen Schlüssel und zog die Tür vorsichtig hin-ter sich zu. Er schlich die Treppen des nächtlichen Hau-ses hinunter, denn um nichts in der Welt wollte er jetzt Madame Simenon aufscheuchen oder sonst mit jemandem sprechen. Bei Samir war alles dunkel, er war wohl aus-gegangen. Ohnehin hatte Fabien selbst auf ein Gespräch mit seinem Freund keine Lust, das führte ja doch zu nichts. Samir würde ihm nur wieder schmerzlich den Spiegel sei-ner eigenen Furcht vorhalten. Außerdem waren Samirs Alkoholvorräte mörderisch.

Er überlegte, was er zu dieser Nachtzeit tun sollte. Ach, er würde einfach noch einmal ins Café gehen, dort nach dem Rechten sehen und vielleicht schon mit ein paar Häppchen beginnen, die er morgen servieren wollte. Die *Comté*-Plätzchen mit Olivenkaviar könnte er schon heute vorbereiten, ebenso die Lachs-*Tartines* und den *Crumble Tomate-Chèvre*. Warum arbeitete er nicht die Nacht durch?

Besser, als allein in der Wohnung seinen Gedanken ausgeliefert zu sein, wäre es allemal.

Er lief über den schlafenden Platz, am Springbrunnen vorbei und sah hinüber zu Chez Patrice. Auch hier waren bereits alle Fenster dunkel, es war wirklich schon spät. Nur in der Wohnung über dem Delikatessenladen brannte noch ein gedämpftes Licht. Monsieur Slimani war also noch wach – und wahrscheinlich nicht allein. Fabien lächelte wehmütig bei dem Gedanken daran, dass andere Menschen mehr Glück in der Liebe hatten als er. Dann zückte er den Schlüssel, um aufzuschließen. Doch er ließ sich nicht im Schloss drehen, schnappte nur kurz. Die Tür war unverschlossen. Fabien stutzte einen Moment – hatte er vorhin vergessen abzuschließen? Nein, er erinnerte sich ganz deutlich daran, dass er es getan hatte.

Es gab nur eine andere Möglichkeit. Lola hatte den Ersatzschlüssel – als Einzige.

Fabien spürte, wie sein Herz zu hämmern begann. Er öffnete die Tür und schlüpfte in den dunklen Gastraum. Die Stühle standen auf den Tischen, alles hier war dunkel und so, wie er es verlassen hatte. Doch irgendwo lief Musik, sehr leise, aber unüberhörbar. Es war sein Lieblingssänger, Mano Solo, der über seine traurige Liebe zu Paris sang. Eine Zeile wiederholte sich ständig, und sie klang in Fabiens Ohren – ungeachtet des ansonsten traurigen Texts – plötzlich hoffnungsvoll: *Allo Paris!*

Fabien folgte der Melodie, wie in Trance, wie in einem seiner vielen Träume. Doch dies hier war besser, es war die Wirklichkeit. Aus der Küche drang ein Lichtschimmer. Und als Fabien die schwingenden Westerntüren öffnete, wagte er kaum zu atmen.

Lola stand an der Kochinsel. Ihre Haare hingen wild

und lockig in der Stirn, die Wangen waren erhitzt. Sie hatte sich über etwas Großes, Rundes gebeugt, und jetzt erkannte Fabien eine riesenhafte Torte. Mit einer Spritztüte schrieb sie gerade schwungvoll auf die schokoladige, feucht glänzende Kuvertüre.

«Lola?», fragte er. «Was machst du denn hier?»

Sie sah auf, und in ihr Gesicht stand der Schreck geschrieben, dann die Verlegenheit – als habe er sie bei etwas ertappt.

«Oh, Fabi …», sagte sie, und bei dem weichen Klang seines Namens in ihrer Stimme überrollte ihn eine Welle der Zärtlichkeit. «Das sollte doch eine Überraschung sein.»

Sie stellte sich mit dem Rücken zu ihrem Werk, wie um es vor seinen Blicken zu schützen. Ihre Schürze – nein, *seine* Schürze, die sie über ihr weißes Trägertop gezogen hatte – war über und über mit Schokolade beschmiert.

Fabien trat zu ihr. Im gedämpften Licht schimmerten Lolas Augen dunkel wie die nass glänzenden Steine am nächtlichen Strand von Le Conquet. Man konnte sich verlieren in diesen Augen, dachte er, man konnte sich hineinstürzen und nie mehr auftauchen. Wie lange hatte er davon geträumt, sie bei sich zu haben? Und nun stand sie tatsächlich hier vor ihm, mitten in der Nacht, und buk eine Torte für seine Party. Entweder war sie eine sehr ambitionierte Pâtissière, die keine Mühe scheute – oder aber es hatte etwas anderes zu bedeuten. Erneut stockte ihm der Atem.

Endlich trat er näher und versuchte, sie zur Seite zu schieben. «Lass mal sehen.»

Sie lachte, hielt aber stand.

«*D'accord*, warte kurz», sagte sie, «ich zeig's dir. Aber etwas fehlt noch.»

Sie drehte sich um und beugte sich wieder über die Torte. Ihre Hand zitterte kein bisschen, als sie den letzten Buchstaben, ein geschwungenes *a*, auf die Kuvertüre setzte.

Fabien schaute ihr über die Schulter, roch den Duft ihrer nackten Haut und las, was in weißer, strahlend weißer Schrift auf dem dunklen Fondant geschrieben stand: *Café Lola.*

«Was meinst du?», fragte Lola, ohne ihn anzusehen. «Geht das so?»

Er war unfähig zu antworten. Erst als sie sich umdrehte, sah er in ihr Gesicht wie in einen Spiegel: Furcht, Zweifel und Angst las er darin. Angst, dass er sie zurückweisen könnte. Aber noch viel mehr: Zärtlichkeit. Hoffnung. Liebe?

Fabien streckte die Arme aus und zog sie an sich. Es war anders als neulich am Strand. Dort hatte sie beide die Wildheit der Landschaft überwältigt, das Ziehen und Zerren der Nacht und des Windes. Sie hatten sich geliebt, als gäbe es sonst nichts mehr auf der Welt. Sie waren wie zwei Fremde gewesen, die einander alles gegeben hatten. Doch als sie sich am nächsten Tag wiedererkannten, hatte noch alles Unausgesprochene zwischen ihnen gestanden.

Diese Umarmung hier war dagegen voller Frieden. Voller Vertrautheit und Wärme. Lola beugte sich zu ihm, und als er ihre Lippen auf seinen spürte, wusste er, dass es diesmal kein Traum war, aus dem er bald erwachen musste.

Lola war wirklich nach Paris zurückgekehrt. Und zu ihm.

Lange hielten sie sich fest, er sog den Duft ihres Haars ein, der sich mit dem nach Schokolade mischte. Dann, irgendwann, ließen sie sich frei, doch er behielt ihre Hände in seinen und sah sie an.

«Lola», sagte er, «was ich dich schon die ganze Zeit fragen wollte ...»

«Natürlich!», sagte sie schnell. «Ich erinnere mich, an alles. Ich hatte es vergessen, aber nicht wirklich. Erst vor kurzer Zeit ist mir alles wieder eingefallen. Der Schulausflug, der Brunnen, unser Kuss ... Aber damals war ich eine andere. Ich musste erst ein paar Umwege machen, bevor ich erkennen konnte, was es bedeutete.»

Er nickte und lachte leise. «Ich bin froh, dass du trotzdem angekommen bist.» Dann wurde er wieder ernst. «Aber sag mir noch eins», bat er, «an diesem Springbrunnen damals in Versailles – warum hast du geweint?»

Lola sah ihn überrascht an. Sie knabberte an ihrer Lippe.

«Ich glaube, es ging um meine Mutter», sagte sie schließlich und versuchte zu lächeln. Ihr ganzes Gesicht wurde von diesem winzigen, fast schmerzlichen Verziehen der Mundwinkel erleuchtet, und er konnte den Blick nicht abwenden. «Ich habe selten über sie gesprochen», fuhr Lola fort. «Mein Vater wollte es mir wahrscheinlich so leicht wie möglich machen, indem er das Thema mied. Doch er konnte nicht ahnen, dass es heilsam gewesen wäre, wenn wir über ihren Tod hätten reden können.» Jetzt zitterte ihre Lippe ein wenig, doch als Fabien einen Finger darauflegen wollte, zuckte sie zurück.

«Warte», sagte sie und löste ihre Hände aus seinen, «gib mir einen Moment.» Sie wischte sich schnell über die Augen. «Versailles muss kurz nach dem Unfall gewesen sein. Es war nur eine Frage von Sekunden, weißt du?», sagte sie dann. «Ein Lastwagenfahrer, dem für einen Moment die

Kontrolle über sein Fahrzeug entglitt. Meine Mutter hatte keine Chance. Und mein Vater und ich auch nicht. Wir verloren sie und unser Leben, das bis dahin ganz normal gewesen war. Aber ab diesem Augenblick, da sie uns anriefen, war nichts mehr normal. Ich war nur noch das Kind einer Toten, das bemitleidenswerte, mutterlose Mädchen. Und das *wollte* ich nicht sein!» Sie atmete tief ein. «So wurde ich lieber die verrückte Lola. Heute hier, morgen da, niemals aber dort, wo meine Trauer mir auflauern konnte. Immer in Action, niemals allein, denn das wäre gefährlich gewesen. Aber an diesem Tag in Versailles ...» Sie brach ab, und da griff Fabien wieder nach ihrer Hand. Diesmal ließ sie es zu, und ihre Finger verschränkten sich mit seinen. «An jenem Tag saß ich plötzlich allein an diesem Brunnen», fuhr sie fort. «Ich hatte einen Streit mit meinen Freundinnen gehabt, und sie hatten mich dort sitzen lassen und waren ohne mich weitergelaufen. Und dann war da dieses kleine Orchester. Weißt du noch?»

Fabien überlegte. Schließlich nickte er. Ja, ein paar Geiger hatten zwischen den Statuen und Säulen gestanden und etwas gespielt, wie das eben an solchen Orten üblich war. Er erinnerte sich nur noch flüchtig daran. Alles, was er noch ganz genau wusste, als sei es ein Foto, war die Begegnung mit Lola.

«Sie spielten so ein Renaissance-Stück für die Touristen», sagte Lola. «Und es erinnerte mich an meine Mutter, die immer das Radio aufdrehte, wenn solch alte, klassische Musik gespielt wurde – sie war verrückt danach. Plötzlich saß ich da also ganz allein, und die Erinnerung an meine Mutter überschwemmte mich. Ich fühlte mich so hilflos, denn niemand wusste ja, was mit mir los war. Ich hatte nicht einmal mit meiner damals besten Freundin Manon über meine Mutter gesprochen, ich hielt das alles geheim, so gut ich konnte. Doch nun wurde mir klar, dass ich nicht wusste, wohin mit meiner Traurigkeit.»

Sie sah Fabien an, und der Ausdruck in ihren Augen schnürte ihm die Kehle zu.

«Und dann kamst du», sagte sie und drückte seine Hand. «Du hast nicht gefragt, was los war, du warst einfach da. Hast dich zu mir gesetzt, mir Erdbeeren geschenkt und mich nicht behandelt, als sei ich völlig verrückt, wie es die anderen bestimmt getan hätten. Sondern so, als sei ich vollkommen in Ordnung – so wie ich war.»

Fabien räusperte sich. «Ich hoffe, dass ich dich heute wieder so ansehen darf», sagte er. «Heute – und auch morgen.»

Das Lächeln, das jetzt über Lolas Gesicht zog, war nicht mehr traurig, sondern froh.

«Bitte, hör nicht auf damit», sagte sie und zog seine Finger an ihre Lippen. «Du hast mich aus der Reserve gelockt. Hast mich in die Bretagne entführt, dafür gesorgt, dass ich nun weiß, was meine Großmutter so geprägt hat. Und dass wir uns keine Sorgen mehr um sie machen müssen, denn dort, wo sie jetzt ist, will sie auch sein – und das ist alles, was zählt. Und ich ... ich weiß auch endlich, wo ich sein will.»

Ihre Augen leuchteten, und Fabien musste sich zusammenreißen, um sich nicht zu kneifen. Doch dann entschied er, ihr zu glauben. Und ihr zu vertrauen. Das hier war kein Traum. Es war sein Leben, es geschah wirklich und wahrhaftig – genau jetzt!

Hand in Hand verließen sie das Café und gingen über die schweigende Place de la Contrescarpe nach Hause.

EPILOG

Plötzlich ist es Herbst in Paris. Der Brunnen auf der Place de la Contrescarpe ist endgültig abgestellt, und braune, rote, orangefarbene und gelbe Blätter segeln wie in Zeitlupe von den Bäumen herab und decken ihn immer weiter zu. Es dunkelt bereits, nur die Fenster im Bistro von Patrice leuchten noch warm in die Dämmerung hinaus. Sie locken uns, einzutreten und einen kräftigen, dampfenden *Vin chaud* zu trinken, mit Gewürztraminer, Zimt und Orangenscheiben darin. Und eine von den herrlichen *Paupiettes de veau* zu kosten, die legendären Pariser Kalbsrouladen mit warmer Tomatensoße.

Doch ich bleibe trotzdem lieber noch einen Moment hier draußen sitzen, auch wenn der Herbstwind durch meine müden Knochen weht. Mein alter Pelzmantel wärmt mich genug, und ich kann mir ungestört eine weitere Gauloises anzünden. Dieses schwindende Licht, das durch die bunten Blätter fällt, sehe ich immer so gern, und die Frische der Abendluft ist wohltuend nach den stickigen Sommertagen. Ich möchte den Herbst umarmen wie einen alten Freund. Jetzt liegt die *rentrée* bereits hinter uns, und alle Urlauber sind von den Küsten und Stränden in die Stadt zurückgekehrt. Die Kinder haben neue Kleider für die Schule bekommen, die Erwachsenen einen neuen Kaschmirschal, ein gutes Paar Schuhe für den Herbst, eine Kiste Merlot für die kühlen Tage zu Hause vor dem Kamin. Paris macht sich bereit für die frostige Jahreszeit, die ihre ganz eigenen Märchen erzählen will.

Und ich will die verbleibenden Minuten, bevor die

Abendsonne ganz verschwindet, nutzen, um Sie zu fragen, ob Sie zufrieden sind mit der Geschichte, die ich Ihnen erzählt habe. Hatten Sie es sich so vorgestellt, diesen Sommer in Paris? Wünschen Sie Lola Mercier und Fabien Roudeaut auch alles Glück dieser Erde? Ich sehe die beiden gerade durchs Fenster im Café Lola, wie sie zusammensitzen. Alle Stühle sind bereits hochgestellt, doch einen Tisch haben die beiden für sich reserviert. Sie sitzen einander gegenüber und halten sich über dem rot-weißen Tischtuch an den Händen – nur eine Kerze brennt in einem kleinen Leuchter und wirft geheimnisvolle Schatten.

Ich denke, ab hier dürfen wir Lola und Fabien entlassen – mit dem sicheren Wissen, dass sie uns im nächsten Sommer wieder begegnen werden. Hier an der Place de la Contrescarpe, im Quartier Latin. Sie und all die anderen. Denn auf eine Liebe folgt in Paris die nächste, und es wollen noch viele Liebesgeschichten erzählt werden. Doch nicht mehr heute. Nicht mehr dieses Jahr.

Auch für mich ist es nun Zeit hineinzugehen. Da tritt gerade Patrice aus der Tür seines Bistros und winkt mich zu sich. Er hat für mich eine neue Flasche *Colheita* bereitgestellt, und ich will ihn nicht warten lassen. Es war mir ein Vergnügen, *Mesdames et Messieurs. Au revoir et bonne soirée*!

Wir sehen uns wieder ... im Sommer in Paris!